Frankenstein, o el moderno Prometeo

Mary Shelley

Frankenstein,
o el moderno Prometeo

Nueva traducción al español
traducido del inglés por Guillermo Tirelli

Rosetta Edu

Rosetta Edu

CLÁSICOS EN ESPAÑOL

Rosetta Edu presenta en esta colección libros clásicos de la literatura universal en nuevas traducciones al español, con un lenguaje actual, comprensible y fiel al original.

Las ediciones consisten en textos íntegros y las traducciones prestan especial atención al vocabulario, dado que es el mismo contenido que ofrecemos en nuestras célebres ediciones bilingües utilizadas por estudiantes avanzados de lengua extranjera o de literatura moderna.

Acompañando la calidad del texto, los libros están impresos sobre papel de calidad, en formato de bolsillo o tapa dura, y con letra legible y de buen tamaño para dar un acceso más amplio a estas obras.

Rosetta Edu
Londres
www.rosettaedu.com

INDICE

Carta 1 — 9

Carta 2 — 12

Carta 3 — 15

Carta 4 — 16

Capítulo 1 — 23

Capítulo 2 — 27

Capítulo 3 — 33

Capítulo 4 — 39

Capítulo 5 — 45

Capítulo 6 — 51

Capítulo 7 — 57

Capítulo 8 — 65

Capítulo 9 — 72

Capítulo 10 — 77

Capítulo 11 — 83

Capítulo 12 — 90

Capítulo 13 — 95

Capítulo 14 — 100

Capítulo 15 — 105

Capítulo 16   112

Capítulo 17   119

Capítulo 18   124

Capítulo 19   131

Capítulo 20   137

Capítulo 21   145

Capítulo 22   154

Capítulo 23   162

Capítulo 24   168

Carta 1

A la señora Saville, Inglaterra.

San Petersburgo, 11 de diciembre, 17...

Te alegrará saber que ningún desastre ha acompañado el comienzo de una empresa que has considerado con tan malos presentimientos. Llegué aquí ayer y mi primera tarea es asegurar a mi querida hermana mi bienestar y mi creciente confianza en el éxito de mi tarea.

Ya estoy muy al norte de Londres y, mientras camino por las calles de Petersburgo, siento jugar en mis mejillas una fría brisa del norte que templa mis nervios y me llena de deleite. ¿Sabes lo que te digo? Esta brisa, que ha viajado desde las regiones hacia las que avanzo, me hace presentir aquellos climas helados. Inspiradas por este viento promisorio, mis ensoñaciones se vuelven más fervientes y vívidas. En vano intento convencerme de que el polo es el asiento de la escarcha y la desolación, siempre se presenta a mi imaginación como la región de la belleza y el deleite. Allí, Margaret, el sol es siempre visible, su amplio disco apenas bordea el horizonte y difunde un esplendor perpetuo. Allí —porque con tu permiso, hermana mía, confiaré un poco en los navegantes precedentes—, allí se destierran la nieve y la escarcha y, navegando sobre un mar en calma, podemos ser llevados a una tierra que supera en maravillas y en belleza a todas las regiones descubiertas hasta ahora en el globo habitable. Sus producciones y características pueden no tener ejemplo, como sin duda tampoco lo tienen los fenómenos de los cuerpos celestes en esas soledades por descubrir. ¿Qué no puede esperarse en un país de luz eterna? Puede que allí descubra el maravilloso poder que atrae a la aguja y que regule mil observaciones celestes que sólo requieren este viaje para que sus aparentes excentricidades sean consistentes para siempre. Saciaré mi ardiente curiosidad con el espectáculo de una parte del mundo nunca antes visitada y podré pisar una tierra nunca antes hollada por el pie del hombre. Estos son mis alicientes y bastan para vencer todo temor al peligro o a la muerte y para inducirme a emprender este laborioso viaje con la alegría que siente un niño cuando se embarca en un barquito, con sus compañeros de vacaciones, en una expedición de descubrimiento por su río natal. Pero, suponiendo que todas estas conjeturas sean falsas, no se puede discutir el beneficio inestimable que conferiré a toda la humanidad, hasta la última generación, descubriendo un paso cerca del polo hacia esos países, para llegar a los cuales actualmente se requieren tantos meses; o averiguando el secreto del imán, lo cual, si es posible, sólo puede efectuarse mediante una misión como la mía.

Estas reflexiones han disipado la agitación con la que comencé mi carta y siento que mi corazón resplandece con un entusiasmo que me eleva al cielo, pues nada contribuye tanto a tranquilizar la mente como un propósito firme, un punto en el que el alma pueda fijar su mirada intelectual. Esta expedición ha sido el sueño favorito de mis primeros años. He leído con ardor los relatos de los diversos viajes que se han realizado con la perspectiva de llegar al océano Pacífico Norte a través de los mares que rodean el polo. Recordarás que una historia de todos los viajes realizados con el fin de llegar a descubrimientos componía la totalidad de la biblioteca de nuestro buen tío Thomas. Mi educación fue descuidada, pero yo era un apasionado de la lectura. Estos volúmenes eran mi estudio día y noche y mi familiaridad con ellos aumentó el pesar que había sentido, de niño, al enterarme de que el último mandato de mi padre había prohibido a mi tío que me permitiera embarcarme en una vida marinera.

Estas visiones se desvanecieron cuando leí por primera vez a aquellos poetas cuyas efusiones embelesaban mi alma y la elevaban al cielo. Yo también me convertí en poeta y durante un año viví en un paraíso de mi propia creación, imaginé que también podría obtener un nicho en el templo donde están consagrados los nombres de Homero y Shakespeare. Tú conoces bien mi fracaso y lo mucho que soporté la decepción. Pero justo en ese momento heredé la fortuna de mi primo y mis pensamientos se desviaron por el cauce de su anterior inclinación.

Han pasado seis años desde que decidí hacer mi presente tarea. Puedo, incluso ahora, recordar la hora desde la que me dediqué a esta gran empresa. Comencé por someter mi cuerpo a penurias. Acompañé a los pescadores de ballenas en varias expediciones al Mar del Norte; soporté voluntariamente el frío, el hambre, la sed y la falta de sueño; a menudo trabajaba más duro que el común de los marineros durante el día y dedicaba mis noches al estudio de las matemáticas, la teoría de la medicina y aquellas ramas de la ciencia física de las que un aventurero naval podría obtener las mayores ventajas prácticas. De hecho, en dos ocasiones fui contratado como segundo de a bordo en un ballenero de Groenlandia y me desenvolví con admiración. Debo admitir que me sentí un poco orgulloso cuando mi capitán me ofreció el segundo puesto en el barco y me rogó que me quedara, con la mayor seriedad; tan valiosos consideraba mis servicios.

Y ahora, querida Margaret, ¿no merezco cumplir algún gran propósito? Mi vida podría haber transcurrido en la facilidad y el lujo pero he preferido la gloria a todos los alicientes que la riqueza puso en mi camino. Oh, ¡que alguna voz alentadora respondiera afirmativamente! Mi valor y mi resolución están firmes; pero mis esperanzas fluctúan y mi ánimo se deprime a menudo. Estoy a punto de emprender un viaje largo y difícil, cuyas emergencias exigirán toda mi fortaleza: se me pide no sólo que sostenga el ánimo de los demás, sino que a veces sostenga el mío propio cuando el de ellos flaquea.

Es la época más favorable para viajar por Rusia. En sus trineos se avanza rápidamente sobre la nieve; el movimiento es agradable y, en mi opinión, mucho más placentero que el de una diligencia inglesa. El frío no es excesivo, si uno va envuelto en pieles, un atuendo que ya he adoptado, pues hay una gran diferencia entre caminar por la cubierta y permanecer sentado inmóvil durante horas... cuando ningún ejercicio impide que la sangre se congele literalmente en las venas. No tengo ninguna ambición de perder la vida en la posta entre San Petersburgo y Arcángel.

Partiré hacia esta última ciudad dentro de quince días, o en tres semanas; mi intención es alquilar allí un barco, lo que puede hacerse fácilmente pagando el seguro del armador, y contratar tantos marineros como crea necesario entre los que están acostumbrados a la pesca de la ballena. No tengo intención de zarpar hasta el mes de junio; ¿y cuándo regresaré? Ah, querida hermana, ¿cómo puedo responder a esta pregunta? Si tengo éxito, pasarán muchos, muchos meses, quizás años, antes de que tú y yo podamos encontrarnos. Si fracaso, volverás a verme pronto, o nunca.

Adiós, mi querida y excelente Margaret. Que el cielo derrame bendiciones sobre ti y me salve, para que pueda testificar una y otra vez mi gratitud por todo tu amor y bondad.

Tu afectuoso hermano,

R. Walton

Carta 2

A la señora Saville, Inglaterra.

Arcángel, 28 de marzo de 17...

¡Qué lentamente pasa el tiempo aquí, rodeado como estoy de escarcha y nieve! Sin embargo, se ha dado un segundo paso hacia mi empresa. He alquilado un navío y estoy ocupado en reunir a mis marineros; los que ya he contratado parecen ser hombres de los que puedo depender y están ciertamente dotados de un gran valor.

Pero tengo una carencia que aún no he podido satisfacer nunca y cuya ausencia siento ahora como un mal gravísimo: no tengo ningún amigo; Margaret, cuando esté radiante por el entusiasmo del éxito, no habrá nadie que participe de mi alegría; si me asalta la decepción, nadie se esforzará por sostenerme en el abatimiento. Plasmaré mis pensamientos en papel, es cierto, pero ése es un pobre medio para la comunicación de sentimientos. Deseo la compañía de un hombre que pueda simpatizar conmigo, cuyos ojos respondan a los míos. Puedes considerarme romántico, mi querida hermana, pero siento amargamente la falta de un amigo. No tengo a nadie cerca de mí, gentil pero valiente, poseedor de una mente tan cultivada como amplia, cuyos gustos sean como los míos, para aprobar o enmendar mis planes. ¡Cómo repararía un amigo así las faltas de tu pobre hermano! Soy demasiado ardiente en la ejecución y demasiado impaciente ante las dificultades. Pero es un mal aún mayor para mí que sea autodidacta: durante los primeros catorce años de mi vida corrí salvajemente por un descampado y no leí más que los libros de viajes de nuestro tío Thomas. A esa edad me familiaricé con los poetas célebres de nuestro propio país; pero, sólo cuando había dejado de estar en mi poder obtener sus beneficios más importantes de tal convicción, percibí la necesidad de familiarizarme con más lenguas que la de mi país natal. Ahora tengo veintiocho años y soy en realidad más analfabeto que muchos escolares de quince. Es cierto que he pensado más y que mis ensoñaciones son más extensas y magníficas, pero necesitan (como lo dicen los pintores) ser guardadas; y necesito enormemente un amigo que tenga el suficiente sentido común como para no despreciarme por romántico y el suficiente afecto hacia mí como para esforzarse en regular mi mente.

Bueno, son quejas inútiles, ciertamente no encontraré ningún amigo en el ancho océano, ni siquiera aquí en Arcángel, entre mercaderes y marinos. Sin embargo, algunos sentimientos, ajenos a la escoria de la naturaleza humana, laten incluso en estos duros pechos. Mi teniente, por ejemplo, es un hombre de coraje y un emprendedor maravilloso; está locamente deseoso de gloria o, más bien, para formular mi frase de forma más característica, de progresar en su profesión. Es inglés y, en medio de los prejuicios nacionales y profesionales, no suavizados por la cultura, conserva algunas de las dotes más nobles de la humanidad. Lo conocí a bordo de un barco ballenero, al enterarme de que estaba desempleado en esta ciudad lo contraté con facilidad para que me ayudara en mi empresa.

El segundo oficial es una persona de excelente disposición y destaca en el barco por su gentileza y la suavidad de su disciplina. Esta circunstancia, sumada a su conocida integridad y a su valor intrépido, me hizo desear mucho contratarle. Una juventud pasada en soledad, mis mejores años transcurridos bajo tu gentil y femenina acogida, han refinado tanto los cimientos de mi carácter que no puedo superar una intensa aversión a la habitual brutalidad ejercida a bordo de los barcos: nunca la he creído necesaria y cuando supe de un marino que se destacaba igualmente por su bondad de corazón y por el respeto y la obediencia que le profesaba su tripulación, me sentí peculiarmente afortunado al poder conseguir sus servicios. Oí hablar de él por primera vez de forma bastante romántica, a través de una dama que le debe la felicidad de su vida. Esta es, brevemente, su historia. Hace algunos años él amaba a una joven rusa de fortuna moderada y habiendo amasado una suma considerable en dinero de dote, el padre de la muchacha dio su consentimiento para que se forme la pareja. Él vio a su amante una vez antes de la ceremonia destinada pero ella estaba bañada en lágrimas y, arrojándose a sus pies, le suplicó que la perdonara, confesando al mismo tiempo que amaba a otro, pero que él era pobre y que su padre nunca consentiría la unión. Mi generoso amigo tranquilizó a la suplicante y, al ser informado del nombre de su amante, abandonó instantáneamente su propósito. Ya había comprado una granja con su dinero, en la que había pensado pasar el resto de su vida, pero se lo concedió todo a su rival, junto con el resto del dinero de su dote para comprar ganado, y luego él mismo solicitó al padre de la joven que consintiera en el matrimonio de ella con su amante. Pero el anciano se negó decididamente, creyéndose obligado por honor ante mi amigo, quien, al ver que el padre era inflexible, abandonó su país y no regresó hasta que supo que su antigua amante se había casado según sus inclinaciones. «¡Qué tipo tan noble!», exclamarás. Lo es, pero es totalmente inculto: es tan silencioso como un turco y le acompaña una especie de descuido ignorante que, si bien hace que su conducta sea aún más asombrosa, le resta el interés y la simpatía que, de otro modo, despertaría.

Sin embargo, no supongas, porque me queje un poco o porque pueda concebir un consuelo para mis fatigas que tal vez nunca conozca, que estoy vacilando en mis resoluciones. Éstas están tan fijas como el destino y mi viaje sólo se retrasa ahora hasta que el tiempo permita mi embarque. El invierno ha sido terriblemente riguroso pero la primavera promete bien y parece que esta será una estación notablemente temprana, por lo que quizá pueda zarpar antes de lo que esperaba. No haré nada precipitadamente, me conoces lo suficiente como para confiar en mi prudencia y consideración siempre que la seguridad de los demás está confiada a mi cuidado.

No puedo describirte mis sensaciones ante la cercana perspectiva de mi tarea. Es imposible comunicarte una concepción de la temblorosa sensación, mitad placentera y mitad temerosa, con la que me dispongo a partir. Me dirijo a regiones inexploradas, a «la tierra de la niebla y la nieve», pero no mataré ningún albatros; por tanto, no te alarmes por mi seguridad ni por si vuelvo a ti tan agotado y afligido como el «Viejo Marinero». Sonreirás ante mi alusión pero te revelaré un secreto. A menudo he atribuido mi apego, mi apasionado entusiasmo por los peligrosos misterios del océano a esa producción del más imaginativo de los poetas modernos. Hay algo que actúa en mi alma y que no comprendo. Soy prácticamente industrioso —laborioso, un obrero que se esfuerza por ejecutar todo con perseverancia y trabajo— pero además de esto hay un amor por lo maravilloso, una creencia en lo maravilloso, entrelazada en todos mis proyectos, que me empuja fuera de los caminos comunes de los hombres, incluso hasta el mar salvaje y las regiones no visitadas que estoy a punto de explorar.

Pero volvamos a consideraciones más queridas. ¿Volveré a encontrarme contigo, después de haber atravesado mares inmensos y regresado por el cabo más meridional de África o América? No me atrevo a esperar tal éxito y sin embargo no puedo soportar ver el reverso de la imagen. Continúa por el momento escribiéndome en todas las ocasiones que se te presenten; puede que reciba tus cartas en algunas ocasiones en las que más las necesito para sostener mi ánimo. Te quiero con mucha ternura. Recuérdeme con afecto, si no vuelves a saber de mí.

Tu afectuoso hermano,

Robert Walton

Carta 3

A la señora Saville, Inglaterra.

7 de julio de 17...

Mi querida hermana,

Te escribo unas líneas apresuradamente para decirte que estoy a salvo y he avanzado bien en mi viaje. Esta carta llegará a Inglaterra por un mercante que ahora está en viaje de regreso desde Arcángel; más afortunado que yo, que tal vez no vea mi tierra natal durante muchos años. Sin embargo, estoy de buen humor: mis hombres son audaces y aparentemente firmes de propósito, ni siquiera las placas de hielo flotantes que pasan continuamente a nuestro lado, indicando los peligros de la región hacia la que avanzamos, parecen amedrentarlos. Ya hemos alcanzado una latitud muy alta; pero estamos en pleno verano y, aunque no hace tanto calor como en Inglaterra, los vendavales del sur, que nos impulsan rápidamente hacia esas costas que tan ardientemente deseo alcanzar, insuflan un grado de calor renovador que no esperaba.

Hasta ahora no nos ha ocurrido ningún incidente que pudiera figurar en una carta. Uno o dos fuertes vendavales y la aparición de una fuga son accidentes que los navegantes experimentados apenas se acuerdan de anotar, y me daré por satisfecho si no nos ocurre nada peor durante nuestro viaje.

Adieu, mi querida Margaret. Ten la seguridad de que por mi propio bien, así como por el tuyo, no me enfrentaré precipitadamente al peligro. Seré frío, perseverante y prudente.

Pero el éxito coronará mis esfuerzos. ¿Por qué no? Hasta aquí he llegado, trazando un camino seguro sobre los mares sin senderos, siendo las mismas estrellas testigos y testimonios de mi triunfo. ¿Por qué no proseguir aún sobre el elemento indómito pero obediente? ¿Qué puede detener el corazón decidido y la voluntad resuelta del hombre?

Mi corazón hinchado se derrama así involuntariamente. Pero debo terminar. ¡Que el cielo bendiga a mi amada hermana!

R.W.

Carta 4

A la señora Saville, Inglaterra.

5 de agosto de 17...

Nos ha ocurrido un accidente tan extraño que no puedo abstenerme de registrarlo, aunque es muy probable que tú me veas antes de que estos papeles puedan llegar a tus manos.

El lunes pasado (31 de julio) estuvimos casi rodeados de hielo, que encerró al barco por todos lados, dejándole apenas el espacio marítimo en el que flotaba. Nuestra situación era un tanto peligrosa, sobre todo porque nos rodeaba una niebla muy espesa. En consecuencia, nos acostamos, esperando que se produjera algún cambio en la atmósfera y el tiempo.

Hacia las dos la niebla se disipó y contemplamos, extendidas en todas direcciones, vastas e irregulares llanuras de hielo, que parecían no tener fin. Algunos de mis camaradas gemían y mi propia mente empezaba a agitarse con pensamientos ansiosos, cuando una extraña visión atrajo de pronto nuestra atención y desvió nuestra preocupación de nuestra propia situación. Vimos pasar hacia el norte, a una distancia de media milla, un carruaje bajo, fijado sobre un trineo y tirado por perros; un ser que tenía la forma de un hombre, pero aparentemente de estatura gigantesca, iba sentado en el trineo y guiaba a los perros. Observamos con nuestros telescopios el rápido avance del viajero hasta que se perdió entre las lejanas desigualdades del hielo.

Esta aparición excitó nuestro asombro sin reservas. Estábamos, como creíamos, a muchos cientos de millas de cualquier tierra; pero esta aparición parecía denotar que ésta no estaba, en realidad, tan lejos como habíamos supuesto. Encerrados, sin embargo, por el hielo, era imposible seguir su rastro, que habíamos observado con la mayor atención.

Unas dos horas después de este suceso oímos el mar de fondo y antes de la noche el hielo se rompió y liberó nuestro barco. Sin embargo, permanecimos a la espera hasta la mañana, temiendo encontrarnos en la oscuridad con esas grandes masas sueltas que flotan tras la ruptura del hielo. Aproveché este tiempo para descansar unas horas.

Por la mañana, sin embargo, en cuanto amaneció, subí a cubierta y encontré a todos los marineros ocupados en un lado del barco, aparentemente hablando con alguien en el mar. Se trataba, de hecho, de un trineo, como el que habíamos visto antes, que había sido arrastrado hacia nosotros durante la noche sobre un gran fragmento de hielo. Sólo quedaba un perro con vida, pero en su interior había un ser humano al que los marineros estaban persuadiendo para que entrara en la embarcación. No era, como parecía ser el otro viajero, un salvaje habitante de alguna isla por descubrir, sino un europeo. Cuando aparecí en cubierta, el segundo oficial dijo: «Aquí está nuestro capitán y él no permitirá que usted perezca en alta mar».

Al percibirme, el desconocido se dirigió a mí en inglés, aunque con acento extranjero. «Antes de subir a bordo de su barco», me dijo, «¿tendría la amabilidad de informarme hacia dónde se dirige?».

Puedes concebir mi asombro al oír semejante pregunta dirigida a mí por un hombre al borde de la destrucción y para quien yo habría supuesto que mi barco habría sido un recurso que no habría cambiado por la riqueza más preciada que la tierra puede ofrecer. Le respondí, sin embargo, que estábamos en un viaje de exploración hacia el polo norte.

Al oír esto pareció satisfecho y consintió en subir a bordo. ¡Dios mío! Margaret, si hubieras visto al hombre que así capitulaba por su seguridad, tu sorpresa no habría tenido límites. Sus miembros estaban casi congelados y su cuerpo terriblemente demacrado por la fatiga y el sufrimiento. Nunca vi a un hombre en un estado tan miserable. Intentamos llevarlo a la cabina, pero en cuanto abandonó el aire libre se desmayó. En consecuencia, le devolvimos a cubierta y le restablecimos la consciencia frotándole con brandy y obligándole a tragar una pequeña cantidad. En cuanto dio señales de vida lo envolvimos en mantas y lo colocamos cerca de la chimenea del fogón de la cocina. Gradualmente se recuperó y tomó un poco de sopa, lo que le devolvió la vitalidad maravillosamente.

Pasaron así dos días antes de que pudiera hablar y a menudo temí que sus sufrimientos le hubieran privado del entendimiento. Cuando se hubo recuperado en cierta medida, le llevé a mi propio camarote y le atendí tanto como me permitió mi deber. Nunca vi una criatura más interesante: sus ojos tienen generalmente una expresión de salvajismo, e incluso de locura, pero hay momentos en los que, si alguien realiza un acto de amabilidad hacia él o le presta el más insignificante servicio, todo su semblante se ilumina, por así decirlo, con un rayo de benevolencia y dulzura que nunca vi igualar. Pero generalmente está melancólico y desesperado, y a veces cruje los dientes, como impaciente por el peso de las desgracias que le oprimen.

Cuando mi huésped se recuperó un poco, me costó mucho trabajo mantener alejados a los hombres, que deseaban hacerle mil preguntas; pero no permití que atormentaran con su ociosa curiosidad a alguien en un estado de cuerpo y mente cuyo restablecimiento dependía evidentemente de un reposo total. Una vez, sin embargo, el teniente le preguntó por qué había llegado tan lejos sobre el hielo en un vehículo tan extraño.

Su semblante adoptó al instante un aspecto de la más profunda melancolía y respondió: «Para buscar a quien huyó de mí».

«¿Y el hombre al que perseguía viajaba de la misma manera?».

«Sí».

«Entonces creo que lo hemos visto, porque el día antes de recogerle vimos a unos perros arrastrando un trineo, con un hombre dentro, por el hielo».

Esto despertó la atención del visitante e hizo multitud de preguntas sobre la ruta que el demonio, como él lo llamaba, había seguido. Poco después, cuando se quedó a solas conmigo, me dijo: «Sin duda, he excitado su curiosidad, así como la de esta buena gente, pero es usted demasiado considerado para hacer averiguaciones».

«Ciertamente, sería en verdad muy impertinente e inhumano por mi parte molestarle con cualquier inquisición mía».

«Y sin embargo me ha rescatado de una situación extraña y peligrosa, me ha devuelto benévolamente la vida».

Poco después me preguntó si creía que la ruptura del hielo había destruido el otro trineo. Le contesté que no podía responder con ningún grado de certeza, pues el hielo no se había roto hasta cerca de medianoche y el viajero podría haber llegado a un lugar seguro antes de esa hora, pero de esto no podía juzgar.

A partir de este momento un nuevo espíritu de vida animó el decaído armazón del visitante. Manifestó las mayores ansias de estar en cubierta para vigilar el trineo que había aparecido antes pero le he persuadido para que permanezca en el camarote, pues está demasiado débil para soportar la crudeza de la atmósfera. Le he prometido que alguien vigilaría por él y le avisaría al instante si aparecía algún objeto nuevo a la vista.

Tal es mi diario de lo relacionado con este extraño suceso hasta el día de hoy. El visitante ha mejorado gradualmente de salud, pero es muy silencioso y parece inquieto cuando alguien, excepto yo, entra en su camarote. Sin embargo, sus modales son tan conciliadores y amables que todos los marineros se interesan por él, aunque hayan tenido muy poca comunicación con él. Por mi parte, empiezo a quererle como a un hermano y su constante y profunda pena me llena de simpatía y compasión. Debió de ser una criatura noble en sus mejores tiempos, siendo incluso ahora en ruinas tan atractivo y amable.

Dije en una de mis cartas, mi querida Margaret, que no encontraría ningún amigo en el ancho océano, sin embargo, he encontrado a un hombre al que, antes de que su espíritu fuera quebrantado por la miseria, me habría alegrado poseer como hermano de mi corazón.

Continuaré mi diario sobre el visitante a intervalos, en caso de que tenga nuevos incidentes que registrar.

13 de agosto de 17...

Mi afecto por mi huésped aumenta cada día. Excita a la vez mi admiración y mi piedad hasta un grado asombroso. ¿Cómo puedo ver a una criatura tan noble destruida por la miseria sin sentir la pena más conmovedora? Es tan gentil y a la vez tan sabio, su mente es tan cultivada y, cuando habla, aunque sus palabras están entresacadas con el arte más selecto, fluyen con rapidez y una elocuencia sin igual.

Ahora está muy recuperado de su enfermedad y está continuamente en cubierta, aparentemente vigilando el trineo que precedía al suyo. Sin embargo, aunque infeliz, no está tan completamente ocupado por su propia miseria sino que se interesa profundamente por los proyectos de los demás. Ha conversado frecuentemente conmigo sobre los míos, que le he comunicado sin disimulo. Se interesó atentamente por todos mis argumentos a favor de mi éxito final y por cada detalle de las medidas que había tomado para asegurarlo. La simpatía que demostró me llevó fácilmente a utilizar el lenguaje de mi corazón, a dar expresión al ardiente ardor de mi alma y a decir, con todo el fervor que me impulsaba, con cuánta alegría sacrificaría mi fortuna, mi existencia, todas mis esperanzas, para llevar adelante mi empresa. La vida o la muerte de un hombre no eran más que un pequeño precio a pagar por la adquisición del conocimiento que yo buscaba, por el dominio que debería adquirir y transmitir por encima de los enemigos elementales de nuestra raza. Mientras hablaba, una oscura penumbra se extendió sobre el semblante de mi oyente. Al principio percibí que intentaba reprimir su emoción; puso las manos ante los ojos y mi voz tembló y me falló al ver cómo las lágrimas se escurrían rápidamente de entre sus dedos; un gemido estalló de su pecho agitado. Hice una pausa, al fin habló, con acento entrecortado: «¡Hombre infeliz! ¿Comparte usted mi locura? ¿Ha bebido usted también de la embriagadora bebida? Escúcheme, déjeme revelarle mi historia, ¡y se quitará la copa de los labios!».

Tales palabras, como puedes imaginarte, excitaron fuertemente mi curiosidad, pero el paroxismo de dolor que se había apoderado del visitante venció sus debilitadas facultades y fueron necesarias muchas horas de reposo y tranquila conversación para devolverle la compostura.

Una vez vencida la violencia de sus sentimientos, pareció despreciarse a sí mismo por ser esclavo de la pasión y, sofocando la oscura tiranía de la desesperación, me llevó de nuevo a conversar sobre mí personalmente. Me preguntó por la historia de mis primeros años. El relato fue rápido, pero despertó varios hilos de reflexión. Hablé de mi deseo de encontrar un amigo, de mi sed por una simpatía más íntima con un semejante que la que nunca me había tocado en suerte y expresé mi convicción de que un hombre podía presumir de poca felicidad si no disfrutaba de esta bendición.

«Estoy de acuerdo con usted», replicó el visitante; «somos criaturas inadaptadas pero a medio hacer, si alguien más sabio, mejor y más querido que nosotros —como debería ser un amigo— no presta su ayuda para perfeccionar nuestras débiles y defectuosas naturalezas. Una vez tuve un amigo, la más noble de las criaturas humanas, y tengo derecho, por tanto, a juzgar respecto a la amistad. Usted tiene esperanza y el mundo ante usted y no tiene motivos para la desesperación. Pero yo... lo he perdido todo y no puedo empezar la vida de nuevo».

Mientras decía esto su semblante se tornó en la expresión de una pena tranquila y asentada que me llegó al corazón. Pero guardó silencio y en seguida se retiró a su camarote.

Incluso roto de espíritu como está, nadie puede sentir más profundamente que él las bellezas de la naturaleza. El cielo estrellado, el mar y todos los paisajes que ofrecen estas maravillosas regiones parecen tener aún el poder de elevar su alma de la tierra. Un hombre así tiene una doble existencia: puede sufrir la miseria y verse abrumado por las decepciones pero, cuando se haya retirado a sí mismo, será como un espíritu celestial que tiene un halo a su alrededor, dentro de cuyo círculo no se aventura ninguna pena ni ninguna locura.

¿Te sonreirás ante el entusiasmo que expreso respecto a este divino vagabundo? No lo harías si lo vieras. Tú has sido educada y refinada por los libros y el retiro del mundo y por ello te fastidias rápidamente; pero esto sólo te hace más apta para apreciar los extraordinarios méritos de este hombre maravilloso. A veces me he esforzado por descubrir qué cualidad es la que posee y que le eleva tan inconmensurablemente por encima de cualquier otra persona que haya conocido. Creo que es un discernimiento intuitivo, un rápido pero nunca infalible poder de juicio, una penetración en las causas de las cosas, inigualable por su claridad y precisión; añádase a esto una facilidad de expresión y una voz cuyas variadas entonaciones son música que subyuga el alma.

19 de agosto de 17...

Ayer, el visitante me dijo: «Se dará cuenta fácilmente, Capitán Walton, que he sufrido grandes desgracias sin parangón. Anteriormente había determinado que el recuerdo de estos males muriera conmigo pero usted me ha convencido para que modifique mi determinación. Usted busca el conocimiento y la sabiduría, como yo lo hice una vez, y espero ardientemente que la gratificación de sus deseos no sea una serpiente que le pique, como lo ha sido la mía. No sé si el relato de mis desastres le será útil, sin embargo, cuando reflexiono que usted está siguiendo el mismo curso, exponiéndose a los mismos peligros que me han convertido en lo que soy, imagino que podrá deducir de mi relato una moraleja adecuada, que podrá dirigirle si tiene éxito en su tarea y consolarle en caso de fracaso. Prepárese para oír hablar de sucesos que suelen considerarse maravillosos. Si estuviéramos entre las escenas más domesticadas de la naturaleza, temería encontrarme con su incredulidad, tal vez con su ridículo, pero muchas cosas parecerán posibles en estas regiones salvajes y misteriosas que provocarían la risa de quienes no están familiarizados con los poderes siempre variados de la naturaleza; tampoco puedo dudar sino de que mi relato transmite en su serie pruebas internas de la verdad de los acontecimientos de los que se compone».

Es fácil imaginar que me sentí muy gratificado por la comunicación ofrecida, pero no podía soportar que renovara su dolor con el relato de sus desgracias. Sentí la mayor impaciencia por escuchar la narración prometida, en parte por curiosidad y en parte por un fuerte deseo de mejorar su destino si estaba en mis manos. Expresé estos sentimientos en mi respuesta.

«Le agradezco», respondió, «su simpatía, pero es inútil; mi destino está casi cumplido. Sólo espero un acontecimiento y entonces descansaré en paz. Comprendo su sentimiento», continuó él, percibiendo que yo deseaba interrumpirle; «pero se equivoca, amigo mío, si así me permite nombrarle; nada puede alterar mi destino; escuche mi historia y percibirá cuán irrevocablemente está determinado».

Entonces me dijo que comenzaría su relato al día siguiente, cuando yo estuviera libre. Esta promesa suscitó en mí el más caluroso agradecimiento. He resuelto todas las noches, cuando no esté imperiosamente ocupado por mis deberes, registrar, lo más fielmente posible con sus propias palabras, lo que haya relatado durante el día. Si estoy ocupado, al menos tomaré notas. Este manuscrito te proporcionará sin duda el mayor placer; pero a mí, que lo conozco y que lo oigo de sus propios labios... ¡con qué interés y simpatía lo leeré en algún día futuro! Incluso ahora, mientras comienzo mi tarea, su voz llena de tonos se eleva en mis oídos; sus ojos lustrosos se posan en mí con toda su melancólica dulzura; veo su delgada mano alzada en señal de animación, mientras las líneas de su rostro se iluminan por el alma que lleva dentro. Extraña y desgarradora debe ser su historia, espantosa la tormenta que abrazó al gallardo navío en su rumbo y lo hizo naufragar... ¡así!

Capítulo 1

Soy ginebrino de nacimiento y mi familia es una de las más distinguidas de esa república. Mis antepasados habían sido durante muchos años consejeros y síndicos, y mi padre había desempeñado varios cargos públicos con honor y reputación. Era respetado por todos los que le conocían por su integridad y su infatigable atención a los asuntos públicos. Pasó sus días de juventud perpetuamente ocupado por los asuntos de su país; diversas circunstancias le habían impedido casarse pronto, y no fue hasta el ocaso de la vida cuando se convirtió en marido y padre de familia.

Como las circunstancias de su matrimonio ilustran su carácter, no puedo abstenerme de relatarlas. Uno de sus amigos más íntimos era un comerciante que, de un estado floreciente, cayó, a causa de numerosos infortunios, en la pobreza. Este hombre, cuyo nombre era Beaufort, era de una disposición orgullosa e indoblegable y no podía soportar vivir en la pobreza y el olvido en el mismo país donde antes se había distinguido por su rango y magnificencia. Habiendo pagado sus deudas, por lo tanto, de la manera más honorable, se retiró con su hija a la ciudad de Lucerna, donde vivió sin ser conocido y en la miseria. Mi padre amaba a Beaufort con la más sincera amistad y se sintió profundamente apenado por su retirada en estas desafortunadas circunstancias. Deploró amargamente el falso orgullo que llevó a su amigo a una conducta tan poco digna del afecto que les unía. No perdió tiempo y se esforzó por buscarle, con la esperanza de persuadirle de que volviera a empezar en el mundo gracias a su crédito y su ayuda.

Beaufort había tomado medidas eficaces para ocultarse y pasaron diez meses antes de que mi padre descubriera su morada. Alborozado por este descubrimiento, se apresuró a llegar a la casa, que estaba situada en una calle de mala muerte cerca del Reuss. Pero cuando entró, sólo la miseria y la desesperación le dieron la bienvenida. Beaufort no había ahorrado más que una suma muy pequeña de dinero del naufragio de su fortuna, pero era suficiente para proporcionarle sustento durante algunos meses, y mientras tanto esperaba procurarse algún empleo respetable en el negocio de un comerciante. El intervalo transcurrió, en consecuencia, en la inacción; su pena sólo se hizo más profunda y punzante cuando tuvo tiempo libre para reflexionar y al final se apoderó tan rápidamente de su mente que al cabo de tres meses yacía en un lecho de enfermedad, incapaz de cualquier esfuerzo.

Su hija le atendía con la mayor ternura pero veía con desesperación que su pequeña reserva disminuía rápidamente y que no había otra perspectiva de sustento. Pero Carolina Beaufort poseía una mente de un molde poco común y su valor se alzó para sostenerla en la adversidad. Se procuró un trabajo sencillo, trenzó paja y por diversos medios se las ingenió para ganar una miseria apenas suficiente para el sustento.

Así transcurrieron varios meses. Su padre empeoró; el tiempo de ella estaba cada vez más dedicado a atenderle; sus medios de subsistencia disminuyeron; y en el décimo mes su padre murió en sus brazos, dejándola huérfana y mendiga. Este último golpe la venció y se arrodilló junto al ataúd de Beaufort llorando amargamente... cuando mi padre entró en la habitación. Acudió como un espíritu protector a la pobre muchacha, que se encomendó a sus cuidados, y tras el entierro de su amigo él la condujo a Ginebra y la puso bajo la protección de un pariente. Dos años después de este acontecimiento, Caroline se convirtió en su esposa.

Había una diferencia considerable entre las edades de mis padres, pero esta circunstancia parecía unirlos sólo más estrechamente en lazos de devoto afecto. Había un sentido de la justicia en la recta mente de mi padre que hacía necesario que existiera una gran aprobación para permitirse amar con fuerza. Tal vez durante los años anteriores había sufrido por la indignidad tardíamente descubierta de una amada y por eso estaba dispuesto a dar más valor a la dignidad probada. Había una muestra de gratitud y adoración en su apego a mi madre que difería totalmente del cariño afectuoso propio de la edad, pues estaba inspirado por la reverencia a sus virtudes y el deseo de ser el medio de recompensarla, en cierta medida, por las penas que había soportado, pero que daba una gracia inexpresable a su comportamiento con ella. Todo estaba hecho para ceder a los deseos de ella y a su conveniencia. Se esforzó por resguardarla, como a una belleza exótica la resguarda el jardinero, de todo viento áspero, y por rodearla de todo lo que pudiera tender a excitar una emoción placentera en su mente suave y benévola. Su salud, e incluso la tranquilidad de su espíritu hasta entonces constante, se habían visto sacudidas por lo que había pasado. Durante los dos años que habían transcurrido antes de su matrimonio mi padre había renunciado gradualmente a todas sus funciones públicas e inmediatamente después de su unión buscaron el agradable clima de Italia y el cambio de escenario y de interés que conllevaba un viaje por esa tierra de maravillas como reconstituyente para su debilitado cuerpo.

Desde Italia visitaron Alemania y Francia. Yo, su hijo mayor, nací en Nápoles, y de bebé les acompañé en sus andanzas. Durante varios años fui su único hijo. Tan apegados como estaban el uno al otro, parecían extraer inagotables reservas de afecto de una mina de amor para otorgármelas a mí. Las tiernas caricias de mi madre y la sonrisa de benevolente placer de mi padre al mirarme son mis primeros recuerdos. Yo era su juguete y su ídolo, y algo mejor: su hijo, la criatura inocente e indefensa que les había concedido el Cielo, a quien debían educar para el bien y cuya suerte futura estaba en sus manos dirigir hacia la felicidad o la miseria, según cumplieran sus deberes para conmigo. Con esta profunda conciencia de lo que debían hacia el ser al que habían dado la vida, sumada al activo espíritu de ternura que animaba a ambos, puede imaginarse que mientras durante cada hora de mi vida infantil recibía una lección de paciencia, de caridad y de autocontrol, me sentía tan guiado por un cordón de seda tal que todo me parecía un solo hilo de disfrute.

Durante mucho tiempo fui su único cuidado. Mi madre había deseado mucho tener una hija pero yo continué siendo su único vástago. Cuando yo tenía unos cinco años, mientras hacían una excursión más allá de las fronteras de Italia, pasaron una semana a orillas del lago de Como. Su talante benévolo les hacía entrar a menudo en las casas de los pobres. Esto, para mi madre, era más que un deber, era una necesidad, una pasión —recordando lo que había sufrido y cómo el sufrimiento había sido aliviado— para ella actuar a su vez como ángel de la guarda de los afligidos. Durante uno de sus paseos, un pobre orfanato en los pliegues de un valle atrajo su atención por estar singularmente desolado, mientras que el número de niños a medio vestir reunidos a su alrededor hablaba de la penuria en su peor forma. Un día, cuando mi padre se había ido solo a Milán, mi madre, acompañada por mí, visitó esta morada. Encontró a un campesino y a su mujer, muy trabajadores, encorvados por el cuidado y el trabajo, distribuyendo una escasa comida a cinco bebés hambrientos. Entre ellos había uno que atrajo a mi madre muy por encima de todos los demás. Parecía de otra estirpe. Los otros cuatro eran pequeños vagabundos de ojos oscuros y robustos; este bebé era una niña delgada y muy rubia. Su cabello era del oro vivo más brillante y, a pesar de la pobreza de su vestimenta, parecía ceñir una corona de distinción sobre su cabeza. Su frente era clara y amplia, sus ojos azules sin nubes, y sus labios y el moldeado de su rostro expresaban tal sensibilidad y dulzura que nadie podía contemplarla sin considerarla como perteneciente a una especie distinta, un ser enviado por el cielo que llevaba un sello celestial en todos sus rasgos.

La campesina, al percibir que mi madre fijaba sus ojos asombrados y su admiración en aquella encantadora muchacha, le comunicó ávidamente su historia. No era hija suya, sino de un noble milanés. Su madre era alemana y había muerto al darla a luz. La niña había sido entregada a esta buena gente para que la amamantaran… entonces estaban mejor. No llevaban mucho tiempo casados y su hijo mayor acababa de nacer. El padre de su carga era uno de esos italianos amamantados en la memoria de la antigua gloria de Italia… uno de los *schiavi ognor frementi*, que se esforzó por obtener la libertad de su país. Se convirtió en víctima de su debilidad. No se sabía si había muerto o si aún permanecía en las mazmorras de Austria. Sus bienes fueron confiscados; su hija se convirtió en huérfana y mendiga. Continuó con sus padres adoptivos y floreció en su ruda morada, más hermosa que una rosa de jardín entre zarzas de hojas oscuras.

Cuando mi padre regresó de Milán, encontró jugando conmigo en el salón de nuestra villa a una niña más bella que un querubín pintado, una criatura que parecía desprender resplandor de sus miradas y cuya forma y movimientos eran más ligeros que los de la gamuza de las colinas. La aparición no tardó en explicarse. Con su permiso, mi madre convenció a sus rústicos guardianes para que le cedieran su carga. Estaban encariñados con la dulce huérfana. Su presencia les había parecido una bendición, pero sería injusto para ella mantenerla en la pobreza y la necesidad cuando la Providencia le brindaba una protección tan poderosa. Consultaron al cura de su pueblo y el resultado fue que Elizabeth Lavenza se convirtió en la inquilina de la casa de mis padres —mi más que hermana—, la bella y adorada compañera de todas mis ocupaciones y mis placeres.

Todo el mundo quería a Elizabeth. El apego apasionado y casi reverencial con que todos la miraban se convirtió, mientras yo lo compartía, en mi orgullo y mi deleite. La noche anterior a que la trajeran a mi casa, mi madre había dicho juguetonamente: «Tengo un bonito regalo para mi Victor; mañana lo tendrá». Y cuando, al día siguiente, me presentó a Elizabeth como su regalo prometido, yo, con seriedad infantil, interpreté sus palabras literalmente y consideré a Elizabeth como mía: mía para protegerla, amarla y cuidarla. Todos los elogios que se le hacían los recibía yo como hechos a una posesión mía. Nos llamábamos familiarmente por el nombre de primos. Ninguna palabra, ninguna expresión podía exteriorizar el tipo de relación que ella mantenía conmigo… más que hermana, puesto que hasta la muerte iba a ser sólo mía.

Capítulo 2

Nos criamos juntos; no había ni siquiera un año de diferencia en nuestras edades. No necesito decir que éramos ajenos a cualquier especie de desunión o disputa. La armonía era el alma de nuestro compañerismo y la diversidad y el contraste que subsistían en nuestros caracteres nos acercaban aún más. Elizabeth era de una disposición más tranquila y concentrada pero, con todo mi ardor, yo era capaz de una aplicación más intensa y estaba más profundamente azotado por la sed de conocimiento. Ella se afanaba en seguir las creaciones etéreas de los poetas, y en las majestuosas y maravillosas escenas que rodeaban nuestro hogar suizo —las sublimes formas de las montañas, los cambios de las estaciones, la tempestad y la calma, el silencio del invierno y la vida y la turbulencia de nuestros veranos alpinos— encontraba un amplio campo para la admiración y el deleite. Mientras mi compañera contemplaba con espíritu serio y satisfecho las magníficas apariencias de las cosas, yo me deleitaba investigando sus causas. El mundo era para mí un secreto que deseaba adivinar. La curiosidad, la búsqueda afanosa por conocer las leyes ocultas de la naturaleza, la alegría semejante al arrobamiento, a medida que se desplegaban ante mí, se cuentan entre las primeras sensaciones que puedo recordar.

Al nacer un segundo hijo, siete años menor que yo, mis padres abandonaron por completo su vida errante y se establecieron en su país natal. Poseíamos una casa en Ginebra y una casa de campo en Belrive, la orilla oriental del lago, a una distancia de algo más de una legua de la ciudad. Residimos principalmente en esta última y la vida de mis padres transcurrió en considerable reclusión. Era mi temperamento evitar la multitud y apegarme fervientemente a unos pocos. Por lo tanto, me resultaban indiferentes mis compañeros de escuela en general, pero me uní con los lazos de la más estrecha amistad a uno de ellos. Henry Clerval era hijo de un comerciante de Ginebra. Era un muchacho de talento y fantasía singulares. Amaba la aventura, las dificultades e incluso el peligro por sí mismo. Era un gran lector de libros de caballería y romances. Compuso canciones heroicas y empezó a escribir muchos cuentos de hechicería y aventuras caballerescas. Intentó que representáramos obras de teatro y que participáramos en mascaradas, en las que los personajes estaban sacados de los héroes de Roncesvalles, de la Mesa Redonda del Rey Arturo y del ejército caballeresco que derramó su sangre para redimir el santo sepulcro de las manos de los infieles.

Ningún ser humano podría haber pasado una infancia más feliz que yo. Mis padres estaban poseídos por el espíritu mismo de la bondad y la indulgencia. Sentíamos que no eran los tiranos que regían nuestra suerte según su capricho sino los agentes y creadores de todos los muchos placeres de los que disfrutábamos. Cuando me mezclaba con otras familias discernía claramente lo peculiarmente afortunada que era mi suerte y la gratitud ayudaba al desarrollo del amor filial.

Mi temperamento era a veces violento y mis pasiones vehementes; pero por alguna ley de mi temple se desviaban no hacia afanes infantiles sino hacia un ansioso deseo de aprender, y no de aprender todas las cosas indiscriminadamente. Confieso que ni la estructura de las lenguas, ni el código de los gobiernos, ni la política de los diversos estados poseían atractivos para mí. Eran los secretos del cielo y de la tierra lo que deseaba aprender; y ya fuera la sustancia exterior de las cosas o el espíritu interior de la naturaleza y el alma misteriosa del hombre lo que me ocupaba, aun así mis indagaciones se dirigían a lo metafísico o, en su sentido más elevado, a los secretos físicos del mundo.

Mientras tanto, Clerval se ocupaba, por así decirlo, de las relaciones morales de las cosas. El ajetreado escenario de la vida, las virtudes de los héroes y las acciones de los hombres eran su tema; y su esperanza y su sueño era convertirse en uno de aquellos cuyos nombres están registrados en la historia como los galantes y aventureros benefactores de nuestra especie. El alma santa de Elizabeth brillaba como una lámpara consagrada en nuestro apacible hogar. Su simpatía era la nuestra; su sonrisa, su suave voz, la dulce mirada de sus ojos celestiales, estaban siempre allí para bendecirnos y animarnos. Ella era el espíritu vivo del amor para suavizar y atraer; yo podría haberme vuelto hosco en mi estudio, áspero por el ardor de mi naturaleza, de no ser porque ella estaba allí para someterme a una semblanza de su propia dulzura. Y Clerval... ¿podría algo malo atrincherarse en el noble espíritu de Clerval? Sin embargo, no habría sido tan perfectamente humano, tan reflexivo en su generosidad, tan lleno de bondad y ternura en medio de su pasión por la hazaña aventurera, si ella no le hubiera revelado la verdadera belleza de la beneficencia y no hubiera hecho del hacer el bien el fin y el objetivo de su elevada ambición.

Siento un placer exquisito al detenerme en los recuerdos de la infancia, antes de que la desgracia hubiera empañado mi mente y cambiado sus brillantes visiones de amplia utilidad por sombrías y estrechas reflexiones sobre mí mismo. Además, al trazar el cuadro de mis primeros días, también registro aquellos sucesos que condujeron, por pasos insensibles, a mi posterior historia desdichada, pues cuando quiero darme cuenta del nacimiento de esa pasión que más tarde rigió mi destino, descubro que surgió, como un río de montaña, de fuentes innobles y casi olvidadas; pero, hinchándose a medida que avanzaba, se convirtió en el torrente que, en su curso, ha barrido todas mis esperanzas y alegrías.

La filosofía natural es el genio que ha regulado mi destino; deseo, por tanto, en esta narración, exponer los hechos que me llevaron a sentir predilección por esa ciencia. Cuando tenía trece años, fuimos todos en una excursión de placer a los baños cercanos a Thonon; las inclemencias del tiempo nos obligaron a permanecer un día confinados en la posada. En ella encontré por casualidad un volumen de las obras de Cornelio Agripa. Lo abrí con apatía; la teoría que intenta demostrar y los hechos maravillosos que relata pronto cambiaron este sentimiento en entusiasmo. Una nueva luz pareció amanecer en mi mente y, rebosante de alegría, comuniqué mi descubrimiento a mi padre. Mi padre miró despreocupadamente la portada de mi libro y dijo: «¡Ah! ¡Cornelio Agripa! Mi querido Victor, no pierdas el tiempo con esto; es una triste basura».

Si, en lugar de esta observación, mi padre se hubiera tomado la molestia de explicarme que los principios de Agripa habían sido totalmente derribados y que se había introducido un sistema moderno de ciencia que poseía poderes mucho mayores que el antiguo, porque los poderes de este último eran quiméricos, mientras que los del primero eran reales y prácticos, en tales circunstancias sin duda habría desechado a Agripa y habría contentado mi imaginación, caldeada como estaba, volviendo con mayor ardor a mis antiguos estudios. Incluso es posible que el tren de mis ideas nunca hubiera recibido el impulso fatal que me llevó a la ruina. Pero la somera ojeada que mi padre había echado a mi volumen no me aseguraba en absoluto que conociera su contenido y seguí leyendo con la mayor avidez.

Cuando regresé a casa, mi primer cuidado fue procurarme las obras completas de este autor, y después las de Paracelso y de Alberto Magno. Leí y estudié con deleite las salvajes fantasías de estos escritores; me parecían tesoros conocidos por pocos aparte de mí mismo. Me he descrito a mí mismo como alguien que siempre ha estado imbuido de un ferviente anhelo por penetrar en los secretos de la naturaleza. A pesar del intenso trabajo y los maravillosos descubrimientos de los filósofos modernos, siempre salía de mis estudios descontento e insatisfecho. Se dice que Sir Isaac Newton confesó que se sentía como un niño recogiendo conchas junto al gran e inexplorado océano de la verdad. Aquellos de sus sucesores en cada rama de la filosofía natural con los que estuve familiarizado parecían incluso a mis aprensiones de niño como tiranos comprometidos en la misma búsqueda.

El campesino no instruido contemplaba los elementos que le rodeaban y conocía sus usos prácticos. El filósofo más erudito sabía poco más. Había desvelado parcialmente el rostro de la Naturaleza pero sus lineamientos inmortales seguían siendo una maravilla y un misterio. Podía diseccionar, anatomizar y dar nombres pero, por no hablar de una causa final, las causas en sus grados secundario y terciario le eran totalmente desconocidas. Había contemplado las fortificaciones y los impedimentos que parecían impedir a los seres humanos entrar en la ciudadela de la naturaleza y temeraria e ignorantemente me había repugnado.

Pero aquí había libros y aquí había hombres que habían penetrado más profundamente y sabían más. Les tomé la palabra en todo lo que afirmaban y me convertí en su discípulo. Puede parecer extraño que esto ocurriera en el siglo XVIII; pero aunque seguí la rutina de la educación en las escuelas de Ginebra, fui, en gran medida, autodidacta en lo que respecta a mis estudios favoritos. Mi padre no era científico, y a mí me tocó luchar con la ceguera de un niño, sumada a la sed de conocimiento de un estudiante. Bajo la guía de mis nuevos preceptores me adentré con la mayor diligencia en la búsqueda de la piedra filosofal y el elixir de la vida; pero este último pronto obtuvo toda mi atención. La riqueza era un objeto inferior, pero ¡qué gloria acompañaría al descubrimiento si pudiera desterrar la enfermedad del cuerpo humano y hacer al hombre invulnerable a cualquier cosa que no fuera una muerte violenta!

Tampoco fueron éstas mis únicas visiones. La aparición de fantasmas o demonios era una promesa generosamente concedida por mis autores favoritos, cuyo cumplimiento buscaba con el mayor ahínco; y si mis encantamientos resultaban siempre infructuosos, atribuía el fracaso más bien a mi propia inexperiencia y error que a una falta de habilidad o fidelidad en mis instructores. Y así, durante un tiempo, me ocupé de explotar sistemas, mezclando, como un inadaptado, mil teorías contradictorias y flotando desesperadamente en un cenagal de conocimientos multifacéticos, guiado por una imaginación ardiente y un razonamiento infantil, hasta que un accidente volvió a cambiar la corriente de mis ideas.

Cuando tenía unos quince años nos habíamos retirado a nuestra casa cerca de Belrive, cuando presenciamos una tormenta eléctrica de lo más violenta y terrible. Avanzaba desde detrás de las montañas del Jura y los truenos estallaron a la vez con espantosa estridencia desde diversos puntos del cielo. Permanecí, mientras duró la tormenta, observando su avance con curiosidad y deleite. Mientras estaba en la puerta, de repente vi salir un chorro de fuego de un viejo y hermoso roble que se alzaba a unas veinte yardas de nuestra casa; y tan pronto como se desvaneció la deslumbrante luz, el roble había desaparecido y no quedaba más que un tocón destrozado. Cuando lo visitamos a la mañana siguiente, encontramos el árbol destrozado de una manera singular. No estaba astillado por el choque, sino enteramente reducido a finas cintas de madera. Nunca había visto nada tan completamente destruido.

Antes de esto no desconocía las leyes más evidentes de la electricidad. En esta ocasión estaba con nosotros alguien que había hecho grandes investigaciones en filosofía natural y, excitado por esta catástrofe, nos dio una explicación de una teoría que se había formado sobre el tema de la electricidad y el galvanismo, que era a la vez nueva y asombrosa para mí. Todo lo que dijo arrojó en gran medida a la sombra a Cornelio Agripa, Alberto Magno y Paracelso, los señores de mi imaginación pero, por alguna fatalidad, el derrocamiento de estos hombres me desanimó a proseguir mis estudios acostumbrados. Me parecía como si nada fuera a saberse o pudiera saberse jamás. Todo lo que durante tanto tiempo había ocupado mi atención se volvió de pronto despreciable. Por uno de esos caprichos de la mente a los que quizá estemos más sujetos en la primera juventud, abandoné de inmediato mis ocupaciones anteriores, deseché la historia natural y toda su progenie como una creación deformada y abortiva, y albergaba el mayor desdén por una pretendida ciencia que nunca podría siquiera pisar el umbral del conocimiento real. En este estado de ánimo me dediqué a las matemáticas y a las ramas de estudio pertenecientes a esa ciencia por estar construidas sobre cimientos seguros y ser por ello dignas de mi consideración.

Así de extrañamente están construidas nuestras almas y por tan ligeros ligamentos estamos unidos a la prosperidad o a la ruina. Cuando miro hacia atrás, me parece como si este cambio casi milagroso de inclinación y voluntad fuera la sugerencia inmediata del ángel guardián de mi vida... el último esfuerzo realizado por el espíritu de preservación para evitar la tormenta que incluso entonces pendía de las estrellas y estaba lista para envolverme. Su victoria fue anunciada por una inusual tranquilidad y alegría de alma que siguieron al abandono de mis antiguos y últimamente atormentadores estudios. Fue así como se me enseñaría a asociar el mal con su persecución, la felicidad con su desprecio.

Fue un fuerte esfuerzo del espíritu del bien pero resultó ineficaz. El destino era demasiado potente y sus leyes inmutables habían decretado mi destrucción total y terrible.

Capítulo 3

Cuando cumplí diecisiete años, mis padres decidieron que estudiara en la universidad de Ingolstadt. Hasta entonces había asistido a las escuelas de Ginebra, pero mi padre consideró necesario para completar mi educación que me familiarizara con otras costumbres distintas a las de mi país natal. Por tanto, mi partida se fijó para una fecha temprana, pero antes de que pudiera llegar el día resuelto, ocurrió la primera desgracia de mi vida... un presagio, por así decirlo, de mi futura miseria.

Elizabeth había cogido la escarlatina; su enfermedad era grave y corría el mayor peligro. Durante su enfermedad se habían esgrimido muchos argumentos para persuadir a mi madre de que se abstuviera de atenderla. Al principio había cedido a nuestras súplicas pero, cuando se enteró de que la vida de su favorita estaba amenazada, ya no pudo controlar su ansiedad. Asistió a su lecho de enferma, sus vigilantes atenciones triunfaron sobre la malignidad del moquillo: Elizabeth se salvó, pero las consecuencias de esta imprudencia fueron fatales para su protectora. Al tercer día mi madre enfermó, su fiebre iba acompañada de los síntomas más alarmantes y las miradas de sus asistentes médicos pronosticaban el peor de los acontecimientos. En su lecho de muerte, la fortaleza y la benignidad de ésta, la mejor de las mujeres, no la abandonaron. Nos unió las manos a Elizabeth y a mí. «Hijos míos», dijo, «mis más firmes esperanzas de felicidad futura estaban puestas en la perspectiva de la unión de ustedes. Esta expectativa será ahora el consuelo de su padre. Elizabeth, amor mío, tú debes suplir a mis hijos más jóvenes. ¡Ay! Lamento que me separen de ustedes y, feliz y amada como he sido, ¿no es duro dejarlos a todos? Pero éstos no son pensamientos propios a mí, me esforzaré por resignarme alegremente a la muerte y albergaré la esperanza de encontrarlos en otro mundo».

Murió tranquilamente y su semblante expresaba afecto incluso en la muerte. No necesito describir los sentimientos de aquellos cuyos lazos más queridos se rasgan por ese mal tan irreparable, el vacío que se presenta al alma y la desesperación que se exhibe en el semblante. Pasa mucho tiempo antes de que la mente pueda persuadirse de que ella, a quien veíamos todos los días y cuya existencia misma parecía una parte de la nuestra, puede haberse marchado para siempre... que el brillo de unos ojos amados puede haberse extinguido y el sonido de una voz tan familiar y querida al oído puede haberse acallado para no ser oída nunca más. Éstas son las reflexiones de los primeros días pero cuando el transcurso del tiempo prueba la realidad del mal, entonces comienza la verdadera amargura del dolor. Sin embargo, ¿a quién no le ha arrancado esa mano ruda algún vínculo querido? ¿Y por qué debería describir una pena que todos han sentido y deben sentir? Llega un momento en que la pena es más bien una indulgencia que una necesidad y la sonrisa que se dibuja en los labios, aunque pueda considerarse un sacrilegio, no se destierra. Mi madre había muerto pero aún teníamos deberes que debíamos cumplir; debemos seguir nuestro curso con el resto y aprender a considerarnos afortunados mientras quede alguien de quien el saqueador no se haya apoderado.

Mi partida hacia Ingolstadt, que había sido aplazada por estos acontecimientos, estaba ahora decidida de nuevo. Obtuve de mi padre un aplazamiento de algunas semanas. Me parecía un sacrilegio abandonar tan pronto el reposo, semejante a la muerte, de la casa de luto y precipitarme en la espesura de la vida. Era nuevo en el dolor, pero no por ello me alarmaba menos. No quería abandonar la vista de los que me quedaban y, sobre todo, deseaba ver a mi dulce Elizabeth consolada en alguna medida.

En efecto, ella veló su pena y se esforzó por actuar como consoladora de todos nosotros. Miró con firmeza a la vida y asumió sus deberes con valor y celo. Se dedicó a aquellos a quienes le habían enseñado a llamar sus tíos y primos. Nunca fue tan encantadora como en este momento, cuando recordaba el sol de sus sonrisas y las derrochaba sobre nosotros. Olvidó incluso su propio pesar en su empeño por hacernos olvidar.

Por fin llegó el día de mi partida. Clerval pasó la última tarde con nosotros. Se había esforzado por persuadir a su padre de que le permitiera acompañarme y convertirse en mi condiscípulo, pero fue en vano. Su padre era un comerciante de mente estrecha y veía ociosidad y ruina en las aspiraciones y la ambición de su hijo. Henry sentía profundamente la desgracia de verse privado de una educación liberal. Hablaba poco, pero cuando hablaba yo leía en sus ojos encendidos y en su mirada animada una resolución contenida pero firme de no encadenarse a los miserables detalles del comercio.

Nos quedamos sentados hasta tarde. No podíamos separarnos el uno del otro ni convencernos de decir la palabra «¡Adiós!». La dijimos y nos retiramos con el pretexto de buscar el reposo, cada una pensando que el otro había sido engañado; pero cuando al amanecer descendí al carruaje que debía llevarme lejos, estaban todos allí: mi padre de nuevo para bendecirme, Clerval para apretarme la mano una vez más, mi Elizabeth para renovar sus súplicas de que le escribiera a menudo y para conceder las últimas atenciones femeninas a su compañero de juegos y amigo.

Me arrojé a la chaise que me iba a transportar y me entregué a las más melancólicas reflexiones. Yo, que siempre había estado rodeado de amables compañeros, continuamente empeñados en procurarme mutuo placer... ahora estaba solo. En la universidad a la que iba debía formar mis propios amigos y ser mi propio protector. Mi vida había sido hasta entonces notablemente recluida y doméstica, y esto me había producido una repugnancia invencible hacia los nuevos semblantes. Quería a mis hermanos, a Elizabeth y a Clerval; eran «viejas caras conocidas», pero me creía totalmente incapacitado para la compañía de extraños. Tales eran mis reflexiones al emprender el viaje; pero a medida que avanzaba, mi ánimo y mis esperanzas se elevaban. Deseaba ardientemente adquirir conocimientos. A menudo, cuando estaba en casa, me había parecido duro permanecer durante mi juventud encerrado en un solo lugar y había anhelado entrar en el mundo y ocupar mi puesto entre otros seres humanos. Ahora mis deseos se cumplían y, en efecto, habría sido una locura arrepentirme.

Tuve suficiente tiempo libre para estas y otras muchas reflexiones durante mi viaje a Ingolstadt, que fue largo y fatigoso. Por fin, el alto campanario blanco de la ciudad se encontró ante mis ojos. Me apeé y fui conducido a mi solitario apartamento para pasar la velada a mi antojo.

A la mañana siguiente entregué mis cartas de presentación y visité a algunos de los principales profesores. El azar —o más bien la influencia maligna, el Ángel de la Destrucción, que se afirmó omnipotente sobre mí desde el momento en que aparté mis renuentes pasos de la puerta de mi padre— me condujo primero a M. Krempe, profesor de filosofía natural. Era un hombre tosco, pero profundamente imbuido en los secretos de su ciencia. Me hizo varias preguntas sobre mis progresos en las diferentes ramas de la ciencia perteneciente a la filosofía natural. Respondí con descuido y en parte con desprecio, mencioné los nombres de mis alquimistas como los principales autores que había estudiado. El profesor se quedó mirando. «¿Realmente ha empleado su tiempo», dijo, «en estudiar semejantes tonterías?».

Respondí afirmativamente. «Cada minuto», continuó M. Krempe con calidez, «cada instante que usted ha malgastado en esos libros está total y completamente perdido. Ha cargado su memoria con sistemas destrozados y nombres inútiles. ¡Dios santo! ¿En qué tierra desierta ha vivido usted, donde nadie tuvo la amabilidad de informarle de que esas fantasías que tan ávidamente se ha imbuido tienen mil años y son tan rancias como antiguas? Poco esperaba encontrar, en esta época ilustrada y científica, a un discípulo de Alberto Magno y Paracelso. Mi querido señor, debe comenzar sus estudios completamente de nuevo».

Dicho esto, se apartó y anotó una lista de varios libros que trataban de filosofía natural y que deseaba que me procurara y me despidió tras mencionar que a principios de la semana siguiente tenía la intención de comenzar un curso de conferencias sobre filosofía natural en sus aspectos generales y que M. Waldman, un profesor colega, daría una conferencia sobre química los días alternos que él omitiera.

Volví a casa no decepcionado, pues ya he dicho que hacía tiempo que consideraba inútiles a aquellos autores que el profesor reprobaba; pero no regresé en absoluto más inclinado a retomar estos estudios de ninguna forma. M. Krempe era un hombrecillo rechoncho, de voz ronca y semblante repulsivo; el profesor, por tanto, no me predispuso a favor de sus aficiones. En un tono quizás demasiado filosófico y conectado, he dado cuenta de las conclusiones a las que había llegado respecto a ellos en mis primeros años. De niño no me había contentado con los resultados prometidos por los modernos profesores de ciencias naturales. Con una confusión de ideas sólo explicable por mi extrema juventud y mi falta de guía en tales asuntos, había retrocedido los pasos del conocimiento por los senderos del tiempo y cambiado los descubrimientos de los recientes indagadores por los sueños de los alquimistas olvidados. Además, sentía desprecio por los usos de la filosofía natural moderna. Era muy diferente cuando los maestros de la ciencia buscaban la inmortalidad y el poder; tales visiones, aunque fútiles, eran grandiosas; pero ahora la escena había cambiado. La ambición del indagador parecía limitarse a la aniquilación de aquellas visiones en las que se fundaba principalmente mi interés por la ciencia. Se me exigía cambiar quimeras de grandeza ilimitada por realidades de escaso valor.

Tales fueron mis reflexiones durante los dos o tres primeros días de mi residencia en Ingolstadt, que empleé principalmente en familiarizarme con la localidad y los principales residentes de mi nueva morada. Pero al comenzar la semana siguiente, pensé en la información que M. Krempe me había dado sobre las conferencias. Y aunque no podía consentir en ir a oír a ese engreído soltar frases desde un púlpito, recordé lo que había dicho de M. Waldman, a quien nunca había visto, ya que hasta entonces había estado fuera de la ciudad.

En parte por curiosidad y en parte por ociosidad, entré en la sala de conferencias, en la que M. Waldman entró poco después. Este profesor era muy diferente a su colega. Aparentaba unos cincuenta años pero con un aspecto que expresaba la mayor benevolencia; unas pocas canas cubrían sus sienes, pero el cabello de la nuca era casi negro. Su persona era baja pero notablemente erguida y su voz la más dulce que jamás había oído. Comenzó su conferencia con una recapitulación de la historia de la química y de las diversas mejoras realizadas por diferentes hombres de saber, pronunciando con fervor los nombres de los descubridores más distinguidos. A continuación hizo un somero repaso del estado actual de la ciencia y explicó muchos de sus términos elementales. Tras haber realizado algunos experimentos preparatorios, concluyó con un panegírico sobre la química moderna, cuyos términos nunca olvidaré:

«Los antiguos maestros de esta ciencia», dijo, «prometieron imposibles y no realizaron nada. Los maestros modernos prometen muy poco; saben que los metales no se pueden transmutar y que el elixir de la vida es una quimera, pero estos filósofos, cuyas manos parecen hechas sólo para hurgar en la suciedad y sus ojos para escudriñar el microscopio o el crisol, sí que han realizado milagros. Penetran en los recovecos de la naturaleza y muestran cómo trabaja en sus escondrijos. Ascienden a los cielos, han descubierto cómo circula la sangre y la naturaleza del aire que respiramos. Han adquirido poderes nuevos y casi ilimitados, pueden comandar los truenos del cielo, imitar el terremoto e incluso burlarse del mundo invisible con sus propias sombras».

Tales fueron las palabras del profesor —más bien permítanme decir que tales fueron las palabras del destino— anunciadas para destruirme. A medida que él avanzaba, sentí como si mi alma estuviera luchando con un enemigo palpable; una a una se tocaron las diversas teclas que formaban el mecanismo de mi ser; sonaron acorde tras acorde y pronto mi mente se llenó de un pensamiento, una concepción, un propósito. Se ha hecho tanto, exclamó el alma de Frankenstein... yo conseguiré más, mucho más; pisando sobre los pasos ya marcados abriré un nuevo camino, exploraré poderes desconocidos y revelaré al mundo los misterios más profundos de la creación.

Aquella noche no cerré un ojo. Mi ser íntimo se hallaba en un estado de insurrección y agitación; sentía que de allí surgiría el orden, pero no tenía poder para producirlo. Poco a poco, tras el amanecer de la mañana, llegó el sueño. Me desperté y mis pensamientos de la noche anterior eran como un sueño. Sólo me quedaba la resolución de volver a mis antiguos estudios y dedicarme a una ciencia para la que creía poseer un talento natural. Ese mismo día le hice una visita a M. Waldman. Sus modales en privado eran incluso más suaves y atractivos que en público, pues había cierta dignidad en su semblante durante su conferencia que en su propia casa era sustituida por la mayor afabilidad y amabilidad. Le hice prácticamente el mismo relato de mis antiguas ocupaciones que le había hecho a su profesor colega. Escuchó con atención la pequeña narración relativa a mis estudios y sonrió ante los nombres de Cornelio Agripa y Paracelso, pero sin el desprecio que había exhibido M. Krempe. Dijo que «se trataba de hombres a cuyo infatigable celo los filósofos modernos debían la mayor parte de los fundamentos de sus conocimientos. Nos dejaron a nosotros, como tarea más fácil, dar nuevos nombres y ordenar en clasificaciones conexas los hechos que ellos en gran medida habían sido los instrumentos de sacar a la luz. Las labores de los hombres de genio, por muy erróneamente dirigidas que estén, casi nunca dejan de redundar en última instancia en beneficio sólido de la humanidad». Escuché su declaración, que fue pronunciada sin ninguna presunción ni afectación, y luego añadí que su conferencia había eliminado mis prejuicios contra los químicos modernos; me expresé en términos mesurados, con la modestia y la deferencia debidas de un joven a su instructor, sin dejar escapar (la inexperiencia en la vida me habría avergonzado) nada del entusiasmo que estimulaba mis trabajos previstos. Le pedí consejo sobre los libros que debía procurarme.

«Me alegro», dijo M. Waldman, «de haber ganado un discípulo; y si su aplicación es igual a su capacidad, no dudo de su éxito. La química es la rama de la filosofía natural en la que se han hecho y pueden hacerse las mayores mejoras, es por ello que la he convertido en mi estudio peculiar, pero al mismo tiempo, no he descuidado las otras ramas de la ciencia. Un hombre no sería más que un químico muy lamentable si se dedicara únicamente a ese departamento del conocimiento humano. Si su deseo es convertirse realmente en un hombre de ciencia y no en un mero experimentalista insignificante, le aconsejo que se ocupe de todas las ramas de la filosofía natural, incluidas las matemáticas».

Después me llevó a su laboratorio y me explicó los usos de sus diversas máquinas, instruyéndome sobre lo que debía procurarme y prometiéndome el uso de las suyas cuando hubiera avanzado lo suficiente en la ciencia como para no estropear su mecanismo. También me dio la lista de libros que le había solicitado y me despedí.

Así terminó un día memorable para mí; decidió mi destino futuro.

Capítulo 4

A partir de ese día, la filosofía natural y, en particular, la química, en el sentido más amplio del término, se convirtieron casi en mi única ocupación. Leí con ardor esas obras, tan llenas de genio y de criterio, que los investigadores modernos han escrito sobre estos temas. Asistí a conferencias y cultivé el conocimiento de los hombres de ciencia de la universidad y encontré incluso en M. Krempe una gran cantidad de sensatez e información real, combinada, es cierto, con una fisonomía y unos modales repulsivos, pero no por ello menos valiosos. En M. Waldman encontré un verdadero amigo. Su gentileza nunca se vio teñida de dogmatismo y sus instrucciones se impartían con un aire de franqueza y buen talante que desterraba toda idea de pedantería. De mil maneras me allanó el camino del conocimiento e hizo que las indagaciones más abstrusas resultaran claras y fáciles para mi aprehensión. Mi aplicación fue al principio fluctuante e incierta, fue ganando fuerza a medida que avanzaba y pronto llegó a ser tan ardiente y ansiosa que las estrellas desaparecían a menudo a la luz de la mañana mientras yo seguía absorto en mi laboratorio.

Como me aplicaba tan intensamente, puede concebirse fácilmente que mis progresos fueran rápidos. Mi ardor era, en efecto, el asombro de los alumnos, y mi destreza el de los maestros. El Profesor Krempe me preguntaba a menudo, con una sonrisa socarrona, cómo seguía Cornelio Agrippa, mientras que M. Waldman expresaba la más sincera exultación por mis progresos. Así transcurrieron dos años, durante los cuales no hice ninguna visita a Ginebra, sino que me dediqué, en cuerpo y alma, a la consecución de algunos descubrimientos que esperaba realizar. Nadie, salvo quien los ha experimentado, puede concebir los encantos de la ciencia. En otros estudios uno llega tan lejos como otros han llegado antes que uno, y no hay nada más que saber pero en una búsqueda científica hay alimento continuo para el descubrimiento y el asombro. Una mente de capacidad moderada que persigue de cerca un estudio debe llegar infaliblemente a una gran destreza en ese estudio y yo, que buscaba continuamente la consecución de un objeto de persecución y estaba exclusivamente envuelto en ello, mejoré tan rápidamente que al cabo de dos años hice algunos descubrimientos en la mejora de algunos instrumentos químicos, que me procuraron gran estima y admiración en la universidad. Cuando había llegado a este punto y me había familiarizado con la teoría y la práctica de la filosofía natural hasta el punto de depender de las lecciones de cualquiera de los profesores de Ingolstadt, como mi residencia allí ya no era propicia para mis mejoras, pensé en regresar a mis amigos y a mi ciudad natal, cuando ocurrió un incidente que prolongó mi estancia.

Uno de los fenómenos que había atraído especialmente mi atención era la estructura del cuerpo humano y, de hecho, de cualquier animal dotado de vida. A menudo me preguntaba de dónde procedía el principio de la vida. Era una pregunta atrevida, que siempre se ha considerado un misterio; sin embargo, cuántas cosas estaríamos a punto de conocer si la cobardía o el descuido no frenaran nuestras investigaciones. Di vueltas a estas circunstancias en mi mente y decidí en lo sucesivo aplicarme más particularmente a aquellas ramas de la filosofía natural que se relacionan con la fisiología. A menos que hubiera estado animado por un entusiasmo casi sobrenatural, mi aplicación a este estudio habría sido fastidiosa y casi intolerable. Para examinar las causas de la vida, primero debemos recurrir a la muerte. Me familiaricé con la ciencia de la anatomía, pero esto no era suficiente; también debía observar la decadencia y la corrupción naturales del cuerpo humano. En mi educación, mi padre había tomado las mayores precauciones para que mi mente no se impresionara con ningún horror sobrenatural. No recuerdo haber temblado nunca ante una historia de superstición ni haber temido la aparición de un espíritu. La oscuridad no tenía ningún efecto sobre mi fantasía y un cementerio era para mí simplemente el receptáculo de cuerpos privados de vida, que, de ser la sede de la belleza y la fuerza, se habían convertido en alimento para el gusano. Ahora me vi llevado a examinar la causa y el progreso de esta decadencia y obligado a pasar días y noches en bóvedas y morgues. Mi atención se fijó en todos los objetos más insoportables para la delicadeza de los sentimientos humanos. Vi cómo la fina forma del hombre se degradaba y se consumía contemplé cómo la corrupción de la muerte sucedía a la floreciente mejilla de la vida, vi cómo el gusano heredaba las maravillas del ojo y del cerebro. Me detuve, examinando y analizando todas las minucias de la causalidad, tal como se ejemplifica en el cambio de la vida a la muerte y de la muerte a la vida, hasta que de en medio de esta oscuridad irrumpió en mí una luz repentina, una luz tan brillante y portentosa, y a la vez tan sencilla, que mientras me mareaba con la inmensidad de la perspectiva que ilustraba, me sorprendía que entre tantos hombres de genio que habían dirigido sus indagaciones hacia la misma ciencia, sólo yo estuviera reservado para descubrir un secreto tan asombroso.

Recuerde que no estoy registrando la visión de un loco. El sol no brilla en los cielos con más certeza que la que ahora afirmo que es cierta. Algún milagro podría haberlo producido pero las etapas del descubrimiento eran claras y probables. Tras días y noches de increíble trabajo y fatiga, logré descubrir la causa de la generación y de la vida; es más, yo mismo me hice capaz de conferir animación a la materia sin vida.

El asombro que al principio había experimentado ante este descubrimiento pronto dio paso al deleite y al arrobamiento. Después de tanto tiempo invertido en penosos trabajos, llegar de una vez a la cumbre de mis deseos fue la consumación más gratificante de mis fatigas. Pero este descubrimiento fue tan grande y abrumador que todos los pasos por los que me habían conducido progresivamente hasta él se borraron y sólo contemplé el resultado. Lo que había sido el estudio y el deseo de los hombres más sabios desde la creación del mundo estaba ahora a mi alcance. No es que, como en una escena mágica, todo se abriera ante mí de golpe: la información que había obtenido era más bien de una naturaleza tal que dirigía mis esfuerzos tan pronto como debía apuntarlos hacia el objeto de mi búsqueda que a mostrar ese objeto ya logrado. Me sentía como el árabe que había sido enterrado con los muertos y encontraba un pasadizo hacia la vida, ayudado únicamente por una luz resplandeciente y aparentemente ineficaz.

Veo por su impaciencia y el asombro y esperanza que expresan sus ojos, amigo mío, que espera que se le informe del secreto que conozco, eso no puede ser, escuche pacientemente hasta el final de mi relato y percibirá fácilmente por qué soy reservado sobre ese tema. No le conduciré, desprevenido y ardiente como era yo entonces, a su destrucción y a su infalible miseria. Aprenda de mí, si no por mis preceptos, al menos por mi ejemplo, cuán peligrosa es la adquisición de conocimientos y cuánto más feliz es aquel hombre que cree que su pueblo natal es el mundo, que aquel que aspira a llegar a ser más grande de lo que su naturaleza le permite.

Cuando encontré un poder tan asombroso puesto en mis manos, dudé durante mucho tiempo sobre la forma en que debía emplearlo. Aunque poseía la capacidad de otorgar animación, sin embargo, preparar un armazón para recibirla, con todas sus complejidades de fibras, músculos y venas, seguía siendo un trabajo de dificultad y labor inconcebibles. Al principio dudé si debía intentar la creación de un ser como yo, o de uno de organización más simple; pero mi imaginación estaba demasiado exaltada por mi primer éxito para permitirme dudar de mi capacidad de dar vida a un animal tan complejo y maravilloso como el hombre. Los materiales que tenía a mi alcance apenas parecían adecuados para una empresa tan ardua, pero no dudaba de que al final tendría éxito. Me preparé para una multitud de reveses, mis operaciones podrían ser incesantemente frustradas y, al final, mi obra imperfecta; sin embargo, cuando consideré la mejora que cada día se produce en la ciencia y la mecánica, me animé a esperar que mis intentos actuales sentarían al menos las bases de un éxito futuro. Tampoco podía considerar la magnitud y complejidad de mi plan como argumento alguno de su impracticabilidad. Con estos sentimientos comencé la creación de un ser humano. Como la minuciosidad de las piezas constituía un gran obstáculo para mi rapidez, resolví, contrariamente a mi primera intención, hacer este ser de estatura gigantesca, es decir, de unos ocho pies de altura y proporcionalmente grande. Después de haber tomado esta determinación y de haber pasado algunos meses reuniendo y arreglando con éxito mis materiales, comencé.

Nadie puede concebir la variedad de sentimientos que me arrastraron, como un huracán, en el primer entusiasmo del éxito. La vida y la muerte me parecían límites ideales, que yo debería traspasar primero, y verter un torrente de luz en nuestro oscuro mundo. Una nueva especie me bendeciría como su creador y origen, muchas naturalezas felices y excelentes me deberían su ser. Ningún padre podría reclamar la gratitud de su hijo tan completamente como yo debería merecer la suya. Siguiendo con estas reflexiones pensé que, si podía otorgar animación a la materia sin vida, podría con el tiempo (aunque ahora me pareciera imposible) renovar la vida allí donde aparentemente la muerte había entregado el cuerpo a la corrupción.

Estos pensamientos sostuvieron mi ánimo, mientras proseguía mi empresa con ardor infatigable. Mi mejilla había palidecido con el estudio y mi persona se había enflaquecido con el confinamiento. A veces, al borde mismo de la certeza, fracasaba; aun así, me aferraba a la esperanza que el día siguiente o la hora siguiente podrían hacerse realidad. Un secreto que sólo yo poseía era la esperanza a la que me había consagrado; y la luna contemplaba mis trabajos de medianoche, mientras, con afán no relajado y sin aliento, perseguía a la naturaleza hasta sus escondrijos. ¿Quién concebirá los horrores de mis fatigas secretas mientras escarbaba entre las presas profanas de la tumba o torturaba al animal vivo para animar la arcilla sin vida? Ahora mis miembros tiemblan y mis ojos nadan con el recuerdo pero entonces un impulso irresistible y casi frenético me impulsó hacia delante; parecía haber perdido toda alma o sensación excepto por esta única persecución. En realidad no fue más que un trance pasajero, que sólo me hizo sentir con renovada agudeza tan pronto como, cesando de operar el estímulo antinatural, volví a mis antiguos hábitos. Recogí huesos de las morgues y perturbé, con dedos profanos, los tremendos secretos del armazón humano. En una cámara solitaria, o más bien celda, en lo alto de la casa y separada de todos los demás apartamentos por una galería y una escalera, tenía mi taller de sucia creación; los globos oculares se me salían de las órbitas de tanta atención dedicada a los detalles de mi tarea. La sala de disección y el matadero me suministraban muchos de mis materiales y a menudo mi naturaleza humana se apartaba con repugnancia de mi ocupación, mientras, urgido todavía por un afán que aumentaba perpetuamente, llevaba mi trabajo casi a su conclusión.

Los meses de verano transcurrieron mientras yo me dedicaba así, en cuerpo y alma, a un único afán. Era una estación hermosísima, nunca los campos otorgaron una cosecha más abundante ni las vides dieron una vendimia más exuberante, pero mis ojos eran insensibles a los encantos de la naturaleza. Y los mismos sentimientos que me hacían descuidar las escenas que me rodeaban me hicieron olvidar también a aquellos amigos que estaban a tantas millas de distancia y a los que no veía desde hacía tanto tiempo. Sabía que mi silencio les inquietaba y recordaba bien las palabras de mi padre: «Sé que mientras estés satisfecho contigo mismo pensarás en nosotros con afecto y tendremos noticias tuyas con regularidad. Debes perdonarme si considero cualquier interrupción en tu correspondencia como una prueba de que tus otros deberes están igualmente descuidados».

Sabía bien, pues, cuáles serían los sentimientos de mi padre, pero no podía arrancar mis pensamientos de mi empleo, detestable en sí mismo, pero que se había apoderado de mi imaginación de forma irresistible. Deseaba, por así decirlo, procrastinar todo lo relacionado con mis sentimientos de afecto hasta que el gran objeto, que engullía todos los hábitos de mi naturaleza, estuviera terminado.

Entonces pensé que mi padre sería injusto si atribuía mi negligencia a un vicio o a una falta por mi parte pero ahora estoy convencido de que estaba justificado al concebir que yo no estaría del todo libre de culpa. Un ser humano perfecto debe conservar siempre una mente tranquila y apacible y no permitir nunca que la pasión o un deseo transitorio perturben su tranquilidad. No creo que la búsqueda del conocimiento sea una excepción a esta regla. Si el estudio al que uno se aplica tiene tendencia a debilitar sus afectos y a destruir su gusto por esos placeres sencillos en los que ninguna aleación puede mezclarse, entonces ese estudio es ciertamente ilícito, es decir, no es propio a la mente humana.

Si esta regla se observara siempre, si ningún hombre permitiera que una actividad cualquiera interfiriera en la tranquilidad de sus afectos domésticos, Grecia no habría sido esclavizada, César habría salvado a su país, América habría sido descubierta más gradualmente y los imperios de México y Perú no habrían sido destruidos.

Pero olvido que estoy moralizando en la parte más interesante de mi relato y su mirada me recuerda que debo proseguir.

Mi padre no me hizo ningún reproche en sus cartas y sólo advirtió mi silencio preguntando por mis ocupaciones más particularmente que antes. Pasaron el invierno, la primavera y el verano durante mis trabajos pero no observé el florecimiento ni las hojas que se expandían, espectáculos que antes siempre me producían un deleite supremo, tan profundamente absorto estaba en mi ocupación. Las hojas de aquel año se habían marchitado antes de que mi trabajo llegara a su fin y ahora cada día me mostraba más claramente lo bien que lo había logrado. Pero mi entusiasmo se veía frenado por mi ansiedad y yo parecía más bien alguien condenado por la esclavitud a trabajar en las minas o en cualquier otro oficio malsano que un artista ocupado en su empleo favorito. Todas las noches me oprimía una fiebre lenta y me ponía nervioso hasta un grado dolorosísimo, la caída de una hoja me sobresaltaba y rehuía a mis semejantes como si hubiera sido culpable de un crimen. A veces me alarmaba la ruina en la que percibía que me había convertido; sólo la energía de mi propósito me sostenía: mis trabajos terminarían pronto y creía que el ejercicio y la diversión ahuyentarían entonces la enfermedad incipiente; y me prometí ambas cosas cuando mi creación estuviera completa.

Capítulo 5

Fue en una lúgubre noche de noviembre cuando contemplé el logro de mis afanes. Con una ansiedad que casi llegaba a la agonía, reuní los instrumentos de la vida a mi alrededor para poder infundir una chispa de ser a la cosa sin vida que yacía a mis pies. Era ya la una de la madrugada, la lluvia repiqueteaba tristemente contra los cristales y mi vela estaba casi consumida, cuando, por el resplandor de la luz medio apagada, vi abrirse el ojo amarillo y apagado de la criatura; respiraba con dificultad y un movimiento convulsivo agitaba sus miembros.

¿Cómo describir mis emociones ante esta catástrofe o cómo delinear al desgraciado al que con tan infinitos dolores y cuidados me había esforzado en dar forma? Sus miembros eran proporcionados y yo había seleccionado sus rasgos como hermosos. ¡Bellos! ¡Gran Dios! Su piel amarilla apenas cubría el trabajo de los músculos y las arterias que había debajo, su cabello era de un negro lustroso y abundante, sus dientes de una blancura nacarada pero estas exuberancias sólo formaban un contraste más horrible con sus ojos acuosos, que parecían casi del mismo color que las cuencas de un blanco mortecino en las que estaban colocados, su tez marchita y sus labios negros y rectos.

Los diferentes accidentes de la vida no son tan cambiantes como los sentimientos de la naturaleza humana. Había trabajado duro durante casi dos años con el único propósito de infundir vida a un cuerpo inanimado. Para ello me había privado del descanso y de la salud. Lo había deseado con un ardor que superaba con creces la moderación pero, ahora que había terminado, la belleza del sueño se desvaneció y el horror y la repugnancia sin aliento llenaron mi corazón. Incapaz de soportar el aspecto del ser que había creado, salí corriendo de la habitación y continué largo rato recorriendo mi alcoba, incapaz de componer mi mente para dormir. Al final, la lasitud sucedió al tumulto que había soportado antes y me tiré en la cama con la ropa puesta, esforzándome por buscar unos momentos de olvido. Pero fue en vano; dormí, en efecto, pero me perturbaron los sueños más salvajes. Me pareció ver a Elizabeth, en la flor de la vida, paseando por las calles de Ingolstadt. Encantado y sorprendido, la abracé, pero al imprimir el primer beso en sus labios, éstos se tornaron lívidos con el matiz de la muerte, sus facciones parecieron cambiar y pensé que tenía en mis brazos el cadáver de mi difunta madre; una mortaja envolvía su figura y vi a los gusanos de la tumba arrastrándose por los pliegues de la franela. Me desperté horrorizado; un rocío frío me cubrió la frente, me castañeteaban los dientes y se me convulsionaban todos los miembros; entonces, a la luz tenue y amarilla de la luna, que se abría paso a través de los postigos de la ventana, contemplé al desdichado, al miserable monstruo que yo había creado. Levantó la cortina de la cama y sus ojos, si ojos pueden llamarse, se clavaron en mí. Sus mandíbulas se abrieron y murmuró algunos sonidos inarticulados mientras una sonrisa arrugaba sus mejillas. Pudo haber hablado pero no le oí; me tendió una mano, aparentemente para detenerme, pero escapé y bajé corriendo las escaleras. Me refugié en el patio de la casa que habitaba, donde permanecí durante el resto de la noche, caminando arriba y abajo con la mayor agitación, escuchando atentamente, captando y temiendo cada sonido como si fuera a anunciar la aproximación del cadáver demoníaco al que tan miserablemente había dado vida.

Ningún mortal podría soportar el horror de aquel semblante. Una momia dotada de nuevo de animación no podría ser tan horrenda como aquel desgraciado. Lo había contemplado mientras estaba inacabado; entonces era feo pero, cuando aquellos músculos y articulaciones se hicieron capaces de movimiento, se convirtió en algo tal que ni siquiera Dante habría podido concebir.

Pasé la noche miserablemente. A veces mi pulso latía tan deprisa y con tanta dificultad que sentía la palpitación de cada arteria; otras, casi me hundía en el suelo por la languidez y la extrema debilidad. Mezclado con este horror, sentí la amargura de la desilusión; los sueños que habían sido mi alimento y placentero descanso durante tanto tiempo se convertían ahora en un infierno para mí; ¡y el cambio fue tan rápido, el derrocamiento tan completo!

La mañana, lúgubre y húmeda, amaneció por fin y descubrió a mis ojos insomnes y doloridos la iglesia de Ingolstadt, su blanco campanario y el reloj que indicaba la hora sexta. El portero abrió las puertas del patio, que aquella noche había sido mi asilo, y salí a las calles, recorriéndolas con pasos rápidos, como si tratara de evitar al desgraciado que temía que cada recodo de la calle presentara a mi vista. No me atreví a regresar al apartamento que habitaba sino que me sentí impulsado a seguir adelante a toda prisa, aunque empapado por la lluvia que caía de un cielo negro y sin consuelo.

Continué caminando así por algún tiempo, intentando mediante el ejercicio corporal aliviar la carga que pesaba sobre mi mente. Recorrí las calles sin tener una concepción clara de dónde estaba o qué estaba haciendo. Mi corazón palpitaba, presa del miedo, y yo me apresuraba a avanzar con pasos irregulares, sin atreverme a mirar a mi alrededor:

Como quien, en un camino solitario
camina con miedo y temor,
y, habiendo dado una vez la vuelta, sigue caminando
y no vuelve más la cabeza
porque sabe que un espantoso demonio
pisa de cerca tras él.
[«Antiguo Marinero» de Coleridge].

Continuando así, llegué por fin frente a la posada en la que solían detenerse las diversas diligencias y carruajes. Aquí me detuve, no sabía por qué; pero permanecí algunos minutos con los ojos fijos en un carruaje que venía hacia mí desde el otro extremo de la calle. A medida que se acercaba observé que se trataba de la diligencia suiza; se detuvo justo donde yo me encontraba y, al abrirse la puerta, percibí a Henry Clerval, quien, al verme, se apeó al instante. «Mi querido Frankenstein», exclamó, «¡cuánto me alegro de verte! Qué suerte que estés aquí en el preciso momento en que me apeo».

Nada podía igualar mi regocijo al ver a Clerval; su presencia trajo a mis pensamientos a mi padre, a Elizabeth y todas aquellas escenas del hogar tan queridas a mi memoria. Agarré su mano y en un momento olvidé mi horror y mi desgracia; sentí de repente, y por primera vez durante muchos meses, una alegría tranquila y serena. Recibí, pues, a mi amigo de la manera más cordial y caminamos hacia mi college. Clerval siguió hablando durante algún tiempo de nuestros amigos comunes y de su propia suerte al permitírsele venir a Ingolstadt. «Puedes creer fácilmente», dijo, «cuán grande fue la dificultad para persuadir a mi padre de que todo el conocimiento necesario no estaba comprendido en el noble arte de la contabilidad y, de hecho, creo que le dejé incrédulo hasta el final, pues su respuesta constante a mis incansables ruegos fue la misma que la del maestro de escuela holandés en *El vicario de Wakefield:* "Tengo diez mil florines al año sin saber griego, como con ganas sin saber griego". Pero su afecto por mí superó finalmente su aversión por el aprendizaje y me ha permitido emprender un viaje de descubrimiento a la tierra del conocimiento».

«Me da el mayor placer verte pero dime cómo dejaste a mi padre, a mis hermanos y a Elizabeth».

«Muy bien y muy contentos, sólo un poco inquietos de que sepan de ti tan poco. Por cierto, yo mismo tengo la intención de sermonearte un poco a cuenta de ellos. Pero, mi querido Frankenstein», continuó él, parándose en seco y mirándome fijamente a la cara, «no había notado antes lo muy enfermo que pareces tan delgado y pálido, parece como si hubieras estado velando durante varias noches».

«Has adivinado bien; últimamente he estado tan profundamente ocupado en una actividad que no me he permitido descansar lo suficiente, como ves; pero espero, espero sinceramente, que todos estos afanes hayan llegado a su fin y que finalmente esté libre».

Yo temblaba en exceso; no podía soportar pensar, y mucho menos aludir, a los sucesos de la noche anterior. Caminé con paso rápido y pronto llegamos a mi colegio. Reflexioné entonces y el pensamiento me hizo estremecer, que la criatura a la que había dejado en mi apartamento podría estar aún allí, viva y caminando. Temía contemplar a ese monstruo, pero temía aún más que Henry lo viera. Rogándole, por tanto, que permaneciera unos minutos al pie de la escalera, subí corriendo hacia mi propia habitación. Mi mano estaba ya en la cerradura de la puerta antes de que me acordara. Entonces me detuve y un escalofrío me invadió. Abrí la puerta de un tirón, como acostumbran a hacer los niños cuando esperan que un espectro les aceche al otro lado, pero no apareció nada. Entré temeroso: el apartamento estaba vacío y mi dormitorio también se había librado de su horrible huésped. Apenas podía creer que me hubiera sucedido una suerte tan grande pero, cuando me aseguré de que mi enemigo había huido realmente, aplaudí de alegría y corrí hacia Clerval.

Subimos a mi habitación y el criado no tardó en traer el desayuno; pero yo era incapaz de contenerme. No era sólo la alegría lo que me poseía, sentía que mi carne hormigueaba por el exceso de sensibilidad y que mi pulso latía rápidamente. Era incapaz de permanecer un solo instante en el mismo lugar, saltaba sobre las sillas, aplaudía y reía a carcajadas. Al principio, Clerval atribuyó mi inusual estado de ánimo a la alegría por su llegada, pero cuando me observó con más atención, vio un desenfreno en mis ojos que no podía explicar y mi risa estridente, desenfrenada y despiadada le asustó y asombró.

«Mi querido Victor», gritó él, «¿qué ocurre, por el amor de Dios? No te rías de esa manera. ¡Qué enfermo estás! ¿Cuál es la causa de todo esto?».

«No me preguntes», grité, poniendo las manos ante los ojos, pues creí ver al temido espectro deslizarse en la habitación; «él puede decirlo. ¡Oh, sálvame! ¡Sálvame!». Imaginé que el monstruo se apoderaba de mí; forcejeé furiosamente y caí fulminado.

¡Pobre Clerval! ¿Cuáles habrán sido sus sentimientos? Un encuentro, que esperaba con tanta alegría, tan extrañamente convertido en amargura. Pero yo no fui testigo de su dolor, pues me quedé sin vida y no recobré el sentido durante mucho, mucho tiempo.

Este fue el comienzo de una fiebre nerviosa que me confinó durante varios meses. Durante todo ese tiempo Henry fue mi único enfermero. Más tarde supe que, conociendo la avanzada edad de mi padre y su incapacidad para un viaje tan largo y lo desdichada que mi enfermedad haría a Elizabeth, les ahorró esta pena ocultándoles el alcance de mi trastorno. Sabía que no podría tener un enfermero más amable y atento que él; y, firme en la esperanza que sentía de mi recuperación, no dudó en que, en lugar de hacerles daño, realizó la acción más amable que pudo hacia ellos.

Pero en realidad estaba muy enfermo y seguramente nada, salvo las atenciones ilimitadas e incesantes de mi amigo, habría podido devolverme la vida. La forma del monstruo al que había concedido la existencia estaba para siempre ante mis ojos y deliraba incesantemente en relación con él. Sin duda mis palabras sorprendieron a Henry; al principio creyó que eran las divagaciones de mi perturbada imaginación, pero la pertinacia con que recurría continuamente al mismo tema le persuadió de que mi trastorno debía en verdad su origen a algún acontecimiento poco común y terrible.

Gradualmente, y con frecuentes recaídas que alarmaron y apenaron a mi amigo, me recuperé. Recuerdo que la primera vez que fui capaz de observar los objetos exteriores con cierto placer, percibí que las hojas caídas habían desaparecido y que los jóvenes brotes despuntaban de los árboles que daban sombra a mi ventana. Era una primavera divina y la estación contribuyó en gran medida a mi convalecencia. Sentí también revivir en mi pecho sentimientos de alegría y afecto; mi melancolía desapareció y en poco tiempo me volví tan alegre como antes de ser atacado por la fatal pasión.

«Queridísimo Clerval», exclamé, «qué amable, qué bueno eres conmigo. Todo este invierno, en lugar de pasarlo en el estudio, como te prometiste, se ha consumido en mi habitación de enfermo. ¿Cómo podré recompensarte? Siento el mayor remordimiento por la decepción de la que he sido ocasión, pero tú me perdonarás».

«Me lo pagarás enteramente si no te descompones y te recuperas tan rápido como puedas; y ya que pareces de tan buen humor, puedo hablarte de un tema, ¿no?».

Me estremecí. ¡Un tema! ¿Qué podría ser? ¿Podría aludir a un objeto en el que yo no me atrevía ni a pensar?

«Tranquilízate», dijo Clerval, que observó mi cambio de color, «no lo mencionaré si te agita; pero tu padre y tu prima se alegrarían mucho si recibieran una carta tuya de tu puño y letra. Apenas saben lo enfermo que has estado y están inquietos por tu largo silencio».

«¿Eso es todo, mi querido Henry? ¿Cómo puedes suponer que mi primer pensamiento no volaría hacia esos queridos, queridos amigos a los que amo y que tanto merecen mi amor?».

«Si éste es tu temperamento actual, amigo mío, quizá te alegre ver una carta que lleva aquí unos días para ti; es de tu prima, creo».

Capítulo 6

Clerval puso entonces en mis manos la siguiente carta. Era de mi propia Elizabeth:

«Mi queridísimo Primo,

«Has estado enfermo, muy enfermo, y ni siquiera las constantes cartas del querido y amable Henry bastan para tranquilizarme en lo que a ti respecta. Tienes prohibido escribir, sostener una pluma; sin embargo, una palabra tuya, querido Victor, es necesaria para calmar nuestras aprensiones. Durante mucho tiempo he pensado que cada correo traería esta línea y mis persuasiones han impedido a mi tío emprender un viaje a Ingolstadt. Le he evitado los inconvenientes y tal vez los peligros de un viaje tan largo pero ¡cuántas veces he lamentado no poder realizarlo yo misma! Me figuro que la tarea de atender tu lecho de enfermo habría recaído en alguna vieja enfermera mercenaria, que nunca podría adivinar tus deseos ni atenderlos con el cuidado y el afecto de tu pobre prima. Sin embargo, eso ya se ha acabado: Clerval escribe que, en efecto, estás mejorando. Espero ansiosamente que confirmes pronto esta información de tu puño y letra.

«Recupérate... y vuelve con nosotros. Encontrarás un hogar feliz y alegre y amigos que te quieren mucho. La salud de tu padre es vigorosa y no pide más que verte para estar seguro de que estás bien; y ni una preocupación nublará jamás su benévolo semblante. ¡Cuánto te complacería observar la mejoría de nuestro Ernest! Ahora tiene dieciséis años y está lleno de actividad y espíritu. Desea ser un verdadero suizo y entrar en el servicio exterior pero no podemos separarnos de él, al menos hasta que su hermano mayor regrese con nosotros. A mi tío no le agrada la idea de una carrera militar en un país lejano pero Ernest nunca tuvo tu capacidad de aplicación. Considera el estudio como un odioso grillete; su tiempo lo pasa al aire libre, escalando las colinas o remando en el lago. Temo que se convierta en un holgazán a menos que cedamos y le permitamos dedicarse a la profesión que ha elegido.

«Pocas alteraciones, salvo el crecimiento de nuestros queridos hijos, han tenido lugar desde que nos dejaste. El lago azul y las montañas cubiertas de nieve, nunca cambian; y creo que nuestro plácido hogar y nuestros contentos corazones están regulados por las mismas leyes inmutables. Mis insignificantes ocupaciones consumen mi tiempo y me divierten y cualquier esfuerzo se ve recompensado al no ver más que rostros felices y amables a mi alrededor. Desde que nos dejaste, sólo se ha producido un cambio en nuestro pequeño hogar. ¿Recuerdas en qué ocasión entró Justine Moritz en nuestra familia? Probablemente no; te contaré su historia, por tanto, en pocas palabras. Madame Moritz, su madre, era viuda y tenía cuatro hijos, de los cuales Justine era la tercera. Esta niña siempre había sido la favorita de su padre pero, por una extraña perversidad, su madre no podía soportarla y, tras la muerte de M. Moritz, la trató muy mal. Mi tía observó esto y, cuando Justine tenía doce años, convenció a su madre para que le permitiera vivir en nuestra casa. Las instituciones republicanas de nuestro país han producido modales más sencillos y felices que los que prevalecen en las grandes monarquías que lo rodean. De ahí que haya menos distinción entre las diversas clases de sus habitantes y, los de las clases inferiores, al no ser ni tan pobres ni tan despreciados, tienen modales más refinados y una moral más elevada. Una sirvienta en Ginebra no significa lo mismo que una sirvienta en Francia e Inglaterra. Justine, acogida así en nuestra familia, aprendió los deberes de una sirvienta, una condición que, en nuestro afortunado país, no incluye la idea de ignorancia y sacrificio de la dignidad de un ser humano.

«Justine, como recordarás, era una gran favorita tuya y recuerdo que una vez comentaste que si estabas de mal humor, una mirada de Justine podía disiparlo, por la misma razón que Ariosto da respecto a la belleza de Angélica: parecía tan franca de corazón y feliz. Mi tía concibió un gran apego por ella por lo que se vio inducida a darle una educación superior a la que se había propuesto en un principio. Este beneficio le fue totalmente devuelto; Justine era la criaturita más agradecida del mundo: no quiero decir que hiciera ninguna profesión, nunca oí que saliera una de sus labios, pero se podía ver por sus ojos que casi adoraba a su protectora. Aunque su talante era alegre y en muchos aspectos desconsiderado, prestaba la mayor atención a cada gesto de mi tía. La consideraba el modelo de toda excelencia y se esforzaba por imitar su fraseología y sus modales, de modo que incluso ahora me la recuerda a menudo.

«Cuando murió mi queridísima tía todos estaban demasiado ocupados en su propio dolor para reparar en la pobre Justine, que la había atendido durante su enfermedad con el afecto más ansioso. La pobre Justine estaba muy enferma pero le estaban reservadas otras pruebas.

«Uno tras otro, murieron sus hermanos y su hermana; y su madre, con la excepción de su descuidada hija, se quedó sin hijos. La conciencia de la mujer se turbó, empezó a pensar que la muerte de sus favoritos era un juicio del cielo para castigar su parcialidad. Era católica romana y creo que su confesor le confirmó la idea que había concebido. En consecuencia, unos meses después de tu partida a Ingolstadt, Justine fue llamada a casa por su arrepentida madre. ¡Pobre muchacha! Lloró cuando abandonó nuestra casa; estaba muy alterada desde la muerte de mi tía; el dolor había dado suavidad y una dulzura encantadora a sus modales, que antes habían destacado por su vivacidad. Su estancia en casa de su madre tampoco le devolvió la alegría. La pobre mujer era muy vacilante en su arrepentimiento. A veces suplicaba a Justine que perdonara su falta de amabilidad pero, mucho más a menudo, la acusaba de haber causado la muerte de sus hermanos y hermana. El perpetuo desasosiego acabó por sumir a Madame Moritz en una decadencia, que al principio aumentó su irritabilidad, pero ahora está en paz para siempre. Murió al acercarse el primer frío, a principios de este último invierno. Justine acaba de regresar con nosotros y te aseguro que la quiero con ternura. Es muy inteligente y amable y extremadamente bonita; como ya he dicho, su porte y su expresión me recuerdan continuamente a mi querida tía.

«Debo decirte también unas palabras, mi querido primo, sobre el pequeño y querido William. Ojalá pudieras verle; es muy alto para su edad, con unos dulces y risueños ojos azules, pestañas oscuras y pelo rizado. Cuando sonríe, aparecen dos pequeños hoyuelos en cada mejilla, que están sonrosados de salud. Ya ha tenido una o dos espositas, pero Louisa Biron es su favorita, una bonita niña de cinco años.

«Ahora, querido Victor, me atrevería a decir que deseas ser complacido con un pequeño cotilleo sobre la buena gente de Ginebra. La bonita señorita Mansfield ya ha recibido las visitas de felicitación por su próximo matrimonio con un joven inglés, John Melbourne, Esq. Su fea hermana, Manon, se casó el pasado otoño con M. Duvillard, el rico banquero. Su compañero favorito, Louis Manoir, ha sufrido varias desgracias desde la partida de Clerval de Ginebra. Pero ya ha recuperado el ánimo, y se dice que está a punto de casarse con una francesa muy guapa, Madame Tavernier. Es viuda y mucho mayor que Manoir pero es muy admirada y la favorita de todo el mundo.

«Me he puesto de mejor humor, querido primo, pero mi ansiedad vuelve sobre mí al concluir. Escribe, queridísimo Victor... una línea, una palabra será una bendición para nosotros. Diez mil gracias a Henry por su amabilidad, su afecto y sus muchas cartas; estamos sinceramente agradecidos. ¡Adieu! primo mío, cuídate, y, te lo ruego, ¡escribe!

«Elizabeth Lavenza.

«Ginebra, 18 de marzo de 17...».

«¡Querida, querida Elizabeth!», exclamé, cuando hube leído su carta: «Escribiré al instante y les aliviaré de la ansiedad que deben sentir». Escribí, y este esfuerzo me fatigó mucho; pero mi convalecencia había comenzado, y avanzaba regularmente. En quince días pude salir de mi habitación.

Uno de mis primeros deberes al recuperarme fue presentar a Clerval a varios profesores de la universidad. Al hacerlo, me sometí a una especie de hábito rudo, impropio, de las heridas que mi mente había sufrido. Desde aquella noche fatal, fin de mis trabajos y principio de mis desgracias, había concebido una violenta antipatía incluso hacia el nombre de filosofía natural. Cuando por lo demás estaba bastante restablecido, la visión de un instrumento químico renovaba toda la agonía de mis síntomas nerviosos. Henry se dio cuenta de ello y había retirado todos mis aparatos de mi vista. También había cambiado mi apartamento, pues percibió que yo había adquirido aversión por la habitación que antes había sido mi laboratorio. Pero estas preocupaciones de Clerval no sirvieron de nada cuando visité a los profesores. M. Waldman me infligió una tortura cuando elogió, con amabilidad y calidez, los asombrosos progresos que había hecho en las ciencias. Pronto percibió que me disgustaba el tema pero al no adivinar la verdadera causa, atribuyó mis sentimientos a la modestia y cambió el tema de mi progreso por el de la ciencia en sí, con el deseo, como evidentemente vi, de atraerme. ¿Qué podía hacer? Quería complacerme y me atormentaba. Sentí como si hubiera colocado cuidadosamente, uno a uno, a mi vista aquellos instrumentos que iban a ser utilizados después para someterme a una muerte lenta y cruel. Me retorcía bajo sus palabras pero no me atrevía a exhibir el dolor que sentía. Clerval, cuyos ojos y sentimientos eran siempre rápidos para discernir las sensaciones de los demás, declinó el tema, alegando, como excusa, su total ignorancia y la conversación tomó un cariz más general. Agradecí de corazón a mi amigo pero no hablé. Vi claramente que estaba sorprendido pero nunca intentó arrancarme mi secreto y aunque le amaba con una mezcla de afecto y reverencia que no conocía límites, nunca pude persuadirme de confiarle aquel suceso que tan a menudo estaba presente en mi memoria, pero que temía que el detallárselo a otro sólo le impresionaría más profundamente.

M. Krempe no era igual de dócil y en mi estado en aquel momento, de una sensibilidad casi insoportable, sus duros y contundentes elogios me causaban aún más dolor que la benevolente aprobación de M. Waldman. «¡Maldito sea!», gritó, «por qué, M. Clerval, le aseguro que él nos ha aventajado a todos. Ay, mírelo si le place; pero no por ello deja de ser cierto. Un joven que, hace sólo unos años, creía en Cornelio Agripa tan firmemente como en el evangelio se ha colocado ahora a la cabeza de la universidad; y si no se le derriba pronto, todos nos quedaremos sin rostro... Ay, ay», continuó, observando mi rostro expresivo de sufrimiento, «el señor Frankenstein es modesto, una cualidad excelente en un joven. Los jóvenes deben ser tímidos con ellos mismos, ¿sabe, M. Clerval? Yo mismo lo fui cuando era joven pero eso se desgasta en muy poco tiempo».

M. Krempe había comenzado ahora un panegírico sobre sí mismo, que felizmente desvió la conversación de un tema que me resultaba tan molesto.

Clerval nunca había simpatizado con mis gustos por las ciencias naturales y sus aficiones literarias diferían totalmente de las que me habían ocupado a mí. Vino a la universidad con el designio de hacerse un completo maestro de las lenguas orientales y así abrirse campo en el plan de vida que se había trazado. Resuelto a no seguir una carrera poco gloriosa, volvió sus ojos hacia Oriente, como campo propicio para su espíritu emprendedor. Las lenguas persa, árabe y sánscrita atrajeron su atención, y yo fui inducido fácilmente a emprender los mismos estudios. La ociosidad siempre me había resultado fastidiosa y ahora que deseaba huir de la reflexión y odiaba mis antiguos estudios, sentí un gran alivio al ser condiscípulo de mi amigo y encontré no sólo instrucción sino consuelo en las obras de los orientalistas. No intenté, como él, un conocimiento crítico de sus dialectos, pues no contemplaba hacer de ellos otro uso que un pasatiempo temporal. Leí simplemente para comprender su significado y éstos recompensaron bien mis esfuerzos. Su melancolía es tranquilizadora y su alegría elevadora, en un grado que nunca experimenté al estudiar a los autores de ningún otro país. Cuando se leen sus escritos, la vida parece consistir en un cálido sol y un jardín de rosas... en las sonrisas y los ceños fruncidos de una bella enemiga y en el fuego que consume tu propio corazón. ¡Qué diferente de la poesía varonil y heroica de Grecia y Roma!

El verano transcurrió en estas ocupaciones y mi regreso a Ginebra se fijó para finales del otoño pero, al retrasarse por varios accidentes, llegó el invierno y la nieve, los caminos se consideraron intransitables, y mi viaje se retrasó hasta la primavera siguiente. Sentí muy amargamente este retraso, pues ansiaba ver mi ciudad natal y a mis queridos amigos. Mi regreso sólo se había retrasado hasta entonces por no querer dejar a Clerval en un lugar extraño, antes de que se hubiera familiarizado con alguno de sus habitantes. El invierno, sin embargo, transcurrió alegremente y, aunque la primavera se retrasó de forma poco común, cuando llegó su belleza compensó su dilación.

Ya había comenzado el mes de mayo, y yo esperaba la carta diariamente que debía fijar la fecha de mi partida, cuando Henry me propuso una excursión a pie por los alrededores de Ingolstadt, para que pudiera despedirme personalmente del país que había habitado durante tanto tiempo. Accedí con gusto a esta proposición: yo era aficionado al ejercicio y Clerval siempre había sido mi compañero favorito en los paseos de esta índole que había realizado entre los paisajes de mi país natal.

Pasamos quince días en estas peregrinaciones: mi salud y mi ánimo hacía tiempo que se habían restablecido y ganaron fuerzas adicionales gracias al aire salubre que respiraba, a los incidentes naturales de nuestro progreso y a la conversación de mi amigo. El estudio me había aislado antes del trato con mis semejantes y me había vuelto poco sociable pero Clerval despertó los mejores sentimientos de mi corazón; me enseñó de nuevo a amar el espectáculo de la naturaleza y los alegres rostros de los niños. ¡Excelente amigo! con cuánta sinceridad me amaste y te esforzaste por elevar mi mente hasta que estuvo a la altura de la tuya. Una persecución egoísta me había encogido y estrechado, hasta que tu gentileza y afecto templaron y abrieron mis sentidos; me convertí en la misma criatura feliz que hace unos años, amada y querida por todos, no tenía penas ni preocupaciones. Cuando era feliz, la naturaleza inanimada tenía el poder de otorgarme las sensaciones más deliciosas. Un cielo sereno y unos campos verdes me llenaban de éxtasis. La estación actual era ciertamente divina; las flores de la primavera florecían en los setos, mientras que las del verano ya estaban en ciernes. No me perturbaban los pensamientos que durante el año anterior me habían presionado, a pesar de mis esfuerzos por desecharlos, con una carga invencible.

Henry se regocijaba en mi alegría y simpatizaba sinceramente con mis sentimientos: se esforzaba por divertirme mientras expresaba las sensaciones que llenaban su alma. Los recursos de su mente en esta ocasión eran verdaderamente asombrosos: su conversación estaba llena de imaginación y, muy a menudo, a imitación de los escritores persas y árabes, inventaba cuentos de maravillosa fantasía y pasión. Otras veces repetía mis poemas favoritos, o me enzarzaba en discusiones que sostenía con gran ingenio.

Regresamos a nuestro colegio un domingo por la tarde: los campesinos estaban bailando y todos los que nos encontrábamos parecían alegres y felices. Mis propios ánimos estaban exaltados y yo avanzaba con sentimientos de alegría e hilaridad desenfrenadas.

Capítulo 7

A mi regreso, encontré la siguiente carta de mi padre:

«Mi querido Víctor,

«Probablemente has esperado con impaciencia una carta que fijara la fecha de tu regreso a nosotros y al principio estuve tentado de escribirte sólo unas líneas, mencionando simplemente el día en que debía esperarte. Pero eso sería una cruel amabilidad y no me atrevo a hacerlo. ¿Cuál sería tu sorpresa, hijo mío, cuando esperabas una bienvenida feliz y alegre, para contemplar, por el contrario, lágrimas y desdicha? ¿Y cómo, Víctor, puedo relatar nuestra desgracia? La ausencia no puede haberte vuelto insensible a nuestras alegrías y penas, ¿y cómo voy a infligir dolor a mi hijo ausente desde hace tanto tiempo? Deseo prepararte para la triste noticia pero sé que es imposible; incluso ahora tu ojo hojea la página para buscar las palabras que han de transmitirte las horribles nuevas.

«¡William ha muerto…! ¡Ese dulce niño, cuyas sonrisas deleitaban y calentaban mi corazón, que era tan gentil y a la vez tan alegre! Víctor, ¡lo han asesinado!

«No intentaré consolarte sino que me limitaré a relatarte las circunstancias del acontecimiento.

«El jueves pasado (7 de mayo), yo, mi sobrina y tus dos hermanos fuimos a pasear por Plainpalais. La tarde era cálida y serena y prolongamos nuestro paseo más allá de lo habitual. Ya había anochecido cuando pensamos en regresar y entonces descubrimos que William y Ernest, que habían salido antes, no aparecían. En consecuencia, descansamos en un asiento hasta que regresaron. Enseguida llegó Ernest y preguntó si habíamos visto a su hermano; dijo que había estado jugando con él, que William había huido para esconderse y que lo buscó en vano y después esperó mucho tiempo pero que no regresó.

«Este relato nos alarmó bastante y seguimos buscándole hasta que cayó la noche, cuando Elizabeth conjeturó que podría haber regresado a la casa. No estaba allí. Volvimos de nuevo, con antorchas; pues yo no podía descansar al pensar que mi dulce niño se había perdido y estaba expuesto a todas las humedades y rocíos de la noche; Elizabeth también sufrió una angustia extrema. Hacia las cinco de la mañana descubrí a mi adorable niño, a quien la noche anterior había visto floreciente y activo de salud, tendido sobre la hierba lívido e inmóvil; la huella del dedo del asesino estaba en su cuello.

«Lo llevaron a casa y la angustia visible en mi semblante delató el secreto a Elizabeth. Estaba muy ansiosa por ver el cadáver. Al principio intenté impedírselo pero ella persistió y, al entrar en la habitación donde yacía, examinó apresuradamente el cuello de la víctima y juntando las manos exclamó: "¡Oh Dios! ¡He asesinado a mi querido hijo!".

«Se desmayó y fue restablecida con extrema dificultad. Cuando volvió a vivir, fue sólo para llorar y suspirar. Me contó que esa misma noche William la había tentado para que le dejara llevar una miniatura muy valiosa que poseía de su madre. Esta imagen había desaparecido y fue sin duda la tentación que impulsó al asesino al acto. En la actualidad no tenemos rastro de él, aunque nuestros esfuerzos por descubrirlo son incesantes; ¡pero no devolverán a mi amado William!

«Ven, queridísimo Víctor; sólo tú puedes consolar a Elizabeth. Ella llora continuamente y se acusa injustamente como la causa de su muerte; sus palabras me atraviesan el corazón. Todos somos desgraciados pero ¿no será eso un motivo adicional para que tú, hijo mío, regreses y seas nuestro consuelo? ¡Tu querida madre! ¡Ay, Víctor! Ahora digo: ¡Gracias a Dios que ella no vivió para presenciar la muerte cruel y miserable de su querido más joven!

«Ven, Víctor; no con pensamientos de venganza contra el asesino, sino con sentimientos de paz y dulzura, que curarán, en lugar de ulcerar, las heridas de nuestras mentes. Entra en la casa del luto, amigo mío, pero con bondad y afecto hacia los que te aman y no con odio hacia tus enemigos.

«Tu afectuoso y afligido padre,

«Alphonse Frankenstein.

«Ginebra, 12 de mayo de 17...».

Clerval, que había observado mi semblante mientras leía esta carta, se sorprendió al observar la desesperación que sucedió a la alegría que al principio expresé al recibir noticias de mis amigos. Arrojé la carta sobre la mesa y me cubrí la cara con las manos.

«Mi querido Frankenstein», exclamó Henry, cuando me vio llorar de amargura, «¿siempre vas a ser desgraciado? Mi querido amigo, ¿qué ha ocurrido?».

Le hice señas para que cogiera la carta, mientras yo caminaba arriba y abajo por la habitación en la más extrema agitación. Las lágrimas también brotaron de los ojos de Clerval, mientras leía el relato de mi desgracia.

«No puedo ofrecerte ningún consuelo, amigo mío», dijo; «tu desastre es irreparable. ¿Qué piensas hacer?».

«Ir al instante a Ginebra: ven conmigo, Henry, a solicitar los caballos».

Durante nuestro paseo, Clerval se esforzó por decir algunas palabras de consuelo; sólo pudo expresar su más sentido pésame. «¡Pobre William!», dijo, «¡querido niño encantador, ahora duerme con su madre ángel! ¡Quién lo haya visto brillante y alegre en su joven belleza, debe sino llorar por su prematura pérdida! Morir tan miserablemente, ¡sentir las garras del asesino! ¡Cuánto más un asesinado que pudiera destruir la inocencia radiante! Pobrecito, sólo tenemos un consuelo; sus amigos se lamentan y lloran pero él descansa. La pena ha terminado, sus sufrimientos han terminado para siempre. Un césped cubre su gentil forma y no conoce el dolor. Ya no puede ser objeto de compasión; debemos reservarla para sus miserables supervivientes».

Clerval habló así mientras nos apresurábamos por las calles, las palabras se grabaron en mi mente y las recordé después en soledad. Pero ahora, en cuanto llegaron los caballos, me apresuré a subir a un cabriolé y me despedí de mi amigo.

Mi viaje fue muy melancólico. Al principio deseaba apresurarme, pues anhelaba consolar y compadecer a mis queridos y afligidos amigos; pero cuando me acerqué a mi ciudad natal, aflojé mi marcha. Apenas podía sostener la multitud de sentimientos que se agolpaban en mi mente. Pasé por escenas familiares a mi juventud pero que no había visto desde hacía casi seis años. ¡Cuán alteradas podían estar todas las cosas durante ese tiempo! Se había producido un cambio repentino y desolador pero mil pequeñas circunstancias podrían haber obrado poco a poco otras alteraciones que, aunque se hubieran producido con más tranquilidad, no serían menos decisivas. El miedo se apoderó de mí, no me atrevía a avanzar, temiendo mil males sin nombre que me hacían temblar, aunque era incapaz de definirlos.

Permanecí dos días en Lausana, en este doloroso estado de ánimo. Contemplé el lago: las aguas estaban plácidas, todo alrededor estaba en calma y las montañas nevadas, «los palacios de la naturaleza», no habían cambiado. Poco a poco la calma y la escena celestial me restauraron y continué mi viaje hacia Ginebra.

La carretera discurría por la orilla del lago, que se iba estrechando a medida que me acercaba a mi ciudad natal. Descubrí con mayor nitidez las negras laderas del Jura y la brillante cumbre del Mont Blanc. Lloré como un niño. «¡Queridas montañas! ¡mi propio y hermoso lago! ¿cómo acogen al caminante? Sus cumbres están despejadas, el cielo y el lago son azules y plácidos. ¿Es esto un pronóstico de paz o una burla a mi infelicidad?».

Me temo, amigo mío, que me volveré tedioso al detenerme en estas circunstancias preliminares; pero fueron días de felicidad en comparación y pienso en ellos con placer. ¡Mi país, mi amado país! ¡Quién sino un nativo puede decir el deleite que sentí al contemplar de nuevo tus arroyos, tus montañas y, sobre todo, tu encantador lago!

Sin embargo, a medida que me acercaba a casa, la pena y el miedo volvieron a apoderarse de mí. La noche también se cerraba a mi alrededor y, cuando apenas podía ver las oscuras montañas, me sentía aún más sombrío. El cuadro se me presentaba como una vasta y tenue escena del mal y preveía oscuramente que estaba destinado a convertirme en el más desdichado de los seres humanos. ¡Ay! profeticé verdaderamente y fallé sólo en una única circunstancia, que en toda la miseria que imaginé y temí, no concebí ni la centésima parte de la angustia que estaba destinado a soportar.

Estaba completamente oscuro cuando llegué a los alrededores de Ginebra, las puertas de la ciudad ya estaban cerradas y me vi obligado a pasar la noche en Secheron, un pueblo situado a media legua de la ciudad. El cielo estaba sereno y, como no podía descansar, resolví visitar el lugar donde mi pobre William había sido asesinado. Como no podía atravesar la ciudad, me vi obligado a cruzar el lago en una barca para llegar a Plainpalais. Durante este corto viaje vi los relámpagos jugar sobre la cumbre del Mont Blanc en las más bellas figuras. La tormenta parecía acercarse rápidamente y, al desembarcar, subí a una colina baja para poder observar su avance. Avanzaba, los cielos estaban nublados y pronto sentí que la lluvia caía lentamente en grandes gotas, pero su violencia aumentaba rápidamente.

Abandoné mi sitio y seguí caminando, aunque la oscuridad y la tormenta aumentaban a cada minuto y los truenos estallaban con un estruendo espantoso sobre mi cabeza. Su eco llegaba desde Salêve, los Juras y los Alpes de Saboya; vívidos relámpagos deslumbraban mis ojos, iluminando el lago, haciéndolo parecer una inmensa sábana de fuego; luego, durante un instante, todo parecía de una oscuridad sepulcral, hasta que el ojo se recuperaba del fogonazo precedente. La tormenta, como suele ocurrir en Suiza, apareció a la vez en varias partes del cielo. La tormenta más violenta se cernió exactamente al norte de la ciudad, sobre la parte del lago situada entre el promontorio de Belrive y el pueblo de Copêt. Otra tormenta iluminó el Jura con débiles destellos y otra oscureció y a veces desveló la Môle, una montaña en pico al este del lago.

Mientras contemplaba la tempestad, tan hermosa y a la vez tan terrible, me alejé con paso apresurado. Esta noble guerra en el cielo elevó mi ánimo; junté las manos y exclamé en voz alta: «¡William, querido ángel! éste es tu funeral, éste tu canto fúnebre». Mientras pronunciaba estas palabras, percibí en la penumbra una figura que salía de detrás de una mata de árboles cercana a mí; me quedé inmóvil, mirando atentamente: no podía equivocarme. Un relámpago iluminó el objeto y me descubrió claramente su forma; su estatura gigantesca y la deformidad de su aspecto, más horrible de lo que pertenece a la humanidad, me informaron al instante de que se trataba del desgraciado, del asqueroso demonio, al que yo había dado la vida. ¿Qué hacía allí? ¿Podría ser (me estremecí ante la concepción) el asesino de mi hermano? Apenas cruzó esa idea por mi imaginación me convencí de su verdad; me castañetearon los dientes y me vi obligado a apoyarme en un árbol para sostenerme. La figura pasó rápidamente junto a mí y la perdí de vista en la penumbra. Nada en forma humana podría haber destruido al hermoso niño. ¡Era el asesino! No podía dudarlo. La mera presencia de la idea era una prueba irresistible del hecho. Pensé en perseguir al demonio, pero habría sido en vano, pues otro destello me lo descubrió suspendido entre las rocas de la ascensión casi perpendicular del monte Salêve, una colina que limita Plainpalais por el sur. Pronto alcanzó la cima y desapareció.

Permanecí inmóvil. Los truenos cesaron pero la lluvia continuaba y la escena estaba envuelta en una oscuridad impenetrable. Repasé en mi mente los acontecimientos que hasta ahora había tratado de olvidar: todo el hilo de mi progreso hacia la creación, la aparición de la obra de mis propias manos junto a mi lecho, su partida. Habían transcurrido ya casi dos años desde la noche en que recibió la vida por primera vez; ¿y era éste su primer crimen? ¡Ay! Había soltado en el mundo a un infeliz depravado cuyo placer era la carnicería y la miseria; ¿no había asesinado él a mi hermano?

Nadie puede concebir la angustia que sufrí durante el resto de la noche, que pasé, fría y húmeda, al aire libre. Pero no sentí los inconvenientes del tiempo; mi imaginación estaba ocupada en escenas de maldad y desesperación. Consideré al ser al que había arrojado entre la humanidad y dotado de la voluntad y el poder para llevar a cabo propósitos de horror, como el acto que ahora había realizado, casi a la luz de mi propio vampiro, mi propio espíritu liberado de la tumba y obligado a destruir todo lo que me era querido.

Amaneció el día y dirigí mis pasos hacia la ciudad. Las puertas estaban abiertas y me apresuré a llegar a la casa de mi padre. Mi primer pensamiento fue descubrir lo que sabía del asesino y provocar una persecución instantánea. Pero me detuve al reflexionar sobre la historia que tenía que contar. Un ser al que yo mismo había formado y dotado de vida se había encontrado conmigo a medianoche entre los precipicios de una montaña inaccesible. Recordé también la fiebre nerviosa que me había embargado justo en el momento en que feché mi creación y que daría un aire de delirio a un relato por lo demás tan absolutamente improbable. Bien sabía yo que si cualquier otro me hubiera comunicado semejante relato, lo habría considerado como los desvaríos de la locura. Además, la extraña naturaleza del animal eludiría toda persecución, aunque yo tuviera tanto crédito como para persuadir a mis parientes de que la iniciaran. ¿Y entonces de qué serviría la persecución? ¿Quién podría detener a una criatura capaz de escalar las laderas salientes del monte Salêve? Estas reflexiones me determinaron y resolví permanecer en silencio.

Eran alrededor de las cinco de la mañana cuando llegué a la casa de mi padre. Dije a los criados que no molestaran a la familia y entré en la biblioteca para asistir a su hora habitual de levantarse.

Habían transcurrido seis años, pasados en un sueño salvo por una huella indeleble, y me encontraba en el mismo lugar donde había abrazado por última vez a mi padre antes de mi partida hacia Ingolstadt. ¡Amado y venerable padre! Aún le conservaba para mí. Contemplé el cuadro de mi madre, que estaba sobre la repisa de la chimenea. Era un tema histórico, pintado por deseo de mi padre, y representaba a Carolina Beaufort en una agonía de desesperación, arrodillada junto al ataúd de su padre muerto. Su atuendo era rústico y su mejilla pálida, pero había un aire de dignidad y belleza que apenas permitía el sentimiento de piedad. Debajo de este cuadro había una miniatura de William y se me saltaron las lágrimas al contemplarla. Mientras estaba así ocupado, entró Ernest; me había oído llegar y se apresuró a darme la bienvenida: «Bienvenido, mi queridísimo Víctor», me dijo. «¡Ah! Ojalá hubieras venido hace tres meses, entonces nos habrías encontrado a todos alegres y encantados. Ahora vienes a nosotros para compartir una desdicha que nada puede aliviar; sin embargo, tu presencia, espero, reanimará a nuestro padre, que parece hundirse bajo su desgracia, y tus persuasiones inducirán a la pobre Elizabeth a cesar en sus vanas y atormentadoras autoacusaciones... ¡Pobre William! era nuestro tesoro y nuestro orgullo».

Lágrimas, incontenibles, cayeron de los ojos de mi hermano; una sensación de agonía mortal se apoderó de mi cuerpo. Antes, sólo había imaginado la desdicha de mi hogar desolado; la realidad se abatió sobre mí como un desastre nuevo y no menos terrible. Intenté calmar a Ernest;

pregunté más minuciosamente por mi padre y aquí nombré a mi prima.

«Ella, sobre todo», dijo Ernest, «necesita consuelo; se acusaba a sí misma de haber causado la muerte de mi hermano y eso la hacía muy desgraciada. Pero desde que se ha descubierto al asesino...».

«¡El asesino descubierto! ¡Dios mío! ¿Cómo puede ser? ¿Quién podría intentar perseguirlo? Es imposible; uno bien podría intentar adelantar a los vientos o contener una corriente de montaña con una brizna de paja. Yo también lo vi, estaba en libertad anoche».

«No sé a qué te refieres», replicó mi hermano, con acento de asombro, «pero para nosotros el descubrimiento que hemos hecho culmina nuestra miseria. Nadie lo creía al principio e incluso ahora Elizabeth no se convencerá, a pesar de todas las pruebas. De hecho, ¿quién daría crédito a que Justine Moritz, que era tan amable y apreciada por toda la familia, pudiera de repente volverse capaz de un crimen tan espantoso, tan atroz?».

«¡Justine Moritz! Pobre, pobre chica, ¿es ella la acusada? Pero es injusto; todo el mundo lo sabe; nadie lo cree, seguramente, Ernest».

«Nadie lo sabía al principio pero surgieron varias circunstancias que casi nos han obligado a condenarla y su propio comportamiento ha sido tan confuso que ha añadido a la evidencia de los hechos un peso que, me temo, no deja esperanza para la duda. Pero será juzgada hoy y entonces lo oirás todo».

Entonces relató que, la mañana en que se había descubierto el asesinato del pobre William, Justine había enfermado y había estado confinada en su cama durante varios días. Durante este intervalo, uno de los criados, por casualidad, al examinar la ropa que había llevado la noche del asesinato, había descubierto en su bolsillo el retrato de mi madre, que se había juzgado la tentación del asesino. El criado se la mostró al instante a uno de los otros, quien, sin decir una palabra a nadie de la familia, se dirigió a un magistrado y, tras su declaración, Justine fue detenida. Al ser acusada del hecho, la pobre muchacha confirmó en gran medida la sospecha por su extrema confusión de modales.

Era una historia extraña pero no hizo tambalear mi fe y respondí con seriedad: «Están todos equivocados, conozco al asesino. Justine, la pobre y buena Justine, es inocente».

En ese instante entró mi padre. Vi la infelicidad profundamente impresa en su semblante pero él se esforzó por darme una alegre bienvenida y, después de que hubiéramos intercambiado nuestro afligido saludo, habría introducido algún otro tema que no fuera el de nuestro desastre, si Ernest no hubiera exclamado: «¡Dios mío, papá! Víctor dice que sabe quién fue el asesino del pobre William».

«Nosotros también, por desgracia», replicó mi padre, «pues, en verdad, hubiera preferido ser para siempre ignorante antes que descubrir tanta depravación e ingratitud en alguien a quien apreciaba tanto».

«Mi querido padre, se equivoca; Justine es inocente».

«Si lo es, Dios no quiera que sufra como culpable. Será juzgada hoy y espero, sinceramente espero, que sea absuelta».

Este discurso me tranquilizó. Estaba firmemente convencido en mi propia mente de que Justine, y de hecho cualquier ser humano, era inocente de este asesinato. No temía, por tanto, que se pudiera presentar ninguna prueba circunstancial lo bastante sólida como para condenarla. Mi historia no podía anunciarse públicamente; su asombroso horror sería considerado una locura por el vulgo. ¿Existía realmente alguien, excepto yo, el creador, que creyera, a menos que sus sentidos le convencieran, en la existencia del monumento viviente de presunción e ignorancia temeraria que yo había soltado al mundo?

Pronto se nos unió Elizabeth. El tiempo la había alterado desde la última vez que la contemplé; la había dotado de una hermosura que superaba la de sus años infantiles. Había en ella el mismo candor, la misma vivacidad, pero aliados a una expresión más llena de sensibilidad e intelecto. Me recibió con el mayor afecto. «Tu llegada, mi querido primo», dijo ella, «me llena de esperanza. Tal vez encuentres algún medio para justificar a mi pobre e inocente Justine. ¡Ay! ¿quién está a salvo, si la condenan por un crimen? Confío en su inocencia tan ciertamente como en la mía propia. Nuestra desgracia es doblemente dura para nosotros; no sólo hemos perdido a ese encantador y querido muchacho sino que esta pobre muchacha, a quien amo sinceramente, va a ser arrancada por un destino aún peor. Si la condenan, nunca más conoceré la alegría. Pero ella no lo será, estoy segura de que no lo será; y entonces volveré a ser feliz, incluso después de la triste muerte de mi pequeño William».

«Es inocente, mi Elizabeth», le dije, «y eso se demostrará; no temas nada, deja que tu ánimo se alegre con la seguridad de su absolución».

«¡Qué amable y generoso eres! Todos los demás creen en su culpabilidad, y eso me convirtió en una desdichada, pues sabía que era imposible: y ver que todos los demás prejuzgaban de un modo tan funesto me dejó desesperanzada y abatida». Lloró.

«Queridísima sobrina», dijo mi padre, «seca tus lágrimas. Si ella es, como tú crees, inocente, confía en la justicia de nuestras leyes y en mi diligencia para evitar la menor sombra de parcialidad».

Capítulo 8

Pasamos unas horas tristes hasta las once, hora en que debía comenzar el juicio. Como mi padre y el resto de la familia estaban obligados a asistir como testigos, les acompañé al tribunal. Durante toda esta miserable burla de la justicia sufrí una verdadera tortura. Se iba a decidir si el resultado de mi curiosidad y de mis artimañas al margen de la ley causaría la muerte de dos de mis congéneres: uno un sonriente bebé lleno de inocencia y alegría, el otro mucho más espantosamente asesinado, con todos los agravantes de infamia que podían hacer que el asesinato fuera memorable en el horror. Justine también era una muchacha de mérito y poseía cualidades que prometían hacer su vida feliz; ahora todo iba a ser borrado en una tumba ignominiosa, ¡y yo el causante! Mil veces hubiera preferido confesarme culpable del crimen atribuido a Justine, pero estaba ausente cuando se cometió, y tal declaración habría sido considerada como los desvaríos de un loco y no habría exculpado a la que sufrió por mi culpa.

El aspecto de Justine era tranquilo. Iba vestida de luto y su semblante, siempre atractivo, se tornaba, por la solemnidad de sus sentimientos, exquisitamente bello. Sin embargo, parecía confiada en su inocencia y no tembló, a pesar de ser contemplada y execrada por miles de personas, ya que toda la amabilidad que su belleza podría haber suscitado en otras circunstancias quedó borrada en la mente de los espectadores por la imaginación de la enormidad que se suponía que había cometido. Estaba tranquila, pero su tranquilidad estaba evidentemente constreñida; y como su confusión había sido aducida antes como prueba de su culpabilidad, se armó de valor. Cuando entró en la sala, la recorrió con la mirada y descubrió rápidamente dónde estábamos sentados. Una lágrima pareció empañar sus ojos cuando nos vio, pero se recuperó rápidamente y una mirada de afecto apenado pareció atestiguar su total inocencia.

Comenzó el juicio y, después de que el abogado de la acusación expusiera los cargos, se llamó a varios testigos. Varios hechos extraños se combinaron contra ella, que podrían haber dejado perplejo a cualquiera que no tuviera tantas pruebas de su inocencia como yo. Había estado fuera toda la noche en que se había cometido el asesinato y hacia la mañana había sido vista por una vendedora del mercado no muy lejos del lugar donde después se encontró el cuerpo del niño asesinado. La mujer le preguntó qué hacía allí pero ella puso cara de extrañeza y sólo respondió de forma confusa e ininteligible. Regresó a la casa hacia las ocho y cuando alguien le preguntó dónde había pasado la noche, contestó que había estado buscando al niño y preguntó con insistencia si se había sabido algo de él. Cuando se le mostró el cadáver, cayó en un violento ataque de histeria y guardó cama durante varios días. Entonces se presentó el retrato que el criado había encontrado en su bolsillo, y cuando Elizabeth, con voz vacilante, demostró que era el mismo que, una hora antes de que el niño hubiera desaparecido, ella le había colocado alrededor del cuello, un murmullo de horror e indignación llenó el tribunal.

Justine fue llamada para defenderse. A medida que avanzaba el juicio, su semblante se había alterado. La sorpresa, el horror y la miseria se expresaban con firmeza. A veces luchaba contra sus lágrimas pero, cuando se le pidió que alegara, hizo acopio de sus fuerzas y habló con voz audible aunque variable.

«Dios sabe», dijo, «hasta qué punto soy totalmente inocente. Pero no pretendo que mis protestas me absuelvan; respaldo mi inocencia con una explicación llana y sencilla de los hechos que se han aducido contra mí, y espero que el carácter que siempre he tenido incline a mis jueces a una interpretación favorable cuando alguna circunstancia parezca dudosa o sospechosa».

Entonces relató que, con el permiso de Elizabeth, había pasado la noche en que se había cometido el asesinato en casa de una tía en Chêne, un pueblo situado a una legua de Ginebra. A su regreso, hacia las nueve, se encontró con un hombre que le preguntó si había visto algo del niño que se había perdido. Alarmada por este relato, pasó varias horas buscándolo, cuando se cerraron las puertas de Ginebra y se vio obligada a permanecer varias horas de la noche en un granero perteneciente a una casa de campo, pues no quería avisar a los habitantes, a quienes conocía bien. Pasó aquí la mayor parte de la noche vigilando; hacia la mañana creyó dormir unos minutos; unos pasos la perturbaron y se despertó. Amanecía y ella abandonó su asilo para intentar de nuevo encontrar a mi hermano. Si se había acercado al lugar donde yacía su cuerpo, fue sin que ella lo supiera. Que se hubiera sentido desconcertada cuando la interrogó la vendedora del mercado no era de extrañar ya que había pasado una noche en vela y la suerte del pobre William era aún incierta. Sobre el retrato no pudo dar ninguna explicación.

«Sé», continuó la infeliz víctima, «cuán pesada y fatalmente pesa esta única circunstancia en mi contra, pero no puedo explicarla; y cuando he expresado mi total ignorancia, sólo me queda conjeturar sobre las probabilidades por las que pudo haber sido colocada en mi bolsillo.

Pero también aquí estoy en jaque. Creo que no tengo ningún enemigo en la tierra y seguramente ninguno habría sido tan malvado como para destruirme gratuitamente. ¿La colocó allí el asesino? No conozco ninguna oportunidad que se le haya presentado para hacerlo o, si la hubiera tenido, ¿por qué habría de robar la joya para volver a desprenderse de ella tan pronto?

«Confío mi causa a la justicia de mis jueces, pero no veo lugar para la esperanza. Pido permiso para que sean examinados algunos testigos sobre mi carácter y, si su testimonio no supera mi supuesta culpabilidad, debo ser condenada, aunque empeñaría mi salvación en mi inocencia».

Fueron llamados varios testigos que la conocían desde hacía muchos años y hablaron bien de ella; pero el miedo y el odio al crimen del que la suponían culpable los hizo tímidos y reacios a presentarse. Elizabeth vio que incluso este último recurso, sus excelentes disposiciones y su conducta irreprochable, estaban a punto de fallar a la acusada, cuando, aun estando violentamente agitada, pidió permiso para dirigirse al tribunal.

«Soy», dijo ella, «la prima del infeliz niño que fue asesinado, o más bien su hermana, pues fui educada por sus padres y he vivido con ellos desde entonces e incluso mucho antes de su nacimiento. Por lo tanto, puede que se juzgue indecente por mi parte presentarme en esta ocasión pero, cuando veo a una semejante a punto de perecer por la cobardía de sus pretendidos amigos, deseo que se me permita hablar, para poder decir lo que sé de su carácter. Conozco bien a la acusada. He vivido en la misma casa con ella, en una época durante cinco y en otra durante casi dos años. Durante todo ese período me pareció la más amable y benévola de las criaturas humanas. Cuidó a Madame Frankenstein, mi tía, en su última enfermedad, con el mayor afecto y cuidado y después asistió a su propia madre durante una tediosa enfermedad de una manera que despertó la admiración de todos los que la conocieron, después de lo cual volvió a vivir en casa de mi tío, donde fue muy querida por toda la familia. Estaba muy unida al niño que ahora está muerto y se comportaba con él como una madre de lo más cariñosa. Por mi parte, no dudo en decir que, a pesar de todas las pruebas presentadas contra ella, creo y confío en su perfecta inocencia. Ella no tuvo ninguna tentación para tal acción; en cuanto a la baratija sobre la que descansa la prueba principal, si ella la hubiera deseado fervientemente, yo se la habría dado de buena gana, tanto la estimo y la valoro».

Un murmullo de aprobación siguió al sencillo y poderoso llamamiento de Elizabeth pero fue excitado por su generosa interferencia y no a favor de la pobre Justine, sobre quien la indignación pública se volvió con renovada violencia, acusándola de la más negra ingratitud. Ella misma lloró mientras Elizabeth hablaba, pero no respondió. Mi propia agitación y angustia fueron extremas durante todo el juicio. Creía en su inocencia; lo sabía. ¿Podría el demonio que había (no lo dudé ni un minuto) asesinado a mi hermano también en su juego infernal haber traicionado al inocente a la muerte y a la ignominia? No pude sostener el horror de mi situación y cuando percibí que la voz popular y los semblantes de los jueces ya habían condenado a mi infeliz víctima, salí corriendo del tribunal en agonía. Las torturas de la acusada no igualaban las mías; ella se sostenía en la inocencia pero los colmillos del remordimiento desgarraban mi pecho y no renunciaban a su dominio.

Pasé una noche de desdicha sin medida. Por la mañana fui al tribunal; tenía los labios y la garganta resecos. No me atreví a hacer la pregunta fatal pero me conocían y el oficial adivinó la causa de mi visita. Las papeletas habían sido lanzadas; todas eran negras y Justine estaba condenada.

No puedo pretender describir lo que sentí entonces. Había experimentado antes sensaciones de horror y me he esforzado por otorgarles expresiones adecuadas pero las palabras no pueden transmitir una idea de la desesperación desgarradora que soporté entonces. La persona a la que me dirigí añadió que Justine ya había confesado su culpabilidad. «Esa prueba», observó, «apenas era necesaria en un caso tan flagrante, pero me alegro de ello y, de hecho, a ninguno de nuestros jueces le gusta condenar a un criminal basándose en pruebas circunstanciales, por muy decisivas que sean».

Se trataba de una información extraña e inesperada; ¿qué podía significar? ¿Me habían engañado mis ojos? ¿Y estaba realmente tan loco como el mundo entero me creería si revelara el objeto de mis sospechas? Me apresuré a regresar a casa y Elizabeth me exigió con impaciencia el resultado.

«Mi prima», le respondí, «se ha decidido como tú esperabas; todos los jueces prefieren que sufran diez inocentes a que escape un culpable. Pero ella ha confesado».

Esto fue un duro golpe para la pobre Elizabeth, que había confiado con firmeza en la inocencia de Justine. «¡Ay!», dijo ella. «¿Cómo podré volver a creer en la bondad humana? Justine, a quien amaba y estimaba como a mi hermana, ¿cómo podía esbozar esas sonrisas de inocencia sólo para traicionar? Sus ojos suaves parecían incapaces de cualquier severidad o astucia y sin embargo ha cometido un asesinato».

Poco después nos enteramos de que la pobre víctima había expresado su deseo de ver a mi prima. Mi padre deseaba que no fuera, pero dijo que dejaba a su propio juicio y sentimientos la decisión. «Sí», dijo Elizabeth, «iré, aunque ella sea culpable; y tú, Víctor, me acompañarás; no puedo ir sola». La idea de esta visita me resultaba una tortura pero no podía negarme.

Entramos en la sombría cámara de la prisión y vimos a Justine sentada sobre un poco de paja en el otro extremo; tenía las manos maniatadas y la cabeza apoyada en las rodillas. Se levantó al vernos entrar y, cuando nos quedamos a solas con ella, se arrojó a los pies de Elizabeth, llorando amargamente. Mi prima también lloró.

«¡Oh, Justine!», dijo ella. «¿Por qué me robaste mi último consuelo? Confié en tu inocencia y aunque entonces era muy desgraciada, no lo era tanto como ahora».

«¿Y tú también crees que soy tan, tan malvada? ¿También te unes a mis enemigos para aplastarme, para condenarme como una asesina?». Su voz estaba sofocada por los sollozos.

«Levántate, mi pobre muchacha», dijo Elizabeth; «¿por qué te arrodillas, si eres inocente? No soy uno de tus enemigos, te creía inocente, a pesar de todas las pruebas, hasta que oí que tú misma te habías declarado culpable. Ese informe, dices, es falso; y ten por seguro, querida Justine, que nada puede hacer tambalear ni un momento mi confianza en ti, salvo tu propia confesión».

«Sí, confesé, pero confesé una mentira. Confesé para obtener la absolución, pero ahora esa mentira pesa más en mi corazón que todos mis otros pecados. ¡Que el Dios del cielo me perdone! Desde que fui condenada, mi confesor me ha asediado; amenazó y amenazó, hasta que casi empecé a pensar que yo era el monstruo que él decía que era. Amenazó con la excomunión y el fuego del infierno en mis últimos momentos si continuaba obcecada. Querida señora, no tenía a nadie que me apoyara; todos me miraban como a una desgraciada condenada a la ignominia y la perdición. ¿Qué podía hacer? En una mala hora adherí a una mentira; y sólo ahora soy verdaderamente miserable».

Hizo una pausa, llorando, y luego continuó: «Pensé con horror, mi dulce señora, que usted creería que su Justine, a quien su bendita tía había honrado tanto y a quien usted amaba, era una criatura capaz de un crimen que nadie sino el mismo diablo podría haber perpetrado. ¡Querido William! ¡Queridísimo bendito niño! Pronto volveré a verte en el cielo, donde todos seremos felices, y eso me consuela, yendo, como voy, a sufrir la ignominia y la muerte».

«¡Oh, Justine! Perdóname por haber desconfiado de ti por un momento. ¿Por qué confesaste? Pero no te lamentes, querida niña. No temas. Proclamaré, probaré tu inocencia. Derretiré los corazones pétreos de tus enemigos con mis lágrimas y mis oraciones. No morirás. ¡Tú, mi compañera de juegos, mi compañera, mi hermana, no perecerás en el cadalso! ¡No! ¡No! Nunca podría sobrevivir a una desgracia tan horrible».

Justine sacudió la cabeza afligida. «No temo morir», dijo; «esa punzada ya pasó. Dios levanta mi debilidad y me da valor para soportar lo peor. Dejo un mundo triste y amargo; y si tú me recuerdas y piensas en mí como en alguien injustamente condenado, yo estoy resignada al destino que me espera. Aprende de mí, querida señora, a someterte con paciencia a la voluntad del cielo».

Durante esta conversación me había retirado a un rincón de la sala de la prisión, donde podía ocultar la horrible angustia que me poseía. ¡Desesperación! ¿Quién se atrevía a hablar de eso? La pobre víctima, que al día siguiente iba a traspasar la horrible frontera entre la vida y la muerte, no sentía, como yo, una agonía tan profunda y amarga. Apreté los dientes y los rechiné, profiriendo un gemido que me salió de lo más profundo del alma. Justine se sobresaltó. Cuando vio quién era, se acercó a mí y me dijo: «Querido señor, es usted muy amable al visitarme; usted, espero, ¿no creerá que soy culpable?».

No pude responder. «No, Justine», dijo Elizabeth; «él está más convencido de tu inocencia de lo que yo lo estaba, pues incluso cuando oyó que habías confesado, no dio crédito».

«Te lo agradezco sinceramente. En estos últimos momentos siento la más sincera gratitud hacia quienes piensan en mí con bondad. ¡Qué dulce es el afecto de los demás hacia una desgraciada como yo! Elimina más de la mitad de mi desgracia y siento como si pudiera morir en paz ahora que mi inocencia es reconocida por ti, querida señora, y por tu primo».

Así, la pobre sufriente trató de consolar a los demás y a sí misma. Obtuvo, en efecto, la resignación que deseaba. Pero yo, el verdadero asesino, sentía vivo en mi pecho el gusano que nunca muere y que no permitía ninguna esperanza ni consuelo. Elizabeth también lloró y se sintió desdichada pero la suya también era la miseria de la inocencia, que, como una nube que pasa sobre la hermosa luna, durante un tiempo oculta pero no puede empañar su brillo. La angustia y la desesperación habían penetrado hasta el fondo de mi corazón; llevaba dentro un infierno que nada podía apagar. Permanecimos varias horas con Justine y fue con gran dificultad que Elizabeth pudo arrancarse. «Desearía», gritó, «morir contigo; no puedo vivir en este mundo de miseria».

Justine asumió un aire de alegría, mientras reprimía con dificultad sus amargas lágrimas. Abrazó a Elizabeth y le dijo con voz de emoción medio contenida: «Adiós, dulce dama, querida Elizabeth, mi amada y única amiga; que el cielo, en su generosidad, te bendiga y te preserve; ¡que ésta sea la última desgracia que sufras! Vive y sé feliz y haz que los demás lo sean».

Y al día siguiente Justine murió. La desgarradora elocuencia de Elizabeth no logró mover a los jueces de su firme convicción en la criminalidad de la santa sufriente. Mis apelaciones apasionadas e indignadas se perdieron ante ellos. Y cuando recibí sus frías respuestas y oí el duro e insensible razonamiento de aquellos hombres, mi propósito de confesión se extinguió en mis labios. De ese modo podía proclamarme loco pero no revocar la sentencia dictada contra mi desdichada víctima. ¡Pereció en el cadalso como una asesina!

Desde las torturas de mi propio corazón, me volví para contemplar la pena profunda y sin voz de mi Elizabeth. ¡Esto también fue obra mía! Y la aflicción de mi padre y la desolación de aquel hogar tan sonriente, ¡todo fue obra de mis manos tres veces malditas! Ustedes lloran, infelices, ¡pero éstas no son sus últimas lágrimas! De nuevo elevarán el lamento fúnebre ¡y el sonido de sus lamentaciones se oirá una y otra vez! Frankenstein, tu hijo, tu pariente, tu temprano y muy querido amigo; aquel que gastaría cada gota vital de sangre por tu bien, que no tiene pensamiento ni sentido de la alegría excepto cuando se refleja también en tus queridos semblantes, que llenaría el aire de bendiciones y pasaría su vida sirviéndote; te pide que llores, que derrames incontables lágrimas... ¡feliz más allá de sus esperanzas, si así se satisface el inexorable destino y si la destrucción se detiene antes de que la paz de la tumba haya sucedido a tus tristes tormentos!

Así habló mi alma profética, mientras, desgarrado por el remordimiento, el horror y la desesperación, contemplaba a los que amaba gastar vano dolor sobre las tumbas de William y Justine, las primeras víctimas desventuradas de mis artes profanas.

Capítulo 9

Nada es más doloroso para la mente humana que —después de que los sentimientos han sido agitados por una rápida sucesión de acontecimientos— la calma sepulcral de la inacción y la certeza que sigue y priva al alma tanto de la esperanza como del miedo. Justine murió, ella descansaba y yo estaba vivo. La sangre fluía libremente por mis venas pero un peso de desesperación y remordimiento oprimía mi corazón que nada podía eliminar. El sueño huía de mis ojos; vagaba como un espíritu maligno, pues había cometido actos de maldad más allá de toda descripción horrible, y más, mucho más (me persuadía a mí mismo) estaba aún detrás. Sin embargo, mi corazón rebosaba bondad y amor a la virtud. Había comenzado la vida con intenciones benévolas y ansiaba el momento de ponerlas en práctica y hacerme útil a mis semejantes. Ahora todo se había esfumado; en lugar de esa serenidad de conciencia que me permitía mirar al pasado con autosatisfacción y de ahí recoger promesas de nuevas esperanzas, me embargaban el remordimiento y el sentimiento de culpa, que me precipitaban a un infierno de intensas torturas como ningún lenguaje puede describir.

Este estado de ánimo se ensañó con mi salud, que tal vez nunca se había recuperado del todo de la primera conmoción que había sufrido. Rehuía el rostro del ser humano, todo sonido de alegría o complacencia era una tortura para mí, la soledad era mi único consuelo: una soledad profunda, oscura, como la muerte.

Mi padre observó con dolor la alteración perceptible en mi disposición y en mis hábitos y se esforzó, mediante argumentos deducidos de los sentimientos de su conciencia serena y de su vida sin culpa, en inspirarme fortaleza y despertar en mí el valor para disipar la oscura nube que se cernía sobre mí. «¿Crees, Víctor», me dijo, «que yo no sufro también? Nadie podría querer a un niño más de lo que yo quise a tu hermano», las lágrimas asomaron a sus ojos mientras hablaba, «pero ¿no es un deber para con los supervivientes que nos abstengamos de aumentar su infelicidad con una apariencia de pena inmoderada? También es un deber para con uno mismo, pues la pena excesiva impide mejorar o disfrutar, o incluso desempeñar la utilidad cotidiana, sin la cual ningún hombre es apto para la sociedad».

Este consejo, aunque bueno, era totalmente inaplicable a mi caso; habría sido el primero en ocultar mi pena y consolar a mis amigos si el remordimiento no hubiera mezclado su amargura, y el terror su alarma, con mis otras sensaciones. Ahora sólo podía responder a mi padre con una mirada de desesperación y esforzarme por ocultarme a su vista.

Por aquel entonces nos retiramos a nuestra casa de Belrive. Este cambio me resultó particularmente agradable. El cierre regular de las puertas a las diez y la imposibilidad de permanecer en el lago después de esa hora habían hecho que nuestra residencia dentro de los muros de Ginebra me resultara muy fastidiosa. Ahora era libre. A menudo, después de que el resto de la familia se hubiera retirado para pasar la noche, me subía a la barca y pasaba muchas horas sobre el agua. A veces, con las velas desplegadas, me dejaba llevar por el viento y otras, después de remar hasta la mitad del lago, dejaba que la barca siguiera su propio curso y me entregaba a mis miserables reflexiones. A menudo estuve tentado, cuando todo estaba en paz a mi alrededor, y yo era la única cosa que deambulaba inquieta en una escena tan bella y celestial —si exceptuaba algún murciélago, o las ranas, cuyo áspero e interrumpido croar sólo se oía cuando me acercaba a la orilla—, a menudo, digo, estuve tentado de zambullirme en el silencioso lago, para que las aguas se cerraran sobre mí y mis calamidades para siempre. Pero me contuve al pensar en la heroica y sufrida Elizabeth, a quien amaba tiernamente y cuya existencia estaba ligada a la mía. Pensé también en mi padre y en mi hermano vivo, ¿debería con mi vil deserción dejarlos expuestos y desprotegidos a la malicia del demonio que había dejado suelto entre ellos?

En esos momentos lloraba amargamente y deseaba que la paz volviera a mi mente sólo para poder proporcionarles consuelo y felicidad. Pero eso no podía ser. El remordimiento extinguía toda esperanza. Yo había sido el autor de males inalterables y vivía con el temor diario de que el monstruo que yo había creado perpetrara alguna nueva maldad. Tenía la oscura sensación de que no todo había terminado y que aún cometería algún crimen señalado, que por su enormidad casi borraría el recuerdo del pasado. Siempre había lugar para el miedo mientras todo lo que amaba permaneciera atrás. Mi aborrecimiento por este desalmado no puede concebirse. Cuando pensaba en él rechinaba los dientes, mis ojos se inflamaban y deseaba ardientemente extinguir esa vida que tan desconsideradamente había otorgado. Cuando reflexioné sobre sus crímenes y su malicia, mi odio y mi venganza traspasaron todos los límites de la moderación. Habría peregrinado a la cima más alta de los Andes, si, estando allí, le hubiera podido lanzar a su base. Deseaba volver a verle para descargar sobre su cabeza el mayor grado de aborrecimiento y vengar las muertes de William y Justine.

Nuestra casa era la casa del luto. La salud de mi padre estaba profundamente trastornada por el horror de los recientes acontecimientos. Elizabeth estaba triste y abatida, ya no se deleitaba en sus ocupaciones ordinarias, todo placer le parecía un sacrilegio hacia los muertos, el dolor y las lágrimas eternas le parecieron entonces el justo tributo que debía pagar a la inocencia tan arrasada y destruida. Ya no era aquella criatura feliz que en su juventud paseaba conmigo por las orillas del lago y hablaba con éxtasis de nuestras perspectivas futuras. La primera de esas penas que se envían para destetarnos de la tierra la había visitado y su influencia atenuadora apagó sus sonrisas más queridas.

«Cuando reflexiono, mi querido primo», dijo ella, «sobre la miserable muerte de Justine Moritz, ya no veo el mundo y sus obras como antes me parecían. Antes, consideraba los relatos de vicio e injusticia que leía en los libros u oía a otros como cuentos de antaño o males imaginarios —al menos eran remotos y más familiares a la razón que a la imaginación— pero ahora la miseria ha vuelto a casa y los hombres se me aparecen como monstruos sedientos de la sangre de los demás. Sin embargo, soy ciertamente injusta. Todo el mundo creía que esa pobre muchacha era culpable y, si hubiera podido cometer el crimen por el que sufrió, sin duda habría sido la más depravada de las criaturas humanas. Por unas pocas joyas, ¡haber asesinado al hijo de su benefactor y amigo, un niño al que había amamantado desde su nacimiento y al que parecía querer como si hubiera sido suyo! Yo no podría consentir la muerte de ningún ser humano pero ciertamente habría pensado que una criatura así no era apta para permanecer en la sociedad de los hombres. Pero ella era inocente. Lo sé, siento que era inocente; tú eres de la misma opinión y eso me ratifica. ¡Ay! Víctor, cuando la falsedad puede parecerse tanto a la verdad, ¿quién puede asegurarse una felicidad cierta? Me siento como si caminara al borde de un precipicio, hacia el que miles se agolpan y se esfuerzan por lanzarme al abismo. William y Justine fueron asesinados y el asesino escapa; anda por el mundo libre y tal vez respetado. Pero aunque me condenaran a sufrir en el cadalso por los mismos crímenes, no cambiaría de lugar con semejante desgraciado».

Escuché este discurso en la más extrema agonía. Yo, no de hecho, pero sí en efecto, era el verdadero asesino. Elizabeth leyó mi angustia en mi semblante y, cogiéndome amablemente la mano, me dijo: «Mi querido amigo, debes calmarte. Estos acontecimientos me han afectado, Dios sabe cuán profundamente, pero no soy tan desgraciada como tú. Hay una expresión de desesperación, y a veces de venganza, en tu semblante que me hace temblar. Querido Víctor, destierra estas oscuras pasiones. Recuerda a los amigos que te rodean, que centran en ti todas sus esperanzas. ¿Hemos perdido el poder de hacerte feliz? ¡Ah! Mientras nos amemos, mientras seamos fieles el uno al otro, aquí en esta tierra de paz y belleza, tu país natal, podremos cosechar cada tranquila bendición... ¿qué puede perturbar nuestra paz?».

¿Y no bastarían esas palabras de ella, a quien apreciaba con cariño antes que a cualquier otro don de la fortuna, para ahuyentar al demonio que acechaba en mi corazón? Incluso mientras hablaba me acerqué a ella, como aterrorizado, no fuera a ser que en ese mismo momento el destructor hubiera estado cerca para arrebatármela.

Así, ni la ternura de la amistad, ni la belleza de la tierra, ni la del cielo, pudieron redimir mi alma de la aflicción; los mismos acentos del amor fueron ineficaces. Me envolvía una nube que ninguna influencia benéfica podía penetrar. El ciervo herido que arrastraba sus miembros desfallecidos hasta algún freno no pisado, para contemplar allí la flecha que lo había atravesado y morir, no era sino un ejemplo de mi persona.

A veces podía hacer frente a la sombría desesperación que me abrumaba pero otras veces las pasiones arrebatadoras de mi alma me impulsaban a buscar, mediante el ejercicio corporal y el cambio de lugar, algún alivio a mis intolerables sensaciones. Fue durante un acceso de este tipo que abandoné repentinamente mi hogar y, dirigiendo mis pasos hacia los cercanos valles alpinos, busqué en la magnificencia, en la eternidad de tales escenas, olvidarme de mí mismo y de mis penas efímeras, ya que humanas. Mis andanzas se dirigieron hacia el valle de Chamounix. Lo había visitado con frecuencia durante mi infancia. Habían pasado seis años desde entonces: yo estaba destrozado, pero nada había cambiado en aquellas escenas salvajes y perdurables.

Realicé la primera parte de mi viaje a caballo. Después alquilé una mula, por ser el animal más seguro y menos expuesto a recibir heridas en estos caminos escarpados. Hacía buen tiempo, era aproximadamente mediados del mes de agosto, casi dos meses después de la muerte de Justine, aquella época miserable con la que databa toda mi desdicha. El peso que cargaba mi espíritu se aligeró sensiblemente a medida que me adentraba aún más en el barranco de Arve. Las inmensas montañas y los precipicios que me dominaban por todos lados, el sonido del río alborotado entre las rocas y el estrépito de las cascadas que lo rodeaban hablaban de un poder tan poderoso como la Omnipotencia... y dejé de temer o doblegarme ante cualquier ser menos todopoderoso que aquel que había creado y gobernado los elementos, aquí mostrados en su aspecto más terrorífico. Aún así, a medida que ascendía más alto, el valle asumía un carácter aún más magnífico y asombroso. Los castillos en ruinas colgados de los precipicios de las montañas llenas de pinos, el impetuoso Arve y las cabañas que asomaban aquí y allá de entre los árboles formaban un escenario de singular belleza. Pero aumentaba y se hacía sublime por los majestuosos Alpes, cuyas pirámides y cúpulas blancas y brillantes se elevaban por encima de todo, como pertenecientes a otra tierra, moradas de otra raza de seres.

Pasé el puente de Pélissier, donde se abría ante mí el barranco que forma el río y comencé a ascender por la montaña que lo domina. Poco después, entré en el valle de Chamounix. Este valle es más maravilloso y sublime, pero no tan bello y pintoresco como el de Servox, por el que acababa de pasar. Las altas y nevadas montañas eran sus límites inmediatos pero ya no vi castillos en ruinas ni campos fértiles. Inmensos glaciares se acercaban a la carretera, oí el estruendo de la avalancha al caer y distinguí el rastro de su paso. El Mont Blanc, el supremo y magnífico Mont Blanc, se alzaba sobre las agujas circundantes y su tremenda cima dominaba el valle.

A menudo, durante este viaje, me invadía una sensación de placer largamente añorada. Algún giro en el camino, algún objeto nuevo percibido y reconocido de repente, me recordaban días pasados y se asociaban con la alegría despreocupada de la niñez. Los mismos vientos susurraban con acentos tranquilizadores y la Naturaleza maternal me ordenaba que no llorara más. Entonces, de nuevo, la bondadosa influencia dejó de actuar... me encontré encadenado de nuevo a la pena y entregándome a toda la miseria de la reflexión. Entonces espoleé a mi animal, esforzándome así por olvidar el mundo, mis miedos y, sobre todo, a mí mismo... o, de forma más desesperada, me apeé y me arrojé sobre la hierba, agobiado por el horror y la desesperación.

Por fin llegué a la aldea de Chamounix. El agotamiento sucedió a la extrema fatiga tanto corporal como mental que había soportado. Durante un breve espacio de tiempo permanecí junto a la ventana observando los pálidos relámpagos que jugaban por encima del Mont Blanc y escuchando el correr del Arve que proseguía su ruidoso camino por debajo. Los mismos sonidos arrulladores actuaban como una canción de cuna para mis sensaciones demasiado agudas; cuando apoyé la cabeza en la almohada, el sueño se apoderó de mí, lo sentí llegar y bendije a quién daba el olvido.

Capítulo 10

Pasé el día siguiente recorriendo el valle. Me detuve junto a las fuentes del Arveiron, que toman su nacimiento en un glaciar, que con paso lento va avanzando hacia abajo desde la cumbre de las colinas para atrincherar el valle. Tenía ante mí las laderas abruptas de vastas montañas, la pared helada del glaciar me dominaba, unos cuantos pinos destrozados se esparcían a mi alrededor y el solemne silencio de esta gloriosa presencia de la Naturaleza imperial sólo era roto por el braceo de las olas o la caída de algún vasto fragmento, el estruendoso sonido de la avalancha o el crujido, reverberado a lo largo de las montañas, del hielo acumulado que, mediante el silencioso funcionamiento de leyes inmutables, se rasgaba y desgarraba una y otra vez, como si no hubiera sido más que un juguete en sus manos. Estas sublimes y magníficas escenas me proporcionaron el mayor consuelo que era capaz de recibir. Me elevaron de toda pequeñez de sentimientos y, aunque no eliminaron mi pena, la sometieron y tranquilizaron. En cierta medida, también, desviaron mi mente de los pensamientos sobre los que había cavilado durante el último mes. Me retiré a descansar por la noche; mis sueños, por así decirlo, esperaban y eran atendidos por la reunión de grandes formas que había contemplado durante el día. Se congregaron a mi alrededor: la cima de la montaña nevada y sin manchas, el pináculo resplandeciente, los bosques de pinos y el barranco desnudo y desgarrado, el águila, planeando en medio de las nubes... todos se reunieron a mi alrededor y me invitaron a estar en paz.

¿Adónde habían huido cuando a la mañana siguiente me desperté? Todo lo que animaba el alma huía con el sueño y una oscura melancolía nublaba cada pensamiento. La lluvia caía a torrentes y espesas nieblas ocultaban las cumbres de las montañas, de modo que ni siquiera veía los rostros de aquellos poderosos amigos. Aun así, yo penetraba su velo brumoso y los buscaba en sus nublados retiros. ¿Qué eran para mí la lluvia y la tormenta? Trajeron mi mula a la puerta y decidí ascender a la cumbre del Montanvert. Recordé el efecto que la vista del tremendo y siempre móvil glaciar había producido en mi mente cuando lo vi por primera vez. Entonces me había llenado de un éxtasis sublime que daba alas al alma y le permitía elevarse desde el mundo oscuro hacia la luz y la alegría. La visión de lo terrible y majestuoso de la naturaleza había tenido siempre, de hecho, el efecto de tornar mi mente solemne y hacerme olvidar las preocupaciones pasajeras de la vida. Decidí ir sin guía, pues conocía bien el camino y la presencia de otro destruiría la solitaria grandeza de la escena.

El ascenso es en realidad un precipicio, pero el camino está cortado en continuas y cortas sinuosidades, que permiten superar la perpendicularidad de la montaña. Es un escenario terriblemente desolado. En mil puntos pueden percibirse las huellas de la avalancha invernal, donde los árboles yacen rotos y esparcidos por el suelo, algunos totalmente destruidos, otros doblados, apoyados sobre las rocas salientes de la montaña o transversalmente sobre otros árboles. El camino, a medida que se asciende más, está surcado por barrancos de nieve, por los que ruedan continuamente piedras desde lo alto; uno de ellos es particularmente peligroso, ya que el más leve sonido, como incluso hablar en voz alta, produce una conmoción de aire suficiente para atraer la destrucción sobre la cabeza del orador. Los pinos no son altos ni frondosos, pero son sombríos y añaden un aire de severidad a la escena. Contemplé el valle que había debajo; vastas nieblas surgían de los ríos que lo atravesaban y se enroscaban en espesas coronas alrededor de las montañas opuestas, cuyas cumbres se ocultaban en las nubes uniformes, mientras la lluvia caía del cielo oscuro y aumentaba la melancólica impresión que me producían los objetos que me rodeaban. ¡Ay! Por qué el hombre se jacta de tener sensibilidades superiores a las aparentes en la bestia, eso sólo los convierte en seres más necesarios. Si nuestros impulsos se limitaran al hambre, la sed y el deseo, podríamos ser casi libres; pero ahora nos mueve cada viento que sopla y una palabra casual o la escena que esa palabra pueda transmitirnos.

Descansamos; un sueño tiene poder para envenenar lo dormido.

    Nos levantamos; un pensamiento errante contamina el día.

Sentimos, concebimos o razonamos; reímos o lloramos,

    abrazamos la tristeza o nos despreocupamos;

Es lo mismo: pues, sea alegría o pena,

    el camino de su partida sigue siendo libre.

El ayer del hombre puede que nunca sea como su mañana;

    ¡nada puede perdurar sino la mutabilidad!

Era casi mediodía cuando llegué a la cima. Durante algún tiempo me senté en la roca que domina el mar de hielo. Una bruma cubría tanto ésta como las montañas circundantes. Enseguida una brisa disipó la nube y descendí sobre el glaciar. La superficie es muy irregular, se eleva como las olas de un mar agitado, desciende baja y está intercalada por grietas que se hunden profundamente. El campo de hielo tiene casi una legua de ancho, pero empleé casi dos horas en cruzarlo. La montaña opuesta es una roca desnuda y perpendicular. Desde el lado donde yo me encontraba ahora, Montanvert estaba exactamente enfrente, a la distancia de una legua, y por encima se alzaba el Mont Blanc, con una majestuosidad espantosa. Permanecí en un recoveco de la roca, contemplando esta maravillosa y estupenda escena. El mar, o más bien el vasto río de hielo, serpenteaba entre sus montañas dependientes, cuyas cumbres aéreas colgaban sobre sus recovecos. Sus cumbres heladas y relucientes brillaban a la luz del sol por encima de las nubes. Mi corazón, que antes estaba apesadumbrado, se hinchó ahora con algo parecido a la alegría; exclamé: «Espíritus errantes, si en verdad deambulan y no descansan en sus estrechos lechos, permítanme esta débil felicidad, o llévenme, como su compañero, lejos de las alegrías de la vida».

Mientras decía esto, contemplé de repente la figura de un hombre, a cierta distancia, que avanzaba hacia mí con una velocidad sobrehumana. Saltaba por encima de las grietas del hielo, entre las que yo había caminado con precaución; su estatura, además, a medida que se acercaba, parecía superar la del hombre. Me turbé, una niebla se apoderó de mis ojos y sentí que un desvanecimiento se apoderaba de mí, pero me recuperé rápidamente gracias al vendaval frío de las montañas. Percibí, a medida que la forma se acercaba (¡vista tremenda y aborrecible!), que era el desgraciado que yo había creado. Temblaba de rabia y horror, resuelto a esperar a que se acercara para entablar con él un combate mortal. Se acercó; su semblante denotaba una amarga angustia, combinada con desdén y malignidad, mientras que su fealdad sobrenatural lo hacía casi demasiado horrible para los ojos humanos. Pero, apenas lo observé, la rabia y el odio me habían privado al principio de la expresión y sólo me recuperé para abrumarle con palabras expresivas de furioso desprecio y aversión.

«Diablo», exclamé, «¿te atreves a acercarte a mí? ¿Y no temes la feroz venganza de mi brazo sobre tu miserable cabeza? ¡Vete, vil insecto! O mejor, ¡quédate, para que pueda pisotearte hasta convertirte en polvo! Y, ¡oh! ¡que pudiera, con la extinción de tu miserable existencia, restaurar a esas víctimas que tan diabólicamente has asesinado!».

«Esperaba este recibimiento», dijo el demonio. «Todos los hombres odian a los miserables; ¡cómo, entonces, debo ser odiado yo, que soy miserable más allá de todos los seres vivos! Sin embargo, tú, mi creador, me detestas y me desprecias a mí, tu criatura, a la que te unen lazos sólo disolubles por la aniquilación de uno de nosotros. Tu propósito es matarme. ¿Cómo te atreves a jugar así con la vida? Cumple con tu deber hacia mí y yo cumpliré con el mío hacia ti y hacia el resto de la humanidad. Si cumples mis condiciones, los dejaré en paz a ellos y a ti; pero si te niegas, atiborraré las fauces de la muerte, hasta saciarlas con la sangre de tus amigos restantes».

«¡Monstruo aborrecible! ¡Demonio que eres! Las torturas del infierno son una venganza demasiado suave para tus crímenes. ¡Demonio miserable! Me reprochas tu creación, ven, entonces, para que pueda apagar la chispa que tan negligentemente otorgué».

Mi rabia no tenía límites; me abalancé sobre él, impulsado por todos los sentimientos que pueden armar a un ser contra la existencia de otro.

Me eludió fácilmente y dijo,

«¡Cálmate! Te ruego que me escuches antes de dar rienda suelta a tu odio sobre mi bendita cabeza. ¿Acaso no he sufrido bastante, para que tú busques aumentar mi miseria? La vida, aunque sólo sea un cúmulo de angustias, me es querida y la defenderé. Recuerda que me has hecho más poderoso que tú; mi estatura es superior a la tuya, mis articulaciones más flexibles. Pero no caeré en la tentación de oponerme a ti. Soy tu criatura, y seré incluso suave y dócil con mi señor y rey natural si tú también cumples tu parte, la que me encomendaste. Oh, Frankenstein, no seas equitativo con todos los demás y sólo me pisotees a mí, a quien más se debe tu justicia e incluso tu clemencia y afecto. Recuerda que soy tu criatura; debería ser tu Adán, pero soy más bien el ángel caído, a quien alejas de la dicha sin haber cometido ninguna fechoría. En todas partes veo la dicha, de la que sólo yo estoy irrevocablemente excluido. Fui benévolo y bueno, la miseria me convirtió en un demonio. Hazme feliz y volveré a ser virtuoso».

«¡Lárgate! No te escucharé. No puede haber comunidad entre tú y yo; somos enemigos. Márchate, o probemos nuestras fuerzas en una lucha, en la que uno debe caer».

«¿Cómo puedo conmoverte? ¿Ningún ruego hará que vuelvas una mirada favorable hacia tu criatura, que implora tu bondad y compasión? Créeme, Frankenstein, yo era benévolo; mi alma brillaba de amor y humanidad; pero ¿no estoy solo, miserablemente solo? Tú, mi creador, me aborreces; ¿qué esperanza puedo albergar de tus congéneres, que no me deben nada? Me desdeñan y me odian. Las montañas desiertas y los glaciares lóbregos son mi refugio. He vagado por aquí muchos días; las cuevas de hielo, que yo sólo no temo, son una morada para mí y la única que el hombre no me envidia. Aclamo estos cielos sombríos, pues son más amables conmigo que sus congéneres. Si la multitud de la humanidad supiera de mi existencia, harían como tú y se armarían para mi destrucción. ¿No odiaré entonces a quienes me aborrecen? No mantendré ningún acuerdo con mis enemigos. Soy miserable y ellos compartirán mi desdicha. Sin embargo, está en tu poder recompensarme y librarlos de un mal que sólo tú puedes agravar tanto, por el que no sólo tú y tu familia, sino miles de personas más, serán engullidas por los torbellinos de su furia. Dejad que vuestra compasión se conmueva y no me rechaces. Escucha mi relato; cuando lo hayas oído, abandóname o compadécete de mí, según juzgues lo que merezco. Pero escúchame. Las leyes humanas, por sangrientas que sean, permiten a los culpables hablar en su propia defensa antes de ser condenados. Escúchame, Frankenstein. Me acusas de asesinato y, sin embargo, destruirías, con la conciencia satisfecha, a tu propia criatura. Oh, ¡alabada sea la justicia eterna del hombre! Sin embargo, no te pido que me perdones; escúchame y luego, si puedes y si quieres, destruye la obra de tus manos».

«¿Por qué me traes a la memoria», repliqué, «circunstancias de las que me estremezco al reflexionar, que yo he sido el miserable origen y autor? ¡Maldito sea el día, diablo aborrecido, en que viste la luz por primera vez! ¡Malditas (aunque me maldigo a mí mismo) sean las manos que te formaron! Me has hecho desdichado más allá de toda expresión. No me has dejado poder para considerar si soy justo contigo o no. ¡Vete! Alíviame de la vista de tu forma detestada».

«Así te alivio, mi creador», dijo, y puso sus odiadas manos ante mis ojos, que aparté de mí con violencia; «así te quito una visión que aborreces. Aun así puedes escucharme y concederme tu compasión. Por las virtudes que una vez poseí, te exijo esto. Escucha mi relato; es largo y extraño y la temperatura de este lugar no se ajusta a tus finas sensaciones; ven a la cabaña de la montaña. El sol está aún alto en los cielos; antes de que descienda para ocultarse tras tus precipicios nevados e iluminar otro mundo, habrás oído mi historia y podrás decidir. De ti depende que abandone para siempre la vecindad del hombre y lleve una vida inofensiva o que me convierta en el azote de tus congéneres y en el autor de tu propia y rápida ruina».

Mientras decía esto, encabezó la marcha a través del hielo; yo le seguí. Tenía el corazón henchido y no le respondí, pero a medida que avanzaba sopesé los diversos argumentos que había utilizado y decidí al menos escuchar su relato. En parte me urgía la curiosidad y la compasión confirmó mi resolución. Hasta entonces había supuesto que era el asesino de mi hermano y buscaba ansiosamente una confirmación o un desmentido de esta opinión. Por primera vez, también, sentí cuáles eran los deberes de un creador hacia su criatura y que debía hacerle feliz antes de quejarme de su maldad. Estos motivos me impulsaron a acceder a su demanda. Así pues, cruzamos el hielo y ascendimos por la roca opuesta. El aire era frío y la lluvia comenzó a descender de nuevo; entramos en la cabaña, el demonio con aire de exultación, yo con el corazón apesadumbrado y el ánimo deprimido. Pero consentí en escuchar y, sentándome junto al fuego que mi odioso compañero había encendido, comenzó así su relato.

Capítulo 11

«Es con considerable dificultad que recuerdo la época original de mi ser; todos los acontecimientos de ese período parecen confusos e indistintos. Una extraña multiplicidad de sensaciones se apoderó de mí y vi, sentí, oí y olí al mismo tiempo; y pasó, de hecho, mucho tiempo antes de que aprendiera a distinguir entre las operaciones de mis diversos sentidos. Poco a poco, recuerdo, una luz más fuerte presionó mis nervios, de modo que me vi obligado a cerrar los ojos. La oscuridad se apoderó entonces de mí y me turbó, pero apenas había sentido esto cuando, al abrir los ojos, como ahora, supongo, la luz se derramó de nuevo sobre mí. Caminé y, creo, descendí, pero en seguida encontré una gran alteración en mis sensaciones. Antes me habían rodeado cuerpos oscuros y opacos, impermeables a mi tacto o a mi vista; pero ahora descubrí que podía deambular en libertad, sin obstáculos que no pudiera superar o evitar. La luz me resultaba cada vez más opresiva y el calor me fatigaba mientras caminaba, así que busqué un lugar donde pudiera recibir sombra. Era el bosque cercano a Ingolstadt y aquí me tendí junto a un arroyo descansando de mi fatiga, hasta que me sentí atormentado por el hambre y la sed. Esto me despertó de mi estado casi aletargado y comí algunas bayas que encontré colgando de los árboles o tiradas en el suelo. Sacié mi sed en el arroyo y luego, acostado, me venció el sueño.

«Estaba oscuro cuando me desperté; también sentí frío y me asusté a medias, por así decirlo, instintivamente, al encontrarme tan desolado. Antes de abandonar tu apartamento, al sentir frío, me había cubierto con algunas ropas pero éstas eran insuficientes para protegerme del rocío de la noche. Era un pobre, desvalido y miserable desdichado; no sabía ni podía distinguir nada; pero sintiendo que el dolor me invadía por todas partes, me senté y lloré.

«Pronto una suave luz se apoderó de los cielos y me produjo una sensación de placer. Me levanté y contemplé una forma radiante que surgía de entre los árboles. Contemplé [la luna] con una especie de asombro. Se movía lentamente pero iluminó mi camino y salí de nuevo en busca de bayas. Aún tenía frío cuando bajo uno de los árboles encontré un enorme manto, con el que me cubrí, y me senté en el suelo. Ninguna idea clara ocupaba mi mente, todo era confuso. Sentía luz, y hambre, y sed, y oscuridad; innumerables sonidos resonaban en mis oídos y por todas partes me saludaban diversos olores; el único objeto que podía distinguir era la brillante luna y fijé en ella mis ojos con placer.

«Pasaron varios cambios de día y de noche, y el orbe de la noche había disminuido mucho, cuando empecé a distinguir mis sensaciones unas de otras. Poco a poco vi con claridad el claro arroyo que me abastecía de bebida y los árboles que me sombreaban con su follaje. Me alegré mucho cuando descubrí por primera vez que un sonido agradable, que a menudo saludaba mis oídos, procedía de las gargantas de los pequeños animales alados que a menudo habían interceptado la luz de mis ojos. Empecé también a observar, con mayor precisión, las formas que me rodeaban y a percibir los límites del radiante techo de luz que me cubría. A veces intentaba imitar los agradables cantos de los pájaros pero era incapaz. A veces deseaba expresar mis sensaciones a mi modo pero los sonidos groseros e inarticulados que brotaban de mí me asustaban y me llevaban de nuevo al silencio.

«La luna había desaparecido de la noche y de nuevo, con una forma atenuada, se mostró, mientras yo aún permanecía en el bosque. Mis sensaciones se habían vuelto para entonces distintas y mi mente recibía cada día ideas adicionales. Mis ojos se acostumbraron a la luz y a percibir los objetos en sus formas correctas; distinguí el insecto de la hierba y, poco a poco, una hierba de otra. Descubrí que el gorrión sólo emitía notas ásperas, mientras que las del mirlo y el tordo eran dulces y atractivas.

«Un día, cuando estaba oprimido por el frío, encontré una hoguera que habían dejado unos mendigos errantes y me invadió el deleite por el calor que experimenté en ella. En mi alegría metí la mano en las brasas vivas, pero rápidamente la volví a sacar con un grito de dolor. ¡Qué extraño, pensé, que la misma causa produjera efectos tan opuestos! Examiné los materiales del fuego y, para mi alegría, descubrí que estaba compuesto de madera. Recogí rápidamente algunas ramas pero estaban húmedas y no ardían. Esto me apenó y me quedé sentado observando el funcionamiento del fuego. La leña húmeda que había colocado cerca del calor se secó y ella misma se inflamó. Reflexioné sobre ello y, tocando las distintas ramas, descubrí la causa y me afané en recoger una gran cantidad de leña, para poder secarla y tener un abundante suministro de fuego. Cuando llegó la noche y trajo consigo el sueño, tuve el mayor temor de que mi fuego se extinguiera. Lo cubrí cuidadosamente con leña seca y hojas y coloqué ramas húmedas sobre él; y luego, extendiendo mi capa, me tumbé en el suelo y me hundí en el sueño.

«Era por la mañana cuando me desperté y mi primera preocupación fue atender al fuego. Lo destapé y una suave brisa lo avivó rápidamente hasta convertirlo en una llama. Observé esto también y me ingenié un abanico de ramas, que avivó las brasas cuando estaban casi apagadas. Cuando llegó de nuevo la noche comprobé, con placer, que el fuego daba luz además de calor y que el descubrimiento de este elemento me era útil en mi comida, pues encontré que algunos de los despojos que habían dejado los viajeros habían sido asados y sabían mucho más sabrosos que las bayas que recogí de los árboles. Intenté, por tanto, preparar mi comida de la misma manera, colocándola sobre las brasas vivas. Comprobé que las bayas se estropeaban con esta operación y que las nueces y las raíces mejoraban mucho.

«La comida, sin embargo, empezó a escasear y a menudo me pasaba el día entero buscando en vano unas cuantas bellotas para calmar las punzadas del hambre. Cuando descubrí esto, resolví abandonar el lugar que había habitado hasta entonces, para buscar otro donde las pocas necesidades que experimentaba pudieran ser satisfechas más fácilmente. En esta emigración lamenté sobremanera la pérdida del fuego que había obtenido por accidente y que no sabía cómo reproducir. Dediqué varias horas a la seria consideración de esta dificultad pero me vi obligado a renunciar a todo intento de suplirla y, envolviéndome en mi capa, atravesé el bosque en dirección al sol poniente. Pasé tres días en estas andanzas y al fin descubrí el campo abierto. Había caído una gran nevada la noche anterior y los campos eran de un blanco uniforme; el aspecto era desconsolador y encontré mis pies helados por la fría sustancia húmeda que cubría el suelo.

«Eran cerca de las siete de la mañana y ansiaba conseguir comida y refugio; al fin percibí una pequeña cabaña, en un terreno elevado, que sin duda había sido construida para conveniencia de algún pastor. Era una novedad para mí y examiné la estructura con gran curiosidad. Al encontrar la puerta abierta, entré. Un anciano estaba sentado en ella, cerca de un fuego, sobre el que preparaba su desayuno. Se volvió al oír un ruido y, al percibirme, chilló fuertemente y, abandonando la cabaña, corrió a través de los campos con una velocidad de la que su debilitada forma apenas parecía capaz. Su aspecto, diferente de cualquiera que hubiera visto antes y su huida me sorprendieron un tanto. Pero yo estaba encantado con el aspecto de la cabaña, aquí la nieve y la lluvia no podían penetrar, el suelo estaba seco, y me presentaba entonces un refugio tan exquisito y divino como Pandemónium les pareció a los demonios del infierno después de sus sufrimientos en el lago de fuego. Devoré con avidez los restos del desayuno del pastor, que consistía en pan, queso, leche y vino; este último, sin embargo, no me gustó. Luego, vencido por el cansancio, me acosté entre un poco de paja y me quedé dormido.

«Era mediodía cuando me desperté y, seducido por el calor del sol, que brillaba intensamente sobre la tierra blanca, decidí reanudar mis viajes; y, guardando los restos del desayuno del campesino en una cartera que encontré, avancé por los campos durante varias horas, hasta que al atardecer llegué a una aldea. ¡Qué milagroso me pareció! Las chozas, las casitas más ordenadas y las casas señoriales despertaron mi admiración una tras otra. Las verduras de los huertos, la leche y el queso que vi colocados en las ventanas de algunas de las casitas me abrieron el apetito. Entré en una de las mejores, pero apenas había puesto el pie en la puerta cuando los niños chillaron y una de las mujeres se desmayó. Todo el pueblo se levantó; algunos huyeron, otros me atacaron, hasta que, gravemente magullado por las piedras y muchas otras clases de proyectiles, escapé a campo abierto y me refugié temeroso en una casucha baja, bastante desnuda y de aspecto miserable en comparación con los palacios que había contemplado en el pueblo. Esta choza, sin embargo, se unió a una cabaña de aspecto pulcro y agradable pero, después de mi última y costosa experiencia, no me atreví a entrar en ella. Mi lugar de refugio estaba construido de madera pero era tan bajo que con dificultad podía sentarme erguido en él. Sin embargo, no había madera sobre la tierra que formaba el suelo, pero estaba seca; y aunque el viento entraba en ella por innumerables resquicios, me pareció un agradable asilo contra la nieve y la lluvia.

«Aquí, pues, me retiré y me acosté feliz de haber encontrado un refugio, aunque miserable, de las inclemencias de la estación y más aún de la barbarie del hombre. Tan pronto como amaneció me arrastré fuera de mi caseta para poder ver la cabaña adyacente y descubrir si podía permanecer en la morada que había encontrado. Estaba situada contra la parte trasera de la cabaña y rodeada por los lados que quedaban al descubierto por una pocilga y un claro estanque de agua. Una parte estaba abierta y por ella me había colado pero ahora cubrí con piedras y madera todas las rendijas por las que podía ser percibido, aunque de tal manera que pudiera moverlas en alguna ocasión para salir; toda la luz de que disfrutaba me llegaba a través de la buhardilla y eso me bastaba.

«Una vez arreglada así mi morada y alfombrada con paja limpia, me retiré, pues vi a lo lejos la figura de un hombre y recordaba demasiado bien el trato que me habían dispensado la noche anterior como para confiar en su poder. Antes, sin embargo, me había provisto para mi sustento de aquel día de una hogaza de pan tosco, que robé, y de una taza con la que podía beber más cómodamente que de mi mano del agua pura que fluía junto a mi retiro. El suelo estaba un poco elevado, de modo que se mantenía perfectamente seco y por su proximidad a la chimenea de la cabaña estaba tolerablemente caliente.

«Estando así provisto, resolví residir en esta casucha hasta que ocurriera algo que pudiera alterar mi determinación. Era, en efecto, un paraíso comparado con el sombrío bosque, mi anterior residencia, las ramas que dejaba caer la lluvia y la tierra húmeda. Desayuné con placer y estaba a punto de retirar un tablón para procurarme un poco de agua cuando oí pasos y, al mirar por un pequeño resquicio, contemplé a una joven criatura, con un balde en la cabeza, que pasaba ante mi casucha. La muchacha era joven y de porte apacible, a diferencia de lo que desde entonces he comprobado que son las aldeanas y las sirvientas de las granjas. Sin embargo, iba pobremente vestida, una tosca enagua azul y una chaqueta de lino eran su único atuendo, su cabello rubio estaba trenzado pero no adornado: parecía paciente pero triste. La perdí de vista y al cabo de un cuarto de hora regresó portando el balde, que ahora estaba parcialmente lleno de leche. Mientras caminaba, aparentemente incómoda por la carga, un joven salió a su encuentro, cuyo semblante expresaba un abatimiento más profundo. Pronunciando algunos sonidos con aire melancólico, le quitó el balde de la cabeza y lo llevó él mismo a la cabaña. Ella le siguió y desaparecieron. Enseguida vi de nuevo al joven, con algunas herramientas en la mano, cruzar el campo detrás de la casita y la muchacha también estaba ocupada, unas veces en la casa y otras en el patio.

«Al examinar mi vivienda, descubrí que una de las ventanas de la casita ocupaba antiguamente una parte de ella, pero los cristales habían sido rellenados con madera. En uno de ellos había una pequeña y casi imperceptible rendija por la que apenas podía penetrar la vista. A través de esta rendija se veía una pequeña habitación, blanquecina y limpia pero casi desnuda de muebles. En un rincón, cerca de un pequeño fuego, estaba sentado un anciano, apoyando la cabeza en las manos en actitud desconsolada. La joven estaba ocupada en arreglar la casita pero en seguida sacó algo de un cajón, que le sirvió para emplear las manos, y se sentó junto al anciano, quien, cogiendo un instrumento, empezó a tocar y a producir sonidos más dulces que la voz del zorzal o del ruiseñor. Era una visión encantadora, incluso para mí, pobre desgraciado que nunca antes había contemplado nada bello. El cabello plateado y el semblante benévolo del anciano campesino se ganaron mi reverencia, mientras que los gentiles modales de la muchacha sedujeron mi amor. Tocó un dulce aire lúgubre que, según percibí, arrancó lágrimas de los ojos de su amable compañera, de las que el anciano no se dio cuenta, hasta que ella sollozó audiblemente; entonces él pronunció unos sonidos y la bella criatura, dejando su trabajo, se arrodilló a sus pies. La levantó y sonrió con tanta amabilidad y afecto que sentí sensaciones de una naturaleza peculiar y sobrecogedora: eran una mezcla de dolor y placer, como nunca antes había experimentado, ni por hambre ni por frío, ni por calor ni por comida, y me retiré de la ventana, incapaz de soportar estas emociones.

«Poco después regresó el joven, llevando sobre sus hombros una carga de leña. La muchacha le recibió en la puerta, le ayudó a liberarse de su carga y, llevando parte de la leña a la cabaña, la colocó sobre el fuego; luego ella y el joven se apartaron a un rincón de la cabaña y él le mostró una hogaza grande y un trozo de queso. Ella pareció complacida y fue al jardín a por algunas raíces y plantas que puso en agua y luego sobre el fuego. Después continuó con su trabajo, mientras el joven iba al jardín y parecía ocupado de lleno en cavar y arrancar raíces. Cuando llevaba así empleado cerca de una hora, la joven se unió a él y entraron juntos en la cabaña.

«El anciano había estado entretanto pensativo pero al aparecer sus compañeros adoptó un aire más alegre y se sentaron a comer. La comida terminó rápidamente. La joven se ocupó de nuevo en arreglar la cabaña, el viejo paseó ante la cabaña al sol durante unos minutos, apoyado en el brazo del joven. Nada podía superar en belleza el contraste entre estas dos excelentes criaturas. Uno era viejo, con cabellos plateados y un semblante resplandeciente de benevolencia y amor, el más joven era delgado y grácil de figura y sus rasgos estaban moldeados con la más fina simetría pero sus ojos y su actitud expresaban la mayor tristeza y abatimiento. El anciano regresó a la cabaña y el joven, con herramientas diferentes de las que había utilizado por la mañana, se dirigió hacia los campos.

«Se hizo de noche rápidamente pero, para mi extremo asombro, descubrí que los aldeanos disponían de un medio de prolongar la luz mediante el uso de candiles y me alegró comprobar que la puesta de sol no ponía fin al placer que experimentaba observando a mis vecinos humanos. Por la noche, la joven y su acompañante se emplearon en diversas ocupaciones que no comprendí y el anciano volvió a tomar el instrumento que producía los divinos sonidos que me habían encantado por la mañana. Tan pronto como hubo terminado, el joven empezó, no a tocar, sino a emitir sonidos que eran monótonos y que no se parecían ni a la armonía del instrumento del anciano ni a los cantos de los pájaros; desde entonces descubrí que leía en voz alta pero en aquella época yo no sabía nada de la ciencia de las palabras o de las letras.

«La familia, tras haber estado así ocupada durante un breve espacio de tiempo, apagó sus luces y se retiró, como conjeturé, a descansar».

Capítulo 12

«Me tumbé sobre mi paja pero no podía dormir. Pensaba en los sucesos del día. Lo que más me llamó la atención fueron los modales amables de esta gente y ansiaba unirme a ellos, pero no me atrevía. Recordaba demasiado bien el trato que había sufrido la noche anterior por parte de los bárbaros aldeanos y resolví que, cualquiera que fuese el curso de conducta que en adelante me pareciera correcto seguir, por el momento permanecería tranquilamente en mi casucha, observando y esforzándome por descubrir los motivos que influían en sus acciones.

«Los campesinos se levantaron a la mañana siguiente antes de que saliera el sol. La joven arregló la cabaña y preparó la comida y el joven partió después de la primera comida.

«Este día transcurrió de la misma manera rutinaria que el anterior. El joven estaba constantemente empleado en el exterior y la muchacha en diversas ocupaciones laboriosas en el interior. El anciano —pronto percibí que era ciego— empleaba sus horas de ocio en su instrumento o en la contemplación. Nada podía superar el amor y el respeto que los aldeanos más jóvenes mostraban hacia su venerable compañero. Desempeñaban hacia él cada pequeño oficio de afecto y deber con gentileza y él les recompensaba con sus benevolentes sonrisas.

«No eran del todo felices. El joven y su compañera se separaban a menudo y parecían llorar. Yo no veía ninguna causa para su infelicidad pero me sentía profundamente afectado por ella. Si criaturas tan encantadoras eran desgraciadas, era menos extraño que yo, un ser imperfecto y solitario, fuera desdichado. Sin embargo, ¿por qué eran infelices estos seres tan gentiles? Poseían una casa encantadora (pues tal era a mis ojos) y todo lujo, tenían fuego para calentarse cuando hacía frío y viandas deliciosas cuando tenían hambre, iban vestidos con excelentes ropas y, aún más, disfrutaban de la compañía y el habla del otro, intercambiando cada día miradas de afecto y amabilidad. ¿Qué implicaban sus lágrimas? ¿Expresaban realmente dolor? Al principio fui incapaz de resolver estas preguntas pero la atención perpetua y el tiempo me explicaron muchas apariencias que al principio resultaban enigmáticas.

«Transcurrió un tiempo considerable antes de que descubriera una de las causas del malestar de esta amable familia: era la pobreza y sufrían ese mal en un grado muy penoso. Su alimentación consistía enteramente en las verduras de su huerto y la leche de una vaca, que daba muy poco durante el invierno, cuando sus amos apenas podían procurarse comida para mantenerla. A menudo, creo, sufrían las punzadas del hambre de forma muy conmovedora, especialmente los dos campesinos más jóvenes, pues varias veces pusieron comida delante del anciano sin reservarse nada para ellos.

«Este rasgo de amabilidad me conmovió sensiblemente. Había adquirido la costumbre, durante la noche, de robar una parte de sus provisiones para mi propio consumo pero, cuando descubrí que al hacerlo infligía dolor a los aldeanos, me abstuve y me sacié con bayas, nueces y raíces que recogí de un bosque vecino.

«Descubrí también otro medio a través del cual pude ayudarles en sus labores. Descubrí que el joven pasaba gran parte del día recogiendo leña para el fuego familiar y durante la noche a menudo cogía sus herramientas, cuyo uso descubrí rápidamente, y traía a casa leña suficiente para el consumo de varios días.

«Recuerdo que la primera vez que lo hice, la joven, al abrir la puerta por la mañana, pareció muy asombrada al ver un gran montón de leña en el exterior. Pronunció algunas palabras en voz alta y se le unió el joven, que también expresó su sorpresa. Observé con agrado que aquel día él no fue al bosque sino que lo dedicó a reparar la casa de campo y a cultivar el jardín.

«Poco a poco hice un descubrimiento aún más importante. Descubrí que estas personas poseían un método para comunicarse sus experiencias y sentimientos mediante sonidos articulados. Percibí que las palabras que pronunciaban producían a veces placer o dolor, sonrisas o tristeza, en las mentes y semblantes de los oyentes. Se trataba sin duda de una ciencia divina y deseé ardientemente familiarizarme con ella. Pero me vi desconcertado en todos los intentos que hice con este fin. Su pronunciación era rápida y las palabras que pronunciaban no tenían ninguna relación aparente con los objetos visibles, por lo que fui incapaz de descubrir ninguna pista que me permitiera desentrañar el misterio de su referencia. Con gran aplicación, sin embargo, y después de haber permanecido durante el espacio de varias revoluciones de la luna en mi choza, descubrí los nombres que se daban a algunos de los objetos más familiares del discurso; aprendí y apliqué las palabras, fuego, leche, pan y madera. Aprendí también los nombres de los propios campesinos. El joven y su compañera tenían cada uno de ellos varios nombres, pero el anciano sólo tenía uno, que era padre. A la chica la llamaban hermana o Agatha y al joven Felix, hermano o hijo. No puedo describir el deleite que sentí cuando aprendí las ideas apropiadas a cada uno de estos sonidos y pude pronunciarlos. Distinguí varias palabras más sin ser capaz aún de comprenderlas o aplicarlas, como bueno, querido, infeliz.

«Pasé el invierno de esta manera. Los modales amables y la belleza de los campesinos me atraían mucho; cuando eran infelices, me sentía deprimido; cuando se alegraban, me solidarizaba con sus alegrías. Veía pocos seres humanos aparte de ellos y si alguien más entraba por casualidad en la cabaña, sus modales ásperos y sus andares rudos no hacían más que realzar ante mí los logros superiores de mis amigos. Pude percibir que el anciano se esforzaba a menudo por animar a sus hijos, como a veces descubrí que los llamaba, a despojarse de su melancolía. Él hablaba con un acento alegre, con una expresión de bondad que me causaba placer incluso a mí. Agatha escuchaba con respeto, sus ojos a veces se llenaban de lágrimas, que se esforzaba por enjugar sin ser percibida, pero por lo general me parecía que su semblante y su tono eran más alegres después de haber escuchado las exhortaciones de su padre. No ocurría así con Felix. Era siempre el más triste del grupo e, incluso para mis sentidos poco experimentados, parecía haber sufrido más profundamente que sus amigos. Pero si su semblante era más apenado, su voz era más alegre que la de su hermana, sobre todo cuando se dirigía al anciano.

«Podría mencionar innumerables casos que, aunque insignificantes, marcaron las disposiciones de estos amables campesinos. En medio de la pobreza y la necesidad, Felix llevaba con placer a su hermana la primera flor blanca que asomaba bajo el suelo nevado. Temprano por la mañana, antes de que ella se hubiera levantado, quitaba la nieve que obstruía su camino hasta el ordeño, sacaba agua del pozo y traía la leña de la cabaña, donde, para su perpetuo asombro, encontraba su reserva siempre reabastecida por una mano invisible. Durante el día, creo, trabajaba a veces para un granjero vecino, porque a menudo salía y no volvía hasta la cena y no traía leña consigo. Otras veces trabajaba en el jardín pero, como había poco que hacer durante la estación de las heladas, leía al anciano y a Agatha.

«Esta lectura me había desconcertado muchísimo al principio pero, poco a poco, descubrí que emitía muchos de los mismos sonidos cuando leía que cuando hablaba. Conjeturé, por tanto, que encontraba en el papel signos del habla que comprendía y que yo anhelaba ardientemente comprenderlos también, pero ¿cómo era eso posible cuando ni siquiera entendía los sonidos que representaban como signos? Sin embargo, mejoré sensiblemente en esta ciencia, pero no lo suficiente como para seguir cualquier tipo de conversación, aunque apliqué toda mi mente al empeño, pues percibí fácilmente que, aunque ansiaba mostrarrme a los campesinos, no debía hacer el intento hasta haber llegado a dominar primero su lenguaje, conocimiento que podría permitirme hacerles pasar por alto la deformidad de mi figura, pues también con esto me había familiarizado el contraste que se presentaba perpetuamente a mis ojos.

«Había admirado las formas perfectas de mis campesinos, su gracia, su belleza y su delicada tez, pero ¡cómo me aterroricé cuando me vi en una charca transparente! Al principio retrocedí, incapaz de creer que era realmente yo quien se reflejaba en el espejo, y cuando me convencí plenamente de que era en realidad el monstruo que soy, me invadieron las más amargas sensaciones de desaliento y mortificación. ¡Ay! Aún no conocía del todo los fatales efectos de esta miserable deformidad.

«Cuando el sol se hizo más cálido y la luz del día más larga, la nieve desapareció y contemplé los árboles desnudos y la tierra negra. A partir de ese momento Felix estuvo más empleado y desaparecieron los conmovedores indicios de una hambruna inminente. Su comida, como comprobé más tarde, era tosca, pero sana, y se procuraban una cantidad suficiente. En el jardín brotaron varias clases nuevas de plantas que aderezaban y estos signos de bienestar aumentaban cada día a medida que avanzaba la estación.

«El anciano, apoyándose en su hijo, caminaba cada día al mediodía, cuando no llovía, como descubrí que se llamaba cuando el cielo derramaba sus aguas. Esto ocurría con frecuencia, pero un viento fuerte secaba rápidamente la tierra y la estación se volvía mucho más agradable de lo que había sido.

«Mi modo de vida en mi casucha era uniforme. Durante la mañana estaba pendiente de los movimientos de los campesinos y cuando se dispersaban en diversas ocupaciones, dormía; el resto del día lo dedicaba a observar a mis amigos. Cuando se retiraban a descansar, si había luna o la noche era estrellada, me adentraba en el bosque y recogía mi propia comida y leña para la cabaña. Cuando volvía, tan a menudo como era necesario, les limpiaba el camino de la nieve y realizaba aquellos oficios que había visto hacer a Felix. Después comprobé que estas labores, realizadas por una mano invisible, les asombraban mucho y una o dos veces les oí, en estas ocasiones, pronunciar las palabras buen espíritu, maravilloso; pero entonces no comprendí el significado de estos términos.

«Mis pensamientos se volvieron ahora más activos y ansiaba descubrir los motivos y los sentimientos de estas encantadoras criaturas, tenía curiosidad por saber por qué Felix parecía tan desdichado y Agatha tan triste. Pensé (¡infeliz!) que podría estar en mi mano devolver la felicidad a estas personas que tanto se lo merecían. Cuando dormía o estaba ausente, revoloteaban ante mí las formas del venerable padre ciego, la gentil Agatha y el excelente Felix. Los veía como seres superiores que serían los árbitros de mi destino futuro. Formé en mi imaginación mil imágenes de cómo me presentaría ante ellos y de cómo me recibirían. Imaginaba que se disgustarían, hasta que, por mi gentil comportamiento y mis palabras conciliadoras, me ganara primero su favor y después su amor.

«Estos pensamientos me reanimaron y me llevaron a aplicarme con nuevo ardor a la adquisición del arte del lenguaje. Mis órganos eran ciertamente ásperos pero flexibles y aunque mi voz era muy distinta a la suave música de sus tonos, pronunciaba las palabras que entendía con tolerable facilidad. Era como el asno y el perro faldero; ciertamente el gentil asno cuyas intenciones eran afectuosas, aunque sus modales fueran rudos, merecía mejor trato que los golpes y la execración.

«Las agradables lluvias y el agradable calor de la primavera alteraron enormemente el aspecto de la tierra. La gente que antes de este cambio parecía haberse escondido en las cuevas se dispersó y se empleó en diversas artes de cultivo. Los pájaros cantaban con notas más alegres y las hojas empezaban a brotar en los árboles. ¡Feliz, feliz tierra! Morada adecuada para los dioses, que tan poco tiempo antes era sombría, húmeda y malsana. Mi ánimo se elevó gracias a la encantadora apariencia de la naturaleza; el pasado se borró de mi memoria, el presente era tranquilo y el futuro se doraba con brillantes rayos de esperanza y anticipaciones de alegría».

Capítulo 13

«Ahora me dirijo rápidamente a la parte más conmovedora de mi historia. Relataré acontecimientos que me impresionaron con sentimientos que me convirtieron de lo que había sido en lo que ahora soy.

«La primavera avanzó rápidamente, el tiempo mejoró y los cielos se despejaron. Me sorprendió que lo que antes era desierto y sombrío floreciera ahora con las flores y el verdor más hermosos. Mis sentidos fueron gratificados y refrescados por mil olores de deleite y mil paisajes bellos.

«Fue en uno de estos días, cuando mis campesinos descansaban periódicamente del trabajo —el anciano tocaba su guitarra y los hijos le escuchaban— cuando observé que el semblante de Felix era melancólico más allá de toda expresión, suspiraba con frecuencia y una vez su padre hizo una pausa en su música y conjeturé por su forma de ser que preguntaba la causa de la tristeza de su hijo. Felix contestó con acento alegre y el anciano estaba reanudando su música cuando alguien dio unos golpecitos en la puerta.

«Era una dama a caballo, acompañada por un campesino como guía. La dama iba vestida con un traje oscuro y cubierta con un espeso velo negro. Agatha hizo una pregunta, a la que la desconocida sólo respondió pronunciando, con un dulce acento, el nombre de Felix. Su voz era musical pero distinta a la de cualquiera de mis amigos. Al oír esta palabra, Felix se acercó apresuradamente a la dama, quien, al verle, se quitó el velo y yo pude contemplar un semblante de belleza y expresión angelicales. Su cabello era de un negro brillante como el cuervo y curiosamente trenzado; sus ojos eran oscuros, pero amables, aunque animados; sus rasgos de una proporción regular y su tez maravillosamente blanca, cada mejilla teñida de un encantador rosa.

«Felix parecía extasiado de placer cuando la vio, todo rasgo de tristeza desapareció de su rostro y éste expresó al instante un grado de extasiada alegría de la que yo difícilmente hubiera creído que fuera capaz; sus ojos chispeaban, mientras su mejilla se sonrojaba de placer y, en aquel momento me pareció tan hermoso como la desconocida. Ella parecía afectada por sentimientos diferentes; enjugándose unas lágrimas de sus encantadores ojos, tendió la mano a Felix, que la besó con arrobo y la llamó, según pude distinguir, "su dulce árabe". Ella no pareció entenderle, pero sonrió. Él la ayudó a desmontar y, despidiendo a su guía, la condujo a la casa de campo. Se entabló una conversación entre él y su padre y la joven desconocida se arrodilló a los pies del anciano y le habría besado la mano, pero él la levantó y la abrazó cariñosamente.

«Pronto me di cuenta de que, aunque la forastera emitía sonidos articulados y parecía tener un lenguaje propio, ni la entendían a ella ni ella misma entendía a los campesinos. Hicieron muchas señales que no comprendí pero vi que su presencia difundía alegría por la cabaña, disipando su tristeza como el sol disipa las brumas matinales. Felix parecía peculiarmente feliz y con sonrisas de deleite dio la bienvenida a su árabe. Agatha, la siempre gentil Agatha, besó las manos de la encantadora forastera y, señalando a su hermano, hizo signos que me parecieron significar que él había estado apenado hasta que ella llegó. Así transcurrieron algunas horas, mientras ellos, por sus semblantes, expresaban alegría, cuya causa no comprendí. Pronto descubrí, por la frecuente recurrencia de algún sonido que la forastera repetía después de ellos, que se esforzaba por aprender su lengua y al instante se me ocurrió la idea de que yo debía hacer uso de las mismas instrucciones con el mismo fin. La desconocida aprendió unas veinte palabras en la primera lección; la mayoría de ellas, en efecto, eran las que yo había entendido antes, pero me beneficié de las demás.

«Al llegar la noche, Agatha y la árabe se retiraron temprano. Cuando se separaron Felix besó la mano de la desconocida y le dijo: "Buenas noches, dulce Safie". Permaneció sentado mucho más tiempo, conversando con su padre, y por la frecuente repetición de su nombre conjeturé que su encantadora invitada era el tema de su conversación. Deseé ardientemente entenderles e incliné todas mis facultades hacia ese propósito pero me resultó del todo imposible.

«A la mañana siguiente, Felix salió a su trabajo y, una vez terminadas las ocupaciones habituales de Agatha, la árabe se sentó a los pies del anciano y, cogiendo su guitarra, tocó unos aires tan fascinantemente bellos que a la vez arrancaron lágrimas de pena y deleite de mis ojos. Cantaba, y su voz fluía en una rica cadencia, hinchándose o apagándose como un ruiseñor de los bosques.

«Cuando hubo terminado, le dio la guitarra a Agatha, que al principio la rechazó. Tocó un aire sencillo y su voz la acompañó con acentos dulces pero distintos del portentoso tono de la desconocida. El anciano parecía embelesado y pronunció unas palabras que Agatha se esforzó en explicar a Safie, con las que parecía querer expresar que ella le proporcionaba el mayor deleite con su música.

«Los días transcurrían ahora tan apaciblemente como antes, lo único que había cambiado era que la alegría había sustituido a la tristeza en los semblantes de mis amigos. Safie estaba siempre alegre y contenta; ella y yo mejoramos rápidamente en el conocimiento del idioma, de modo que en dos meses empecé a comprender la mayoría de las palabras pronunciadas por mis protectores.

«Mientras tanto, también el negro suelo se cubrió de hierba y las verdes riberas se entremezclaron con innumerables flores, dulces al olfato y a la vista, estrellas de pálido resplandor entre los bosques iluminados por la luna; el sol se hizo más cálido, las noches claras y templadas, y mis paseos nocturnos fueron para mí un placer extremo, aunque se acortaron considerablemente por la tardía puesta y la temprana salida del sol, pues nunca me aventuraba a salir al exterior durante el día, temeroso de encontrarme con el mismo trato que había soportado antes en la primera aldea en la que entré.

«Pasé los días muy atento, para dominar más rápidamente el idioma, y puedo jactarme de haber progresado más rápidamente que la árabe, que entendía muy poco y conversaba con acentos entrecortados, mientras que yo comprendía y podía imitar casi todas las palabras que se pronunciaban.

«Mientras mejoraba en el habla, aprendí también la ciencia de las letras tal y como se enseñaba a la forastera y esto abrió ante mí un amplio campo para el asombro y el deleite.

«El libro con el que Felix instruyó a Safie era *Las ruinas de los imperios* de Volney. No habría comprendido el propósito de este libro si Felix, al leerlo, no me hubiera dado explicaciones muy minuciosas. Había elegido esta obra, dijo, porque el estilo declamatorio imitaba a los autores orientales. A través de esta obra obtuve un conocimiento somero de la historia y una visión de los diversos imperios que existen actualmente en el mundo: me dio una idea de las costumbres, los gobiernos y las religiones de las diferentes naciones de la tierra. Oí hablar de los perezosos asiáticos, del estupendo genio y la actividad mental de los griegos, de las guerras y la maravillosa virtud de los primeros romanos, de su posterior degeneración, de la decadencia de aquel poderoso imperio, de la caballería, el cristianismo y los reyes. Oí hablar del descubrimiento del hemisferio americano y lloré con Safie por el desdichado destino de sus habitantes originales.

«Estas maravillosas narraciones me inspiraron extraños sentimientos. ¿Era el hombre, en efecto, a la vez tan poderoso, tan virtuoso y magnífico y, sin embargo, tan vicioso y ruin? Aparecía en un momento como un mero vástago del principio maligno y en otro como todo lo que puede concebirse de noble y divino. Ser un gran hombre virtuoso parecía el más alto honor que puede corresponder a un ser sensible; ser vil y vicioso, como lo han sido muchos de los que se tiene constancia, parecía la más baja degradación, una condición más abyecta que la del topo ciego o el gusano inofensivo. Durante mucho tiempo no pude concebir cómo un hombre podía llegar a asesinar a su semejante, ni siquiera por qué había leyes y gobiernos; pero, cuando oí detalles del vicio y del derramamiento de sangre, cesó mi asombro y me aparté con repugnancia y aversión.

«Cada conversación de los campesinos me descubría ahora nuevas maravillas. Mientras escuchaba las instrucciones que Felix daba a la árabe, me explicaron el extraño sistema de la sociedad humana. Oí hablar de la división de la propiedad, de la inmensa riqueza y la escuálida pobreza, del rango, la ascendencia y la sangre noble.

«Las palabras me indujeron a volverme hacia mí mismo. Aprendí que las posesiones más estimadas por sus semejantes eran la alta e inmaculada ascendencia unida a la riqueza. Un hombre podía ser respetado con una sola de estas ventajas pero, sin ninguna de las dos, era considerado, salvo en casos muy raros, como un vagabundo y un esclavo, ¡condenado a malgastar sus poderes en beneficio de unos pocos elegidos! ¿Y qué era yo? De mi creación y creador era absolutamente ignorante, pero sabía que no poseía dinero, ni amigos, ni ningún tipo de propiedad. Además, estaba dotado de una figura horriblemente deforme y repugnante, ni siquiera era de la misma naturaleza que el hombre. Era más ágil que ellos y podía subsistir con una dieta más tosca, soportaba los extremos del calor y del frío con menos daño para mi complexión, mi estatura superaba con creces la de ellos. Cuando miraba a mi alrededor no veía ni oía hablar de nadie como yo. ¿Era yo, entonces, un monstruo, una mancha en la tierra, de la que todos huían y a la que todos repudiaban?

«No puedo describirte la agonía que me infligieron estas reflexiones; intenté disiparlas, pero la pena sólo aumentaba con el conocimiento. Oh, ¡ojalá hubiera permanecido para siempre en mi bosque natal, sin conocer ni sentir más allá de las sensaciones de hambre, sed y calor!

«¡Qué extraña naturaleza tiene el conocimiento! Cuando se ha apoderado de la mente se aferra a ella como un liquen a la roca. A veces deseaba desprenderme de todo pensamiento y sentimiento pero aprendí que sólo había un medio de superar la sensación de dolor y era la muerte, un estado que temía pero que no comprendía. Admiraba la virtud y los buenos sentimientos y amaba los modales suaves y las cualidades amables de mis campesinos pero estaba excluido del trato con ellos, salvo por medios que obtenía a hurtadillas, cuando no era visto ni conocido, y que más bien aumentaban en lugar de satisfacer el deseo que tenía de convertirme en uno más entre mis semejantes. Las amables palabras de Agatha y las animadas sonrisas de la encantadora árabe no eran para mí. Las suaves exhortaciones del anciano y la animada conversación del amado Felix no eran para mí. ¡Miserable, infeliz desdichado!

«Otras lecciones me impresionaron aún más profundamente. Oí hablar de la diferencia de sexos y del nacimiento y crecimiento de los niños, de cómo el padre se deleitaba con las sonrisas del bebé y las vivaces travesuras del niño mayor, de cómo toda la vida y los cuidados de la madre estaban envueltos en la preciosa carga, de cómo la mente de la juventud se expandía y adquiría conocimientos, del hermano, de la hermana y de todas las diversas relaciones que unen a un ser humano con otro en lazos mutuos.

«Pero ¿dónde estaban mis amigos y parientes? Ningún padre había velado mis días infantiles, ninguna madre me había bendecido con sonrisas y caricias o si lo habían hecho, toda mi vida pasada era ahora una mancha, un vacío ciego en el que no distinguía nada. Desde mis primeros recuerdos había sido como era entonces en estatura y proporción. Jamás había visto a un ser que se me pareciera o que reclamara alguna relación conmigo. ¿Qué era yo? La pregunta se repitió nuevamente para ser respondida sólo con gemidos.

«Pronto explicaré a qué tendían estos sentimientos pero permíteme ahora volver a los campesinos, cuya historia excitó en mí tan diversos sentimientos de indignación, deleite y asombro, pero que todos terminaron en un amor y reverencia adicionales hacia mis protectores (pues así me gustaba, en un inocente y medio doloroso autoengaño, llamarlos)».

Capítulo 14

«Transcurrió algún tiempo antes de que conociera la historia de mis amigos. Era una que no podía dejar de grabarse profundamente en mi mente, desplegando como lo hacía una serie de circunstancias, cada una interesante y maravillosa para alguien tan completamente inexperto como yo.

«El nombre del anciano era De Lacey. Descendía de una buena familia de Francia, donde había vivido muchos años en la opulencia, respetado por sus superiores y querido por sus iguales. Su hijo se había criado al servicio de su país y Agatha se había codeado con damas de la más alta distinción. Unos meses antes de mi llegada habían vivido en una ciudad grande y lujosa llamada París, rodeados de amigos y poseedores de todos los goces que la virtud, el refinamiento del intelecto o el gusto, acompañados de una fortuna moderada, podían permitirse.

«El padre de Safie había sido la causa de su ruina. Era un comerciante turco y había vivido en París durante muchos años, cuando, por alguna razón que no pude averiguar, se volvió odioso para el gobierno. Fue capturado y metido en prisión el mismo día en que Safie llegó de Constantinopla para reunirse con él. Fue juzgado y condenado a muerte. La injusticia de su sentencia fue muy flagrante; todo París se indignó y se juzgó que su religión y su riqueza, más que el crimen que se le imputaba, habían sido la causa de su condena.

«Felix había estado accidentalmente presente en el juicio, su horror e indignación fueron incontrolables cuando escuchó la decisión del tribunal. Hizo, en ese momento, un voto solemne de liberarlo y luego buscó a su alrededor los medios. Tras muchos intentos infructuosos de conseguir entrar en la prisión, encontró una ventana fuertemente enrejada en una parte no vigilada del edificio, que iluminaba el calabozo del desdichado mahometano, quien, cargado de cadenas, esperaba desesperado la ejecución de la bárbara sentencia. Felix acudió a la reja por la noche y dio a conocer al prisionero sus intenciones en su favor. El turco, asombrado y encantado, trató de encender el celo de su libertador con promesas de recompensa y riqueza. Felix rechazó sus ofertas con desprecio pero cuando vio a la encantadora Safie, a la que se le permitía visitar a su padre y que con sus gestos expresaba su viva gratitud, el joven no pudo evitar convencerse de que el cautivo poseía un tesoro que recompensaría plenamente su esfuerzo y su riesgo.

«El turco percibió rápidamente la impresión que su hija había causado en el corazón de Felix y se esforzó por reforzar sus intereses mediante la promesa de su mano en matrimonio tan pronto como fuera conducido a un lugar seguro. Felix era demasiado delicado para aceptar esta oferta pero esperaba con impaciencia la probabilidad del acontecimiento como la consumación de su felicidad.

«Durante los días siguientes, mientras avanzaban los preparativos para la huida del mercader, el celo de Felix se vio avivado por varias cartas que recibió de esta encantadora muchacha, que encontró medios para expresar sus pensamientos en la lengua de su amante con la ayuda de un anciano, criado de su padre, que entendía el francés. Ella le agradeció en los términos más ardientes los servicios que pretendía prestar a su progenitor, al tiempo que deploraba amablemente su propio destino.

«Tengo copias de estas cartas, pues encontré medios, durante mi residencia en la casucha, para procurarme los útiles de escribir, y las cartas estaban a menudo en manos de Felix o de Agatha. Antes de partir te las entregaré, probarán la veracidad de mi relato, pero por el momento, como el sol está ya muy declinado, sólo tendré tiempo de repetir lo esencial de ellas.

«Safie relató que su madre era una árabe cristiana, apresada y convertida en esclava por los turcos; recomendada por su belleza, había conquistado el corazón del padre de Safie, que se casó con ella. La joven habló en términos elevados y entusiastas de su madre que, nacida en libertad, desdeñaba la esclavitud a la que ahora estaba reducida. Instruyó a su hija en los principios de su religión y le enseñó a aspirar a facultades intelectuales superiores y a una independencia de espíritu prohibida a las seguidoras de Mahoma. Esta dama murió, pero sus lecciones quedaron indeleblemente grabadas en la mente de Safie, que se sentía enferma ante la perspectiva de regresar de nuevo a Asia y verse inmersa entre los muros de un harén, a la que sólo se le permitiría ocuparse de diversiones infantiles, inadecuadas para el temperamento de su alma, acostumbrada ahora a las grandes ideas y a una noble emulación por la virtud. La perspectiva de casarse con un cristiano y permanecer en un país donde se permitiera a las mujeres ocupar un rango en la sociedad le resultaba encantadora.

«Se fijó el día de la ejecución del turco pero la noche anterior abandonó su prisión y antes de la mañana se encontraba a muchas leguas de París. Felix había conseguido pasaportes a nombre de su padre, de su hermana y de él mismo. Previamente había comunicado su plan al primero, quien colaboró en el engaño abandonando su casa, bajo el pretexto de un viaje y se ocultó, con su hija, en un lugar oscuro de París.

«Felix condujo a los fugitivos a través de Francia hasta Lyon y a través de Mont Cenis hasta Leghorn, donde el mercader había decidido esperar una oportunidad favorable para pasar a alguna parte de los dominios turcos.

«Safie resolvió permanecer con su padre hasta el momento de su partida, antes de lo cual el turco renovó su promesa de que ella se uniría a su libertador, y Felix permaneció con ellos a la espera de ese acontecimiento; mientras tanto disfrutó de la sociedad de la árabe, que mostró hacia él el más sencillo y tierno afecto. Conversaban entre ellos por medio de un intérprete y a veces con la interpretación de miradas; y Safie le cantaba los divinos aires de su país natal.

«El turco permitió que esta intimidad tuviera lugar y alentó las esperanzas de los jóvenes amantes mientras que en su corazón había formado otros planes muy distintos. Detestaba la idea de que su hija se uniera a un cristiano pero temía el resentimiento de Felix si se mostraba tibio, pues sabía que aún estaba en poder de su libertador si decidía traicionarlo al estado italiano que habitaban. Urdió mil planes mediante los cuales podría prolongar el engaño hasta que ya no fuera necesario y llevarse en secreto a su hija cuando partiera. Sus planes se vieron facilitados por las noticias que llegaron de París.

«El gobierno de Francia se enfureció enormemente por la fuga de su víctima y no escatimó esfuerzos para detectar y castigar a su libertador. El complot de Felix fue descubierto rápidamente y De Lacey y Agatha fueron encarcelados. La noticia llegó a oídos de Felix y le despertó de su sueño de placer. Su ciego y anciano padre y su gentil hermana yacían en una ruidosa mazmorra mientras él disfrutaba del aire libre y de la sociedad de aquella a quien amaba. Esta idea era una tortura para él. Rápidamente acordó con el turco que si éste encontraba una oportunidad favorable para escapar antes de que Felix pudiera regresar a Italia, Safie permanecería como huésped en un convento de Leghorn, y entonces, abandonando a la encantadora árabe, se dirigió apresuradamente a París y se entregó a la justicia, con la esperanza de liberar a De Lacey y a Agatha mediante este procedimiento.

«No tuvo éxito. Permanecieron confinados durante cinco meses antes de que se celebrara el juicio, cuyo resultado les privó de su fortuna y les condenó a un exilio perpetuo de su país natal.

«Encontraron un miserable asilo en la cabaña de Alemania donde yo los descubrí. Felix no tardó en enterarse de que el turco traicionero, por quien él y su familia soportaron una opresión tan inaudita, al descubrir que su libertador se veía así reducido a la pobreza y la ruina, se había convertido en un traidor a los buenos sentimientos y al honor y había abandonado Italia con su hija, enviando de forma insultante a Felix una miseria de dinero para ayudarle, según decía, en algún plan de manutención futura.

«Tales fueron los acontecimientos que hicieron presa en el corazón de Felix y le convirtieron, cuando le vi por primera vez, en el más miserable de su familia. Podía haber soportado la pobreza y mientras esta angustia había sido el medio de su virtud se gloriaba en ella pero la ingratitud del Turco y la pérdida de su amada Safie fueron desgracias más amargas e irreparables. La llegada de la árabe infundió ahora nueva vida a su alma.

«Cuando llegaron a Leghorn las noticias de que Felix había sido despojado de su riqueza y rango, el mercader ordenó a su hija que no pensara más en su amante, sino que se preparara para regresar a su país natal. La generosa naturaleza de Safie se sintió ultrajada por esta orden; ella intentó discutir con su padre, pero éste la abandonó airado, reiterando su tiránico mandato.

«Pocos días después, el turco entró en el apartamento de su hija y le dijo apresuradamente que tenía razones para creer que su residencia en Leghorn había sido divulgada y que pronto sería entregado al gobierno francés; en consecuencia, había contratado un barco para que lo transportara a Constantinopla, ciudad hacia la que zarparía en pocas horas. Tenía la intención de dejar a su hija al cuidado de un sirviente confidencial, para que le siguiera a su antojo con la mayor parte de sus bienes, que aún no habían llegado a Leghorn.

«Cuando estuvo sola, Safie decidió en su propia mente el plan de conducta que le convendría seguir en esta emergencia. Una residencia en Turquía le resultaba aborrecible, su religión y sus sentimientos le eran reacios por igual. Por unos papeles de su padre que cayeron en sus manos se enteró del exilio de su amante y supo el nombre del lugar donde residía entonces. Dudó algún tiempo, pero al final tomó una determinación. Llevando consigo algunas joyas que le pertenecían y una suma de dinero, abandonó Italia con un ayudante, natural de Leghorn, pero que entendía la lengua común de Turquía, y partió hacia Alemania.

«Llegó sana y salva a un pueblo situado a unas veinte leguas de la casa de campo de De Lacey, cuando su ayudante cayó peligrosamente enferma. Safie la cuidó con el afecto más devoto pero la pobre muchacha murió y la árabe se quedó sola, sin conocer la lengua del país y totalmente ignorante de las costumbres del mundo. Cayó, sin embargo, en buenas manos. La italiana había mencionado el nombre del lugar al que se dirigían y, tras su muerte, la mujer de la casa en la que habían vivido se encargó de que Safie llegara sana y salva a la casa de campo de su amante».

Capítulo 15

«Tal era la historia de mis queridos campesinos. Me impresionó profundamente. Aprendí, por las visiones de la vida social que desarrollaba, a admirar sus virtudes y a depreciar los vicios de la humanidad.

«Mientras aún consideraba el crimen como un mal lejano, la benevolencia y la generosidad estaban siempre presentes ante mí, incitando en mi interior el deseo de convertirme en un actor en la ajetreada escena en la que tantas cualidades admirables eran convocadas y desplegadas. Pero, al dar cuenta de los progresos de mi intelecto, no debo omitir una circunstancia que ocurrió a principios del mes de agosto de ese mismo año.

«Una noche, durante mi acostumbrada visita al bosque vecino donde recogía mi propia comida y traía a casa fuego para mis protectores, encontré en el suelo un portamaletas de cuero que contenía varias prendas de vestir y algunos libros. Tomé con avidez el premio y regresé con él a mi casucha. Afortunadamente los libros estaban escritos en la lengua cuyos elementos había adquirido en la cabaña; consistían en *El paraíso perdido*, un volumen de las *Vidas* de Plutarco y *Las penas de Werter*. La posesión de estos tesoros me proporcionó un deleite extremo; ahora estudiaba y ejercitaba mi mente continuamente sobre estas historias, mientras mis amigos estaban dedicados a sus ocupaciones ordinarias.

«Apenas puedo describirle el efecto de estos libros. Produjeron en mí infinidad de imágenes y sentimientos nuevos que a veces me elevaban al éxtasis pero con más frecuencia me hundían en el más bajo abatimiento. En *Las penas de Werter*, además del interés de su sencilla y conmovedora historia, se barajan tantas opiniones y se arrojan tantas luces sobre lo que hasta entonces habían sido para mí temas oscuros, que encontré en él una fuente inagotable de especulación y asombro. Los modales suaves y domésticos que describía, combinados con sentimientos y emociones elevados, que tenían por objeto algo fuera de uno mismo, concordaban bien con mi experiencia entre mis protectores y con los deseos que estaban siempre vivos en mi propio pecho. Pero el propio Werter me pareció un ser más divino de lo que jamás había contemplado o imaginado; su carácter no contenía ninguna pretensión, pero era profundo. Las disquisiciones sobre la muerte y el suicidio estaban calculadas para llenarme de asombro. No pretendía entrar en los méritos del caso, pero me inclinaba por las opiniones del héroe, cuya extinción lloré, sin comprenderla precisamente.

«Mientras leía, sin embargo, apliqué gran parte de la lectura personalmente a mis propios sentimientos y condición. Me encontré similar y al mismo tiempo extrañamente diferente a los seres sobre los que leía y de cuya conversación era oyente. Simpatizaba con ellos y en parte los comprendía pero mi mente no estaba formada; no dependía de ninguno y no me relacionaba con ninguno. El camino de mi partida era libre y no había nadie que lamentara mi aniquilación. Mi persona era horrenda y mi estatura gigantesca. ¿Qué significaba esto? ¿Quién era yo? ¿Qué era yo? ¿De dónde venía? ¿Cuál era mi destino? Estas preguntas se repetían continuamente, pero era incapaz de resolverlas.

«El volumen de las *Vidas* de Plutarco que poseía contenía las historias de los primeros fundadores de las antiguas repúblicas. Este libro tuvo sobre mí un efecto muy diferente al de *Las penas de Werter*. Aprendí de las imaginaciones de Werter el abatimiento y la melancolía pero Plutarco me enseñó pensamientos elevados, me elevó por encima de la miserable esfera de mis propias reflexiones para admirar y amar a los héroes de épocas pasadas. Muchas cosas que leí superaban mi comprensión y mi experiencia. Tenía un conocimiento muy confuso de reinos, grandes extensiones de país, ríos caudalosos y mares sin límites. Pero desconocía perfectamente las ciudades y las grandes aglomeraciones de personas. La cabaña de mis protectores había sido la única escuela en la que había estudiado la naturaleza humana pero este libro desarrollaba nuevas y más poderosas escenas de acción. Leí sobre hombres implicados en asuntos públicos, gobernando o masacrando a su especie. Sentí surgir en mí el mayor ardor por la virtud y el aborrecimiento por el vicio, en la medida en que comprendía el significado de esos términos, relativos como eran, tal como yo los aplicaba, al placer y al dolor únicamente. Inducido por estos sentimientos, fui llevado, por supuesto, a admirar a los legisladores pacíficos, Numa, Solón y Licurgo, con preferencia a Rómulo y Teseo. La vida patriarcal de mis protectores hizo que estas impresiones se apoderaran firmemente de mi mente; tal vez, si mi primera introducción a la humanidad la hubiera hecho un joven soldado, ardiente por la gloria y la matanza, me habría imbuido de sensaciones diferentes.

«Pero *El paraíso perdido* excitó emociones diferentes y mucho más profundas. Lo leí, como había leído los otros volúmenes que habían caído en mis manos, como una historia verdadera. Movió todos los sentimientos de asombro y admiración que la imagen de un Dios omnipotente en guerra con sus criaturas era capaz de excitar. A menudo refería las diversas situaciones, a medida que su similitud me impresionaba, a la mía propia. Al igual que Adán, yo no estaba aparentemente unido por ningún vínculo a ningún otro ser existente pero su estado era muy diferente del mío en todos los demás aspectos. Él había salido de las manos de Dios como una criatura perfecta, feliz y próspera, custodiada por los cuidados especiales de su Creador; se le permitía conversar con seres de naturaleza superior y adquirir conocimientos de ellos, pero yo era desdichado, indefenso y estaba solo. Muchas veces consideré a Satanás como el emblema más adecuado de mi condición, pues, a menudo, como él, cuando contemplaba la dicha de mis protectores, la amarga hiel de la envidia surgía en mi interior.

«Otra circunstancia reforzó y confirmó estos sentimientos. Poco después de mi llegada a la casucha descubrí unos papeles en el bolsillo del traje que había cogido de tu laboratorio. Al principio los había descuidado, pero ahora que era capaz de descifrar los caracteres en los que estaban escritos, comencé a estudiarlos con diligencia. Era tu diario de los cuatro meses que precedieron a mi creación. Tú describías minuciosamente en estos papeles cada paso que dabas en el progreso de tu trabajo; esta historia se mezclaba con relatos de sucesos domésticos. Sin duda recordarás estos documentos. Aquí los tienes. En ellos se relata todo lo que hace referencia a mi origen maldito, se expone todo el detalle de aquella serie de repugnantes circunstancias que lo produjeron, se da la más minuciosa descripción de mi odiosa y repugnante persona en un lenguaje que pintaba sus propios horrores y hacía imborrables los míos. Me enfermé al leer. "¡Día odioso en que recibí la vida!", exclamé en agonía. "¡Maldito Creador! ¿Por qué formaste un monstruo tan horrible que incluso tú te apartaste de mí con repugnancia? Dios, compadecido, hizo al hombre bello y seductor, a su propia imagen; pero mi forma es un asqueroso tipo de la tuya, más horrible incluso por el propio parecido. Satanás tenía sus compañeros, compañeros diablos, para admirarle y animarle, pero yo estoy solo y soy aborrecido".

«Éstas eran las reflexiones de mis horas de abatimiento y soledad pero, al contemplar las virtudes de los campesinos, sus disposiciones amables y benévolas, me persuadí de que cuando se enteraran de mi admiración por sus virtudes me compadecerían y pasarían por alto mi deformidad personal. ¿Podrían apartar de su puerta a alguien, por monstruoso que fuera, que solicitara su compasión y amistad? Resolví, al menos, no desesperar, sino prepararme por todos los medios para una eventual reunión con ellos que decidiría mi destino. Aplacé este intento durante algunos meses más pues la importancia que se concedía a su éxito me inspiraba el temor de fracasar. Además, descubrí que mi entendimiento mejoraba tanto con la experiencia de cada día que no estaba dispuesto a comenzar esta empresa hasta que unos meses más hubieran aumentado mi sagacidad.

«Entretanto, se produjeron varios cambios en la casa de campo. La presencia de Safie difundió felicidad entre sus habitantes y también comprobé que reinaba allí un mayor grado de abundancia. Felix y Agatha pasaban más tiempo divirtiéndose y conversando y eran asistidos en sus labores por sirvientes. No parecían ricos pero estaban contentos y felices, sus sentimientos eran serenos y pacíficos, mientras que los míos eran cada día más tumultuosos. El aumento de mis conocimientos sólo me descubría con mayor claridad el desdichado paria que era yo. Abrigaba esperanzas, es cierto, pero se desvanecían cuando contemplaba mi persona reflejada en el agua o mi sombra en el resplandor de la luna, igual que esa imagen frágil y esa sombra inconstante.

«Me esforzaba por aplacar estos temores y fortificarme para la prueba que dentro de unos meses había resuelto pasar y a veces permitía que mis pensamientos, sin control de la razón, vagaran por los campos del Paraíso y me atrevía a imaginar criaturas amables y encantadoras que simpatizaban con mis sentimientos y alegraban mi melancolía; sus semblantes angelicales exhalaban sonrisas de consuelo. Pero todo era un sueño; ninguna Eva calmaba mis penas ni compartía mis pensamientos; yo estaba solo. Recordé la súplica de Adán a su Creador. Pero ¿dónde estaba la mía? Me había abandonado y en la amargura de mi corazón te maldije.

«El otoño transcurrió así. Vi, con sorpresa y pena, cómo las hojas se marchitaban y caían y cómo la naturaleza volvía a asumir el aspecto yermo y sombrío que había lucido cuando contemplé por primera vez los bosques y la encantadora luna. Sin embargo, no hice caso de lo desapacible del clima, estaba mejor preparado por mi constitución para soportar el frío que el calor. Pero mis principales deleites eran la contemplación de las flores, los pájaros y toda la alegre indumentaria del verano; cuando aquellos me abandonaron, me volví con más atención hacia los campesinos. Su felicidad no disminuyó por la ausencia del verano. Se amaban y simpatizaban mutuamente y sus alegrías, que dependían unas de otras, no se veían interrumpidas por las bajas que se producían a su alrededor. Cuanto más las veía, mayor se hacía mi deseo de reclamar su protección y bondad; mi corazón anhelaba ser conocido y querido por estas amables criaturas, ver sus dulces miradas dirigidas hacia mí con afecto era el límite máximo de mi ambición. No me atreví a pensar que los apartarían de mí con desdén y horror. Nunca echaban a los pobres que se detenían a su puerta. Pedí, es cierto, mayores tesoros que un poco de comida o descanso: necesitaba amabilidad y simpatía, pero no me creía totalmente indigno de ellas.

«El invierno avanzaba y toda una rotación de las estaciones había tenido lugar desde que desperté a la vida. Mi atención en ese momento se dirigía únicamente a mi plan de introducirme en la cabaña de mis protectores. Di vueltas a muchos proyectos, pero aquel en el que finalmente me detuve fue el de entrar en la morada cuando el anciano ciego estuviera solo. Tuve la sagacidad suficiente para descubrir que la fealdad antinatural de mi persona era el principal objeto de horror de quienes me habían contemplado anteriormente. Mi voz, aunque áspera, no tenía nada de terrible; pensé, por tanto que, si en ausencia de sus hijos podía ganarme la buena voluntad y la mediación del anciano De Lacey, podría por sus medios ser tolerada por mis protectores más jóvenes.

«Un día, cuando el sol brillaba sobre las hojas rojas que esparcían por el suelo y difundía alegría, aunque negaba el calor, Safie, Agatha y Felix partieron a dar un largo paseo por el campo y el anciano, por deseo propio, se quedó solo en la cabaña. Cuando sus hijos se hubieron marchado, cogió su guitarra y tocó varios aires lúgubres pero dulces, más dulces y lúgubres de lo que yo le había oído tocar nunca. Al principio su semblante estaba iluminado por el placer pero, a medida que continuaba, le sucedieron el ensimismamiento y la tristeza; al final, dejando a un lado el instrumento, se sentó absorto en sus reflexiones.

«Mi corazón latía deprisa: ésta era la hora y el momento de la prueba que decidiría mis esperanzas o haría realidad mis temores. Los criados se habían ido a una feria vecina. Todo estaba en silencio en la casa de campo y sus alrededores —era una excelente oportunidad— sin embargo, cuando procedí a ejecutar mi plan, me fallaron los miembros y me hundí en el suelo. De nuevo me levanté y ejerciendo toda la firmeza de la que era dueño, retiré los tablones que había colocado ante mi casucha para ocultar mi retirada. El aire fresco me reanimó y con renovada determinación me acerqué a la puerta de su cabaña.

«Llamé a la puerta. "¿Quién es?", dijo el anciano. "Pase".

«Entré. "Perdone esta intrusión", dije, "soy un viajero necesitado de un poco de descanso, me haría usted un gran favor si me permitiera quedarme unos minutos ante el fuego".

«"Entre", dijo De Lacey, "e intentaré en lo que pueda aliviar sus necesidades; pero, desgraciadamente, mis hijos no están en casa y, como soy ciego, me temo que me resultará difícil procurarle comida".

«"No se preocupe, mi amable anfitrión, tengo comida, es calor y descanso lo único que necesito".

«Me senté y se hizo el silencio. Sabía que cada minuto era precioso para mí pero seguía irresoluto sobre cómo comenzar la conversación cuando el anciano se dirigió a mí.

«Por su idioma, forastero, supongo que es usted mi compatriota, ¿es usted francés?».

«"No, pero fui educado por una familia francesa y sólo entiendo esa lengua. Ahora voy a reclamar la protección de unos amigos —a los que quiero sinceramente— y de cuyo favor tengo algunas esperanzas".

«"¿Son alemanes?".

«"No, son franceses. Pero cambiemos de tema. Soy una criatura desdichada y abandonada, miro a mi alrededor y no tengo ningún pariente ni amigo sobre la tierra. Estas amables personas a las que voy nunca me han visto y saben poco de mí. Estoy lleno de temores, pues si fracaso allí, seré un paria en el mundo para siempre".

«"No desespere. Estar sin amigos es ciertamente un infortunio, pero los corazones de los hombres, cuando no tienen prejuicios por ningún interés propio obvio, están llenos de amor fraternal y caridad. Confíe, por tanto, en sus esperanzas, y si estos amigos son buenos y amables, no desespere".

«"Son amables, son las criaturas más excelentes del mundo, pero, por desgracia, tienen prejuicios contra mí. Tengo buenas disposiciones: mi vida ha sido hasta ahora inofensiva y hasta cierto punto beneficiosa pero un prejuicio fatal nubla sus ojos y donde deberían ver a un amigo sensible y bondadoso, sólo contemplan a un monstruo detestable".

«"Eso es ciertamente desafortunado pero, si usted es realmente intachable, ¿no puede desengañarlos?".

«"Estoy a punto de emprender esa tarea y es por ello que siento tantos terrores abrumadores. Amo tiernamente a estos amigos; he estado, sin que ellos lo sepan, durante muchos meses en los hábitos de la amabilidad diaria hacia ellos, pero ellos creen que deseo perjudicarlos y es ese prejuicio el que deseo superar".

«"¿Dónde residen estos amigos?".

«"Cerca de este lugar".

«El anciano hizo una pausa y luego continuó: "Si me confía sin reservas los detalles de su historia, tal vez pueda serle útil para desengañarlo. Soy ciego y no puedo juzgar su semblante pero hay algo en sus palabras que me persuade de que es sincero. Soy pobre y un exiliado pero me proporcionará un verdadero placer ser de algún modo útil a una criatura humana".

«"¡Excelente hombre! Le doy las gracias y acepto su generosa oferta. Usted me levanta del polvo con esta amabilidad y confío en que, con su ayuda, no seré expulsado de la sociedad y la simpatía de sus semejantes".

«"¡El cielo no lo permita! Aunque usted fuera realmente un criminal, pues eso sólo puede llevarle a la desesperación y no instigarle a la virtud. Yo también soy desgraciado: yo y mi familia hemos sido condenados, aunque inocentes; juzgue, pues, si no me compadezco de sus desgracias".

«"¿Cómo puedo agradecérselo, mi mejor y único benefactor? De sus labios he oído por primera vez la voz de la bondad dirigida hacia mí —le estaré eternamente agradecido— y su humanidad actual me asegura el éxito con aquellos amigos con los que estoy a punto de reunirme".

«"¿Puedo saber los nombres y la residencia de esos amigos?".

«Hice una pausa. Este, pensé, era el momento de la decisión, que iba a robarme o a concederme la felicidad para siempre. Luché en vano por conseguir la firmeza suficiente para responderle pero el esfuerzo destruyó todas las fuerzas que me quedaban; me hundí en la silla y sollocé en voz alta. En ese momento oí los pasos de mis protectores más jóvenes. No tenía un momento que perder, así que, agarrando la mano del anciano, grité: "¡Ahora es el momento! ¡Sálveme y protéjame! Usted y su familia son los amigos que busco. ¡No me abandone en la hora de la prueba!".

«"¡Gran Dios!", exclamó el anciano. "¿Quién es usted?".

«En ese instante se abrió la puerta de la cabaña y entraron Felix, Safie y Agatha. ¿Quién puede describir su horror y consternación al contemplarme? Agatha se desmayó y Safie, incapaz de atender a su amiga, salió corriendo de la cabaña. Felix se lanzó hacia delante y con una fuerza sobrenatural me arrancó de su padre, a cuyas rodillas me aferré; en un transporte de furia, me tiró al suelo y me golpeó violentamente con un palo. Podría haberle desgarrado miembro a miembro, como el león desgarra al antílope. Pero mi corazón se hundió dentro de mí como con una amarga enfermedad y me contuve. Le vi a punto de repetir su golpe, cuando, vencido por el dolor y la angustia, abandoné la cabaña y, en el tumulto general, escapé sin ser visto a mi casucha».

Capítulo 16

«¡Maldito, maldito creador! ¿Por qué viví? ¿Por qué, en ese instante, no extinguí la chispa de existencia que tan gratuitamente me habías otorgado? No lo sé; la desesperación aún no se había apoderado de mí; mis sentimientos eran de rabia y venganza. Podría haber destruido con placer la cabaña y a sus habitantes y haberme saciado con sus gritos y su miseria.

«Cuando llegó la noche abandoné mi retiro y vagabundeé por el bosque; y ahora, ya no contenido por el temor a ser descubierto, di rienda suelta a mi angustia en temibles aullidos. Era como una bestia salvaje que hubiera roto los senderos, destruyendo los objetos que me estorbaban y recorriendo el bosque con una rapidez semejante a la de un ciervo. ¡Oh! ¡Qué noche tan miserable pasé! Las frías estrellas brillaban burlonas y los árboles desnudos agitaban sus ramas sobre mí, de vez en cuando la dulce voz de un pájaro irrumpía en medio de la quietud universal. Todos, excepto yo, estaban en reposo o disfrutando; yo, como el archienemigo, llevaba un infierno dentro de mí y, al encontrarme sin simpatía, deseaba arrancar los árboles, sembrar el caos y la destrucción a mi alrededor y después sentarme a disfrutar de la ruina.

«Pero éste era un lujo de sensaciones que no podía soportar; me fatigué con el exceso de esfuerzo corporal y me hundí sobre la hierba húmeda en la enfermiza impotencia de la desesperación. No había ninguno entre las miríadas de hombres que existían que se apiadara de mí o me ayudara; ¿y debía sentir bondad hacia mis enemigos? No: desde ese momento declaré una guerra eterna contra la especie y, más que nada, contra aquel que me había formado y me había lanzado a esta miseria insufrible.

«Salió el sol; oí las voces de los hombres y supe que era imposible regresar a mi retiro durante ese día. En consecuencia, me escondí en un espeso sotobosque, decidido a dedicar las horas siguientes a reflexionar sobre mi situación.

«El agradable sol y el aire puro del día me devolvieron cierto grado de tranquilidad y, cuando consideré lo que había pasado en la casa de campo, no pude evitar creer que me había precipitado demasiado en mis conclusiones. Sin duda había actuado imprudentemente. Era evidente que mi conversación había interesado al padre en mi favor y fui un necio al haber expuesto mi persona para horror de sus hijos. Debería haber familiarizado al viejo De Lacey conmigo y, poco a poco, haberme descubierto al resto de su familia, cuando hubieran estado preparados para mi aproximación. Pero no creí que mis errores fueran irrecuperables y, después de pensarlo mucho, resolví regresar a la cabaña, buscar al anciano y, mediante mis manifestaciones, ganármelo para mi causa.

«Estos pensamientos me calmaron y por la tarde me hundí en un profundo sueño; pero la fiebre de mi sangre no me permitía ser visitado por sueños apacibles. La horrible escena del día anterior actuaba para siempre ante mis ojos, las mujeres huían y el enfurecido Felix me arrancaba de los pies de su padre. Me desperté agotado y, al comprobar que ya era de noche, salí sigilosamente de mi escondite y fui en busca de comida.

«Una vez aplacada mi hambre, dirigí mis pasos hacia el conocido sendero que conducía a la cabaña. Allí todo estaba en paz. Me arrastré hasta mi choza y permanecí en silenciosa espera de la hora acostumbrada en que se levantara la familia. Esa hora pasó, el sol se elevó en lo alto de los cielos, pero los campesinos no aparecieron. Temblé violentamente, presintiendo alguna espantosa desgracia. El interior de la cabaña estaba a oscuras y no oía ningún movimiento; no puedo describir la agonía de este suspenso.

«En seguida pasaron dos campesinos que, deteniéndose cerca de la cabaña, entablaron conversación con violentas gesticulaciones pero no entendí lo que decían, pues hablaban la lengua de la región, que difería de la de mis protectores. Poco después, sin embargo, Felix se acercó con otro hombre; me sorprendí, pues sabía que no había salido de la cabaña aquella mañana, y esperé ansiosamente descubrir por su discurso el significado de aquellas inusuales apariciones.

«"¿Considera usted", le dijo su compañero, "que se verá obligado a pagar tres meses de alquiler y a perder el producto de su huerto? No deseo sacar ninguna ventaja injusta y le ruego por tanto que se tome unos días para considerar su determinación".

«"Es completamente inútil", replicó Felix, "no podremos volver a habitar su cabaña. La vida de mi padre corre el mayor peligro, debido a la espantosa circunstancia que he relatado. Mi esposa y mi hermana nunca se recuperarán de su horror. Le ruego que no razone más conmigo. Tome posesión de su vivienda y déjeme marchar de este lugar".

«Felix temblaba violentamente mientras decía esto. Él y su acompañante entraron en la cabaña, en la que permanecieron unos minutos, y luego se marcharon. Nunca volví a ver a nadie de la familia De Lacey.

«Continué el resto del día en mi casucha en un estado de desesperación total y estúpida. Mis protectores se habían marchado y habían roto el único vínculo que me unía al mundo. Por primera vez los sentimientos de venganza y odio llenaron mi pecho y no me esforcé por controlarlos sino que, dejándome llevar, incliné mi mente hacia la herida y la muerte. Cuando pensé en mis amigos, en la suave voz de De Lacey, los gentiles ojos de Agatha y la exquisita belleza de la árabe, estos pensamientos se desvanecieron y un borbotón de lágrimas me alivió un poco. Pero de nuevo, cuando reflexioné en que me habían despreciado y abandonado, volvió la ira, un furor de ira, e incapaz de herir a nada humano, dirigí mi furia hacia los objetos inanimados. A medida que avanzaba la noche, coloqué diversos combustibles alrededor de la casa de campo y, tras haber destruido todo vestigio de cultivo en el jardín, esperé con forzada impaciencia a que la luna se hubiera ocultado para comenzar mis operaciones.

«A medida que avanzaba la noche, un viento feroz surgió de los bosques y dispersó rápidamente las nubes que habían merodeado por los cielos; la ráfaga arrasó como una poderosa avalancha y produjo en mi ánimo una especie de locura que traspasó todos los límites de la razón y la reflexión. Encendí la rama seca de un árbol y bailé con furia alrededor de la consagrada cabaña, con los ojos aún fijos en el horizonte occidental, cuyo borde casi tocaba la luna. Una parte de su orbe se ocultó al fin y agité mi tizón, se hundió, y con un fuerte grito encendí la paja, el brezo y los arbustos que había recogido. El viento avivó el fuego y la cabaña fue rápidamente envuelta por las llamas, que se aferraron a ella y la lamieron con sus lenguas bífidas y destructoras.

«En cuanto me convencí de que ninguna ayuda podría salvar parte alguna de la morada, abandoné el lugar y busqué refugio en el bosque.

«Y ahora, con el mundo ante mí, ¿hacia dónde debía dirigir mis pasos? Resolví huir lejos del escenario de mis desgracias pero, para mí, odiado y despreciado, todos los países debían ser igualmente horribles. Por fin, el pensamiento acerca de ti cruzó mi mente. Supe por tus papeles que tú eras mi padre, mi creador; y ¿a quién podía dirigirme con más acierto que a aquel que me había dado la vida? Entre las lecciones que Felix había impartido a Safie, la geografía no había sido omitida; había aprendido de ellos las situaciones relativas de los diferentes países de la tierra. Tú habías mencionado Ginebra como el nombre de tu ciudad natal y hacia este lugar resolví dirigirme.

«Pero, ¿cómo iba a orientarme? Sabía que debía viajar en dirección suroeste para llegar a mi destino pero el sol era mi única guía. No conocía los nombres de los pueblos por los que debía pasar, ni podía pedir información a un solo ser humano; pero no desesperé. Sólo de ti podía esperar socorro, aunque hacia ti no sentía más sentimiento que el del odio. ¡Creador insensible y desalmado! Tú me habías dotado de percepciones y pasiones y luego me había arrojado al exterior como un objeto para el desprecio y el horror de la humanidad. Pero sólo en ti tenía yo algún derecho a la piedad y al desagravio y de ti decidí buscar esa justicia que en vano intenté obtener de cualquier otro ser que vistiera la forma humana.

«Mis viajes fueron largos y los sufrimientos que soporté intensos. Era el final del otoño cuando abandoné el distrito donde había residido tanto tiempo. Viajaba sólo de noche, temeroso de encontrarme con el rostro de un ser humano. La naturaleza se descomponía a mi alrededor y el sol se volvía incandescente, la lluvia y la nieve se derramaban a mi alrededor, los caudalosos ríos estaban helados, la superficie de la tierra era dura y fría, y estaba desnuda, y no encontré refugio. ¡Oh, tierra! ¡Cuántas veces lancé maldiciones sobre la causa de mi ser! La dulzura de mi naturaleza había huido y todo en mí se había convertido en hiel y amargura. Cuanto más me acercaba a su morada, más profundamente sentía encenderse en mi corazón el espíritu de venganza. Caía nieve y las aguas se endurecían, pero yo no descansaba. Algunos incidentes de vez en cuando me orientaban y poseía un mapa del territorio pero a menudo me desviaba mucho de mi camino. La agonía de mis sentimientos no me daba tregua, no ocurría ningún incidente del que mi rabia y mi miseria no pudieran extraer su alimento, pero una circunstancia que ocurrió cuando llegué a los confines de Suiza, cuando el sol había recuperado su calor y la tierra empezaba de nuevo a lucir verde, confirmó de un modo especial la amargura y el horror de mis sentimientos.

«Generalmente descansaba durante el día y viajaba sólo cuando la noche me ponía a salvo de la vista del hombre. Una mañana, sin embargo, al encontrar que mi camino atravesaba un bosque profundo, me aventuré a continuar mi viaje después de que hubiera salido el sol; el día, uno de los primeros de la primavera, me alegró incluso a mí por la belleza de su sol y la suavidad del aire. Sentí revivir en mí emociones de dulzura y placer que hacía tiempo parecían muertas. A medias sorprendido por la novedad de estas sensaciones me dejé llevar por ellas y, olvidando mi soledad y deformidad, me atreví a ser feliz. Suaves lágrimas empaparon de nuevo mis mejillas e incluso alcé mis húmedos ojos con agradecimiento hacia el bendito sol que me otorgaba tanta alegría.

«Continué serpenteando entre los senderos del bosque, hasta que llegué a su límite, que estaba bordeado por un río profundo y rápido en el que muchos de los árboles doblaban sus ramas, ahora brotadas por la fresca primavera. Aquí me detuve, sin saber exactamente qué camino seguir, cuando oí el sonido de voces que me indujeron a ocultarme bajo la sombra de un ciprés. Apenas me había escondido cuando una joven vino corriendo hacia el lugar donde me ocultaba, riendo, como si huyera de alguien por diversión. Siguió su curso a lo largo de las precipitadas orillas del río, cuando de repente su pie resbaló y cayó en la rápida corriente. Salí corriendo de mi escondite y con gran esfuerzo, por la fuerza de la corriente, la salvé y la arrastré hasta la orilla. Ella estaba inconsciente y yo me esforzaba por todos los medios a mi alcance para devolverle la vitalidad, cuando de repente me interrumpió la aproximación de un lugareño, que probablemente era la persona de la que ella había huido juguetonamente. Al verme, se lanzó hacia mí y, arrancando a la niña de mis brazos, se dirigió apresuradamente hacia las partes más profundas del bosque. Le seguí rápidamente, sin saber por qué, pero cuando el hombre me vio acercarme, apuntó a mi cuerpo con una pistola que llevaba y disparó. Me hundí en el suelo y mi agresor, con mayor rapidez, escapó hacia el interior del bosque.

«¡Esta fue entonces la recompensa de mi benevolencia! Había salvado a un ser humano de la destrucción y, como recompensa, ahora me retorcía bajo el miserable dolor de una herida que me destrozaba la carne y los huesos. Los sentimientos de bondad y gentileza que había albergado unos instantes antes dieron paso a una rabia infernal y al crujir de dientes. Enardecido por el dolor, juré odio eterno y venganza a toda la humanidad. Pero la agonía de mi herida me venció; mis pulsaciones se detuvieron y me desmayé.

«Durante algunas semanas llevé una vida miserable en el bosque, esforzándome por curar la herida que había recibido. La bala había penetrado en mi hombro y no sabía si había permanecido allí o lo había atravesado; en cualquier caso, no tenía medios para extraerla. Mis sufrimientos aumentaban también por la opresiva sensación de la injusticia y la ingratitud de su inflicción. Mis juramentos diarios se elevaban en busca de venganza... una venganza profunda y mortal, como la única que compensaría los ultrajes y la angustia que había soportado.

«Al cabo de algunas semanas mi herida cicatrizó y continué mi viaje. Las fatigas que soportaba ya no debían ser aliviadas por el sol brillante o las suaves brisas de la primavera; toda alegría no era más que una burla que insultaba mi estado desolado y me hacía sentir más dolorosamente que yo no estaba hecho para el disfrute del placer.

«Pero mis dificultades se acercaban ahora a su fin y dos meses después llegué a los alrededores de Ginebra.

«Era de noche cuando llegué y me retiré a un escondite entre los campos que la rodean para meditar de qué manera debía presentarme ante ti. Me sentía oprimido por la fatiga y el hambre y demasiado desgraciado para disfrutar de la suave brisa del atardecer o de la vista del sol poniéndose tras las estupendas montañas del Jura.

«En ese momento un ligero sueño me alivió del dolor de la reflexión, que se vio perturbado por la aproximación de un hermoso niño, que entró corriendo en el recoveco que yo había elegido, con toda la espontaneidad de la infancia. De repente, mientras le contemplaba, se apoderó de mí la idea de que esta pequeña criatura era desprejuiciada y había vivido demasiado poco como para haberse imbuido del horror a la deformidad. Si, por lo tanto, pudiera apoderarme de él y educarlo como mi compañero y amigo, no me sentiría tan desolado en esta tierra poblada.

«Urgido por este impulso, agarré al niño cuando pasaba y lo atraje hacia mí. En cuanto contempló mi forma, puso las manos ante los ojos y lanzó un grito agudo; le aparté la mano de la cara por la fuerza y le dije: "Niño, ¿qué significa esto? No pretendo hacerte daño, escúchame".

«Forcejeó violentamente. "¡Suéltame", gritó, "monstruo desgraciado, feo! Deseas comerme y hacerme pedazos. Eres un ogro. Suéltame o se lo diré a mi papá".

«"Muchacho, nunca volverás a ver a tu padre, debes venir conmigo".

«"¡Monstruo horrendo! Suéltame. Mi papá es un síndico, es M. Frankenstein, te castigará. No te atrevas a retenerme".

«"¡Frankenstein! perteneces entonces a mi enemigo... a aquel hacia quien he jurado venganza eterna; serás mi primera víctima".

«El niño seguía forcejeando y me cargaba de epítetos que desesperaban mi corazón; le agarré de la garganta para silenciarle y en un momento yacía muerto a mis pies.

«Contemplé a mi víctima y mi corazón se hinchó de exultación y triunfo infernal; dando palmadas, exclamé: "Yo también puedo crear desolación, mi enemigo no es invulnerable, esta muerte le llevará la desesperación y otras mil miserias le atormentarán y destruirán".

«Mientras fijaba mis ojos en el niño, vi que algo brillaba en su pecho. Lo cogí, era el retrato de una mujer encantadora. A pesar de mi malignidad, me ablandó y me atrajo. Durante unos instantes contemplé con deleite sus ojos oscuros, bordeados por profundas pestañas, y sus encantadores labios; pero en seguida volvió mi furia; recordé que estaba privado para siempre de los deleites que podían otorgar criaturas tan hermosas y que ella, cuyo parecido contemplaba, al mirarme habría cambiado ese aire de divina benignidad por otro que expresaba repugnancia y espanto.

«¿Puede extrañarte que tales pensamientos me transportaran a la rabia? Sólo me maravilla que en ese momento, en lugar de desahogar mis sensaciones en exclamaciones y agonía, no me abalanzara sobre la humanidad y pereciera en el intento de destruirla.

«Mientras me invadían estos sentimientos, abandoné el lugar donde había cometido el asesinato y, buscando un escondite más apartado, entré en un granero que me había parecido vacío. Una mujer dormía sobre un poco de paja; era joven, no ciertamente tan bella como aquella cuyo retrato yo tenía, pero de aspecto agradable y floreciente en la hermosura de la juventud y la salud. He aquí, pensé, una de esas sonrisas que dan alegría a todos menos a mí. Entonces me incliné sobre ella y le susurré: "Despierta, hermosa, tu amante está cerca; él, que daría su vida sólo por obtener una mirada de afecto de tus ojos; ¡amada mía, despierta!".

«La durmiente se agitó; un estremecimiento de terror me recorrió. ¿Debería, en efecto, despertarse y verme, maldecirme y denunciar al asesino? Así actuaría seguramente si sus ojos oscurecidos se abrieran y me contemplara. El pensamiento era una locura, agitó al demonio dentro de mí: no yo, sino ella, sufrirá; el asesinato que he cometido porque me han robado para siempre todo lo que ella podía darme, ella lo expiará. El crimen tuvo su origen en ella; ¡sea suyo el castigo! Gracias a las lecciones de Felix y a las sanguinarias leyes del hombre, ahora había aprendido a cometer daño. Me incliné sobre ella y coloqué el retrato firmemente en uno de los pliegues de su vestido. Ella volvió a moverse y yo huí.

«Durante algunos días he rondado el lugar donde habían tenido lugar estas escenas, a veces deseando verte, a veces resuelto a abandonar para siempre el mundo y sus miserias. Al final me dirigí hacia estas montañas y he recorrido sus inmensos enclaves, consumido por una ardiente pasión que sólo tú puedes gratificar. No podemos separarnos hasta que me hayas prometido cumplir mi exigencia. Estoy solo y soy miserable, el hombre no quiere asociarse conmigo, pero alguien tan deforme y horrible como yo no se me negaría. Mi compañera debe ser de la misma especie y tener los mismos defectos. Este ser debes tú crearlo».

Capítulo 17

El ser terminó de hablar y fijó sus miradas en mí a la espera de una respuesta. Pero yo estaba desconcertado, perplejo e incapaz de ordenar mis ideas lo suficiente como para comprender todo el alcance de su proposición. Él continuó,

«Debes crear para mí una hembra con la que pueda vivir en el intercambio de esas simpatías necesarias para mi ser. Esto sólo tú puedes hacerlo y te lo exijo como un derecho propio que no debe negarse a conceder».

La última parte de su relato había encendido de nuevo en mí la ira que se había apagado mientras él narraba su apacible vida entre los campesinos y mientras decía esto yo ya no podía reprimir la rabia que ardía en mi interior.

«Me niego», respondí, «y ninguna tortura me arrancará jamás un consentimiento. Podrás convertirme en el más miserable de los hombres pero nunca me harás vil a mis propios ojos. ¿Crearé otro como tú, cuya maldad conjunta podría desolar al mundo. ¡Vete! Te he respondido; puedes torturarme pero nunca consentiré».

«Estás en un error», replicó el demonio, «y en lugar de amenazar, me contento con razonar contigo. Soy malvado porque soy miserable. ¿No soy rechazado y odiado por toda la humanidad? Tú, mi creador, me harías pedazos y triunfarías, recuérdalo, y dime ¿por qué debería compadecerme del hombre más de lo que él se compadece de mí? No lo llamarías asesinato si pudieras arrojarme a uno de esos abismos de hielo y destruir mi cuerpo, obra de tus propias manos. ¿Debo respetar al hombre cuando me condena? Que viva conmigo en un intercambio de amabilidad y en lugar de agravios le otorgaría todos los beneficios con lágrimas de gratitud por su aceptación. Pero eso no puede ser, los sentidos humanos son barreras infranqueables para nuestra unión. Sin embargo, la mía no será la sumisión de una abyecta esclavitud. Vengaré mis injurias: si no puedo inspirar amor, causaré temor y principalmente hacia ti —mi archienemigo, porque eres mi creador— juro odio inextinguible. Ten cuidado; me empeñaré en destruirte y no acabaré hasta haber desolado tu corazón, hasta que maldigas la hora de tu nacimiento».

Una furia diabólica le animaba mientras decía esto; su rostro se arrugaba en contorsiones demasiado horribles para que los ojos humanos las contemplaran, pero en seguida se calmó y prosiguió:

«Mi intención era razonar. Esta pasión me perjudica pues tú no piensas que eres la causa de su exceso. Si algún ser sintiera emociones de benevolencia hacia mí, se las devolvería ciento por uno; ¡por el bien de esa única criatura haría las paces con toda la especie! Pero ahora me complazco en sueños de dicha que no pueden realizarse. Lo que te pido es razonable y moderado: exijo una criatura del otro sexo pero tan horrible como yo; la gratificación es pequeña pero es todo lo que puedo recibir y me contentará. Es cierto que seremos monstruos, apartados de todo el mundo, pero por ello estaremos más unidos el uno al otro. Nuestras vidas no serán felices pero serán inofensivas y estarán libres de la miseria que ahora siento. ¡Oh! creador mío, hazme feliz: ¡permíteme sentir gratitud hacia ti por un beneficio! Haz que excite la simpatía de alguna cosa existente, ¡no me niegues mi petición!».

Me conmovió. Me estremecí al pensar en las posibles consecuencias de mi consentimiento pero sentí que había algo de justicia en su argumento. Su relato y los sentimientos que ahora expresaba demostraban que era una criatura de finas sensaciones y ¿no le debía yo, como su creador, toda la porción de felicidad que estuviera en mi mano concederle? Vio mi cambio de sentimiento y continuó:

«Si consientes, ni tú ni ningún otro ser humano volverán a vernos; me iré a las extensas tierras salvajes de Sudamérica. Mi comida no es la del hombre: no destruyo el cordero y el cabrito para saciar mi apetito, las bellotas y las bayas me proporcionan suficiente alimento. Mi compañera será de la misma naturaleza que yo y se contentará con la misma comida. Haremos nuestro lecho de hojas secas, el sol brillará sobre nosotros como sobre el hombre y madurará nuestra comida. El cuadro que te presento es pacífico y humano y seguro que sientes que sólo podrías negarlo en el desenfreno del poder y la crueldad. Despiadado como has sido conmigo, ahora veo compasión en tus ojos; déjame aprovechar el momento favorable y persuadirte para que me prometas lo que tan ardientemente deseo».

«Tú te propones», repliqué yo, «huir de las moradas del hombre para morar en esas tierras salvajes donde las bestias del campo serán tus únicas compañeras. ¿Cómo puedes tú, que anhelas el amor y la simpatía del hombre, perseverar en este exilio? Volverás y buscarás de nuevo su bondad y te encontrarás con su aversión, tus malas pasiones se renovarán y entonces tendrás una compañera que te ayude en la tarea de la destrucción. Esto no puede ser, deja de discutir el punto pues no puedo consentirlo».

«¡Qué inconstantes son tus sentimientos! Pero si hace un momento te conmovían mis palabras, ¿por qué vuelves a endurecerte ante mis quejas? Te juro, por la tierra que habito, y por ti que me hiciste, que con la compañía que me otorgues, abandonaré la vecindad del hombre y habitaré, según convenga, en el más salvaje de los lugares. Mis malas pasiones habrán huido pues me habré encontrado con la simpatía. Mi vida fluirá tranquilamente y en mis últimos momentos no maldeciré a mi creador».

Sus palabras tuvieron un extraño efecto sobre mí. Me compadecí de él y a veces sentí el deseo de consolarlo pero cuando lo miré, cuando vi la masa inmunda que se movía y hablaba, mi corazón se asqueó y mis sentimientos se cambiaron hacia el horror y el odio. Intenté reprimir estas sensaciones, pensé que como no podía compadecerme de él no tenía derecho a negarle la pequeña porción de felicidad que aún estaba en mi mano concederle.

«Juras», le dije, «ser inofensivo pero ¿no has mostrado ya un grado de malicia que, con razón, debería hacerme desconfiar de ti? ¿No puede ser incluso esto una treta que aumente tu triunfo al proporcionar un campo más amplio para tu venganza?».

«¿Qué es esto? No se debe bromear conmigo y exijo una respuesta. Si no tengo lazos ni afectos, el odio y el vicio deben ser mi porción; el amor de otro destruirá la causa de mis crímenes y me convertiré en una cosa de cuya existencia todos serán ignorantes. Mis vicios son hijos de una soledad forzada que aborrezco y mis virtudes surgirán necesariamente cuando viva en comunión con un igual. Sentiré los afectos de un ser sensible y me vincularé a la cadena de existencias y acontecimientos de la que ahora estoy excluido».

Me detuve algún tiempo para reflexionar sobre todo lo que había relatado y los diversos argumentos que había empleado. Pensé en la promesa de virtudes que había exhibido en el estreno de su existencia y en el posterior desvanecimiento de todo sentimiento bondadoso por la aversión y el desprecio que sus protectores habían manifestado hacia él. Su poder y sus amenazas no fueron pasados por alto en mis cálculos: una criatura que podía existir en las cuevas de hielo de los glaciares y ocultarse de la persecución entre las crestas de precipicios inaccesibles era un ser que poseía facultades a las que sería vano enfrentarse. Tras una larga pausa para reflexionar, llegué a la conclusión de que la justicia debida tanto a él como a mis congéneres me exigía acceder a su petición. Volviéndome hacia él, por tanto, le dije:

«Consiento en tu petición, bajo tu solemne juramento de abandonar Europa para siempre y cualquier otro lugar en la vecindad del hombre tan pronto como te entregue en tus manos una hembra que te acompañe en tu exilio».

«Juro», gritó, «por el sol, por el cielo azul y por el fuego del amor que abrasa mi corazón que, si accedes a mi ruego, mientras ellos existan no volverás a verme. Regresa a tu hogar y comienza tus labores, observaré su progreso con indecible ansiedad y, no temas, que apareceré recién cuando estés listo».

Diciendo esto, me abandonó súbitamente, temeroso, tal vez, de cualquier cambio en mis sentimientos. Le vi descender de la montaña con más velocidad que el vuelo de un águila y perderse rápidamente entre las ondulaciones del mar de hielo.

Su relato había ocupado todo el día y el sol estaba al borde del horizonte cuando partió. Sabía que debía darme prisa en descender hacia el valle pues pronto me rodearía la oscuridad pero mi corazón estaba apesadumbrado y mis pasos lentos. El trabajo de serpentear entre los pequeños senderos de la montaña y fijar firmemente los pies a medida que avanzaba me dejaba perplejo, ocupado como estaba por las emociones que me habían producido los sucesos del día. La noche estaba muy avanzada cuando llegué al lugar de descanso a medio camino y me senté junto a la fuente. Las estrellas brillaban a intervalos cuando las nubes pasaban por encima de ellas, los oscuros pinos se alzaban ante mí y aquí y allá un árbol roto yacía en el suelo, era una escena de una solemnidad maravillosa y despertó en mí extraños pensamientos. Lloré amargamente y, juntando las manos en agonía, exclamé: «¡Oh! estrellas, nubes y vientos, todos están a punto de burlarse de mí; si realmente me compadecen, aplasten la sensación y la memoria; dejen que me convierta en nada; pero si no, váyanse, váyanse y déjenme en la oscuridad».

Eran pensamientos salvajes y miserables pero no puedo describirle cómo pesaba sobre mí el eterno titilar de las estrellas y cómo escuchaba cada ráfaga de viento como si fuera un feo siroco sordo en camino a consumirme.

Amaneció antes de que llegara a la aldea de Chamounix; no descansé, sino que regresé inmediatamente a Ginebra. Incluso en mi propio corazón no podía dar expresión a mis sensaciones: pesaban sobre mí con el peso de una montaña y su exceso destruía mi agonía bajo ellas. Así regresé a casa y, al entrar, me presenté a la familia. Mi aspecto demacrado y salvaje despertó una intensa alarma pero no respondí a ninguna pregunta, apenas si hablé. Me sentí como si estuviera bajo una prohibición... como si no tuviera derecho a reclamar sus simpatías... como si nunca más pudiera disfrutar de la compañía de ellos. Sin embargo, incluso así los amaba hasta la adoración y, para salvarlos, resolví dedicarme a mi tarea más aborrecida. La perspectiva de tal ocupación hizo que todas las demás circunstancias de la existencia pasaran ante mí como un sueño y sólo ese pensamiento tuvo para mí la realidad de la vida.

Capítulo 18

Día tras día, semana tras semana, pasaron de mi regreso a Ginebra y no pude reunir el valor para reanudar mi trabajo. Temía la venganza del demonio decepcionado pero era incapaz de vencer mi repugnancia a la tarea que se me había encomendado. Descubrí que no podría lograr la composición de una hembra sin dedicar de nuevo varios meses a profundos estudios y laboriosas disquisiciones. Había oído hablar de algunos descubrimientos realizados por un filósofo inglés cuyo conocimiento era importante para mi éxito y a veces pensé en obtener el consentimiento de mi padre para visitar Inglaterra con este propósito pero me aferré a toda pretensión de demora y evité dar el primer paso en una empresa cuya necesidad inmediata empezaba a parecerme menos absoluta. En efecto, se había producido un cambio en mí: mi salud, que hasta entonces había decaído, se encontraba ahora muy restablecida y mi ánimo, cuando no se vio frenado por el recuerdo de mi infeliz promesa, se elevó proporcionalmente. Mi padre vio con agrado este cambio y orientó sus pensamientos hacia el mejor método de erradicar los restos de mi melancolía, que de vez en cuando volvía por arrebatos y con una negrura devoradora cubría el sol que se acercaba. En esos momentos me refugiaba en la más perfecta soledad. Pasaba días enteros en el lago, solo en una barquita, observando las nubes y escuchando el ondular de las olas, silencioso y apático. Pero el aire fresco y el sol brillante rara vez dejaban de devolverme cierto grado de compostura y a mi regreso recibía los saludos de mis amigos con una sonrisa más pronta y un corazón más alegre.

Fue tras mi regreso de una de estas excursiones cuando mi padre, llamándome aparte, se dirigió así a mí:

«Me alegra observar, mi querido hijo, que has retomado tus antiguos placeres y parece que vuelves a ser tú mismo. Sin embargo, sigues siendo infeliz y sigues evitando nuestra sociedad. Durante algún tiempo estuve perdido en conjeturas sobre la causa de esto pero ayer me asaltó una idea y, si está bien fundada, te ruego que la confieses. Reservarse tal cosa no sólo sería inútil sino que atraería una triple miseria sobre todos nosotros».

Temblé violentamente ante su exordio y mi padre continuó...

«Confieso, hijo mío, que siempre he esperado tu matrimonio con nuestra querida Elizabeth como el lazo de nuestra comodidad doméstica y la estancia de mis años declinantes. Estaban unidos desde su más tierna infancia, estudiaron juntos y parecían, en disposiciones y gustos, enteramente adecuados el uno para el otro. Pero tan ciega es la experiencia del hombre que lo que yo concebía como los mejores ayudantes de mi plan puede haberlo destruido por completo. Tú, tal vez, la consideres como tu hermana, sin ningún deseo de que llegue a ser tu esposa. Es más, puede que te hayas encontrado con otra a la que tal vez ames y, considerándote ligado por honor a Elizabeth, esta lucha puede ocasionar la conmovedora desdicha que pareces sentir».

«Mi querido padre, tranquilícese. Amo a mi prima tierna y sinceramente. Nunca vi a ninguna mujer que despertara, como Elizabeth, mi más cálida admiración y afecto. Mis esperanzas y perspectivas futuras están enteramente ligadas a la expectativa de nuestra unión».

«La expresión de tus sentimientos sobre este tema, mi querido Víctor, me produce más placer del que he experimentado desde hace algún tiempo. Si tú sientes así, sin duda seremos felices, por mucho que los acontecimientos actuales arrojen una penumbra sobre nosotros. Pero es esta penumbra la que parece haberse apoderado tan fuertemente de tu mente que deseo disipar. Dime, por tanto, si te opones a una solemnización inmediata del matrimonio. Hemos sido desafortunados y los acontecimientos recientes nos han alejado de esa tranquilidad cotidiana propia de mis años y dolencias. Tú eres más joven, sin embargo, no supongo, poseedor como eres de una fortuna adecuada, que un matrimonio precoz interfiera en absoluto con los planes futuros de honor y utilidad que puedas haberte formado. No supongas, sin embargo, que deseo dictarte la felicidad o que un retraso por tu parte me causaría algún serio malestar. Interpreta mis palabras con franqueza y respóndeme, te conjuro, con confianza y sinceridad».

Escuché a mi padre en silencio y permanecí durante algún tiempo incapaz de ofrecer respuesta alguna. Giraron rápidamente en mi mente multitud de pensamientos y me esforcé por llegar a alguna conclusión. ¡Ay! Para mí la idea de una unión inmediata con mi Elizabeth era motivo de horror y consternación. Estaba atado por una promesa solemne que aún no había cumplido y que no me atrevía a romper o, si lo hacía, ¡qué múltiples miserias no se cernirían sobre mí y mi devota familia! ¿Podría participar en un festejo con este peso mortal colgando aún de mi cuello y doblegándome hasta el suelo? Debía cumplir mi compromiso y dejar que el monstruo partiera con su pareja antes de permitirme disfrutar del deleite de una unión de la que esperaba la paz.

Recordé también la necesidad que se me imponía de viajar a Inglaterra o de entablar una larga correspondencia con los filósofos de aquel país cuyos conocimientos y descubrimientos me eran de indispensable utilidad en mi presente empresa. Este último método de obtener la inteligencia deseada era largo e insatisfactorio; además, tenía una aversión insuperable a la idea de dedicarme a mi repugnante tarea en la casa de mi padre mientras mantuviera el hábito del trato familiar con aquellos a quienes amaba. Sabía que podían ocurrir mil accidentes temibles, el más leve de los cuales revelaría una historia para estremecer de horror a todos los relacionados conmigo. También era consciente de que a menudo perdería todo autocontrol, toda capacidad de ocultar las desgarradoras sensaciones que me poseerían durante el progreso de mi sobrenatural ocupación. Debía ausentarme de todo lo que amaba mientras estuviera ocupado de este modo. Una vez comenzada la tarea se cumpliría rápidamente y yo podría volver con mi familia en paz y felicidad. Cumplida mi promesa, el monstruo se marcharía para siempre. O (así lo imaginaba mi fantasía) entretanto podría ocurrir algún accidente que lo destruyera y pusiera fin a mi esclavitud para siempre.

Estos sentimientos dictaron mi respuesta a mi padre. Expresé mi deseo de visitar Inglaterra pero, ocultando las verdaderas razones de esta petición, revestí mis deseos bajo una apariencia que no excitaba sospechas mientras instaba mi deseo con una seriedad que indujo fácilmente a mi padre a acceder. Después de un período tan largo de una melancolía absorbente que se asemejaba a la locura en su intensidad y efectos, se alegró al comprobar que yo era capaz de complacerme con la idea de un viaje semejante y esperaba que el cambio de escena y las diversiones variadas, antes de mi regreso, me habrían devuelto por completo a mí mismo.

La duración de mi ausencia se dejó a mi elección: unos meses o a lo sumo un año era el período contemplado. Él había tomado una amable precaución paternal para asegurarse de que yo tuviera un compañero. Sin comunicármelo previamente, había dispuesto, de común acuerdo con Elizabeth, que Clerval se reuniera conmigo en Estrasburgo. Esto interfería con la soledad que yo codiciaba para la prosecución de mi tarea, sin embargo, al comienzo de mi viaje la presencia de mi amigo no podía ser en modo alguno un impedimento y, en verdad, me alegré de que así me ahorraría muchas horas de solitaria y enloquecedora reflexión. Es más, Henry podría interponerse entre mí y la intrusión de mi enemigo. Si estuviera solo, ¿no forzaría a veces su aborrecida presencia sobre mí para recordarme mi tarea o contemplar su progreso?

A Inglaterra, por tanto, me dirigí, y quedó entendido que mi unión con Elizabeth tendría lugar inmediatamente a mi regreso. La edad de mi padre le hacía extremadamente reacio a todo retraso. En cuanto a mí, había una recompensa que podía prometerme por mis detestables fatigas, un consuelo por mis sufrimientos sin par: era la perspectiva de aquel día en que, liberado de mi miserable esclavitud, podría reclamar a Elizabeth y olvidar el pasado en mi unión con ella.

Hice ahora los preparativos para mi viaje pero me perseguía un sentimiento que me llenaba de temor y agitación. Durante mi ausencia debería dejar a mis amigos inconscientes de la existencia de su enemigo y desprotegidos de sus ataques, exasperado como podría estar por mi partida. Pero él había prometido seguirme adondequiera que fuera, ¿y no me acompañaría a Inglaterra? Esta imaginación era espantosa en sí misma pero tranquilizadora en la medida en que suponía la seguridad de mis amigos. Me agonizaba la idea de la posibilidad de que ocurriera lo contrario. Pero durante todo el período en que fui esclavo de mi criatura me dejé gobernar por los impulsos del momento y mis sensaciones actuales insinuaban con fuerza que el demonio me seguiría y eximiría a mi familia del peligro de sus maquinaciones.

Fue a finales de septiembre cuando volví a abandonar mi país natal. Mi viaje había sido una sugerencia mía y Elizabeth, por tanto, consintió, pero estaba llena de inquietud ante la idea de que yo sufriera, lejos de ella, las incursiones de la miseria y la pena. Habían sido sus cuidados los que me proporcionaron un compañero en Clerval... y, sin embargo, un hombre es ciego a mil circunstancias minúsculas que reclaman la atención asidua de una mujer. Ansiaba pedirme que apresurara mi regreso; mil emociones contradictorias la hicieron enmudecer cuando se despidió de mí con lágrimas y en silencio.

Me lancé al carruaje que debía llevarme lejos, sin saber apenas adónde iba y sin preocuparme de lo que pasaba a mi alrededor. Sólo recordé, y fue con una amarga angustia que reflexioné sobre ello, ordenar que mis instrumentos químicos fueran empaquetados para ir conmigo. Lleno de lúgubre imaginación, pasé por muchos paisajes hermosos y majestuosos pero mis ojos estaban fijos y no observaban. Sólo podía pensar en el destino de mis viajes y en el trabajo que me ocuparía mientras durasen.

Tras unos días pasados en lánguida indolencia, durante los cuales recorrí muchas leguas, llegué a Estrasburgo, donde esperé dos días a Clerval. Llegó. ¡Ay, qué grande era el contraste entre nosotros! Él estaba atento a cada nuevo paisaje, alegre cuando veía las bellezas del sol poniente y más feliz cuando lo contemplaba salir y recomenzar un nuevo día. Me indicaba los colores cambiantes del paisaje y las apariencias del cielo. «Esto es vivir», gritó; «¡ahora disfruto de la existencia! Pero tú, mi querido Frankenstein, ¿por qué estás abatido y triste?». La verdad es que estaba ocupado por sombríos pensamientos y ni vi el descenso de la estrella vespertina ni el dorado amanecer reflejado en el Rin. Y usted, amigo mío, se entretendría mucho más con el diario de Clerval, que observaba el paisaje con un ojo lleno de sentimiento y deleite, que escuchando mis reflexiones. Yo, un miserable, perseguido por una maldición que cerró todas las vías al disfrute.

Habíamos acordado descender el Rin en un barco desde Estrasburgo hasta Rotterdam, desde donde podríamos embarcar rumbo a Londres. Durante esta travesía pasamos por muchas islas con sauces y vimos varias ciudades hermosas. Permanecimos un día en Mannheim y el quinto día desde nuestra salida de Estrasburgo, llegamos a Maguncia. El curso del Rin por debajo de Maguncia se vuelve mucho más pintoresco. El río desciende rápidamente y serpentea entre colinas, no altas, pero empinadas y de bellas formas. Vimos muchos castillos en ruinas al borde de precipicios, rodeados de bosques negros, altos e inaccesibles. Esta parte del Rin, en efecto, presenta un paisaje singularmente abigarrado. En un lugar se ven colinas escarpadas, castillos en ruinas asomados a tremendos precipicios, con el oscuro Rin corriendo por debajo y, en el repentino giro de un promontorio, florecientes viñedos con verdes riberas inclinadas y un río serpenteante y populosas ciudades ocupan la escena.

Viajamos en la época de la vendimia y oímos el canto de los labradores mientras nos deslizábamos por el arroyo. Incluso yo, con la mente deprimida y el ánimo continuamente agitado por sentimientos sombríos, me alegré. Me tumbé en el fondo del barco y, mientras contemplaba el cielo azul sin nubes, me pareció beber de una tranquilidad a la que hacía tiempo que era ajeno. Y si éstas fueron mis sensaciones, ¿quién puede describir las de Henry? Se sintió como si hubiera sido transportado al país de las hadas y disfrutado de una felicidad pocas veces saboreada por el hombre. «He visto», dijo, «los paisajes más hermosos de mi propio país: he visitado los lagos de Lucerna y Uri, donde las montañas nevadas descienden casi perpendicularmente hasta el agua, proyectando sombras negras e impenetrables que causarían un aspecto sombrío y lúgubre si no fuera por las islas más verdes que alivian la vista por su alegre apariencia; he visto este lago agitado por una tempestad, cuando el viento arrancaba torbellinos de agua y daba una idea de lo que debe ser la vorágine de agua en el gran océano y las olas azotan con furia la base de la montaña, donde el sacerdote y su ama fueron arrollados por una avalancha y donde aún se dice que se oyen sus voces agonizantes entre las pausas del viento nocturno; he visto las montañas de La Valais y el Pays de Vaud; pero este país, Victor, me agrada más que todas esas maravillas. Las montañas de Suiza son más majestuosas y extrañas pero hay un encanto en las orillas de este divino río que nunca he visto igualar. Mira ese castillo que se asoma a aquel precipicio y el que también está en la isla, casi oculto entre el follaje de esos árboles encantadores, y ahora ese grupo de labradores que salen de entre sus viñas y esa aldea medio escondida en el repliegue de la montaña. Oh, seguramente el espíritu que habita y guarda este lugar tiene un alma más en armonía con el hombre que los que se amontonan en el glaciar o se retiran a las cumbres inaccesibles de las montañas de nuestro propio país».

¡Clerval! ¡Amado amigo! Incluso ahora me deleita registrar sus palabras y detenerme en el elogio del que es tan eminentemente merecedor. Era un ser formado en la «poesía misma de la naturaleza». Su imaginación salvaje y entusiasta fue castigada por la sensibilidad de su corazón. Su alma rebosaba de afectos ardientes y su amistad era de esa naturaleza devota y maravillosa que los mundanos nos enseñan a buscar sólo en la imaginación. Pero ni siquiera las simpatías humanas bastaban para satisfacer su mente ávida. El paisaje de la naturaleza exterior, que otros contemplan sólo con admiración, él lo amaba con ardor:

—La catarata sonora
le perseguía como una pasión: la alta roca,
la montaña y el bosque profundo y sombrío,
sus colores y sus formas, eran entonces para él
un apetito; un sentimiento y un amor
que no tenía necesidad de un encanto más remoto,
por el pensamiento suplido o cualquier interés
no prestado por el ojo.
[«La Abadía de Tintern» de Wordsworth].

¿Y dónde existe ahora? ¿Se ha perdido para siempre este ser gentil y encantador? Esta mente, tan repleta de ideas, imaginaciones fantasiosas y magníficas, que formó un mundo cuya existencia dependía de la vida de su creador, ¿ha perecido? ¿Existe ahora sólo en mi memoria? No, no es así: su forma tan divinamente forjada y resplandeciente de belleza ha decaído pero su espíritu aún visita y consuela a su infeliz amigo.

Perdone este borbotón de dolor; estas palabras ineficaces no son más que un leve tributo a la valía sin par de Henry, pero alivian mi corazón, desbordado por la angustia que crea su recuerdo. Proseguiré con mi relato.

Más allá de Colonia descendimos a las llanuras de Holanda y decidimos postear el resto de nuestro camino pues el viento era contrario y la corriente del río demasiado suave para impulsarnos.

Nuestro viaje perdió aquí el interés derivado de la belleza del paisaje pero llegamos en pocos días a Rotterdam, desde donde nos dirigimos por mar a Inglaterra. Fue en una mañana clara, en los últimos días de diciembre, cuando vi por primera vez los blancos acantilados de Gran Bretaña. Las orillas del Támesis presentaban un nuevo escenario: eran llanas pero fértiles y casi todas las ciudades estaban marcadas por el recuerdo de alguna historia. Vimos el fuerte de Tilbury y recordamos la Armada española, Gravesend, Woolwich y Greenwich, lugares de los que había oído hablar incluso en mi país.

Al final vimos los numerosos campanarios de Londres, San Pablo sobresaliendo por encima de todos y la Torre célebre en la historia inglesa.

Capítulo 19

Londres era nuestro actual punto de encuentro; decidimos permanecer varios meses en esta maravillosa y célebre ciudad. Clerval deseaba el trato con los hombres de genio y talento que florecían en esta época, pero esto era para mí un objeto secundario; yo estaba principalmente ocupado con los medios de obtener la información necesaria para el cumplimiento de mi promesa y me valí rápidamente de las cartas de presentación que había traído conmigo, dirigidas a los más distinguidos filósofos naturales.

Si este viaje hubiera tenido lugar durante mis días de estudio y felicidad, me habría proporcionado un placer inexpresable. Pero una plaga se había apoderado de mi existencia y sólo visitaba a estas personas por la información que pudieran darme sobre el tema en el que mi interés era tan terriblemente profundo. La compañía me resultaba fastidiosa: cuando estaba solo podía llenar mi mente con las imágenes del cielo y de la tierra; la voz de Henry me tranquilizaba y así podía engañarme a mí mismo hasta alcanzar una paz transitoria. Pero los rostros ocupados, desinteresados y alegres devolvieron la desesperación a mi corazón. Veía una barrera infranqueable colocada entre mis semejantes y yo: esta barrera estaba sellada con la sangre de William y Justine y reflexionar sobre los acontecimientos relacionados con esos nombres llenaba mi alma de angustia.

Pero en Clerval vi la imagen de mi antiguo yo: era curioso y ansioso por adquirir experiencia e instrucción. La diferencia de modales que observaba era para él una fuente inagotable de instrucción y diversión. También perseguía un objetivo que tenía en mente desde hacía mucho tiempo. Su designio era visitar la India, en la creencia de que tenía en su conocimiento de sus diversas lenguas y en las opiniones que había tomado de su sociedad, los medios de ayudar materialmente al progreso de la colonización y el comercio europeos. Sólo en Gran Bretaña podía impulsar la ejecución de su plan. Estaba siempre ocupado y el único freno a sus diversiones era mi mente apenada y abatida. Intenté disimularlo en la medida de lo posible para no privarle de los placeres naturales de quien se adentra en un nuevo escenario de la vida sin que lo perturbe ninguna preocupación ni amargo recuerdo. A menudo me negaba a acompañarle, alegando otro compromiso, para poder quedarme solo. Ahora empecé también a reunir los materiales necesarios para mi nueva creación y esto fue para mí como la tortura de unas gotas de agua cayendo continuamente sobre la cabeza. Cada pensamiento que le dedicaba me producía una angustia extrema y cada palabra que pronunciaba aludiendo a ella hacía temblar mis labios y palpitar mi corazón.

Después de pasar algunos meses en Londres, recibimos una carta de una persona de Escocia que había sido anteriormente nuestro visitante en Ginebra. Mencionaba las bellezas de su país natal y nos preguntaba si no eran alicientes suficientes para inducirnos a prolongar nuestro viaje hasta Perth, donde residía. Clerval deseaba ansiosamente aceptar esta invitación y yo, aunque aborrecía la sociedad, deseaba contemplar de nuevo montañas y arroyos y todas las maravillosas obras con las que la Naturaleza adorna sus moradas elegidas.

Habíamos llegado a Inglaterra a principios de octubre y ahora era febrero. En consecuencia, decidimos iniciar nuestro viaje hacia el norte al cabo de otro mes. En esta expedición no pretendíamos seguir el gran camino hacia Edimburgo, sino visitar Windsor, Oxford, Matlock y los lagos de Cumberland, resolviendo llegar a la conclusión de este recorrido hacia finales de julio. Empaqué mis instrumentos químicos y los materiales que había recogido, resolviendo terminar mis labores en algún oscuro rincón de las tierras altas del norte de Escocia.

Dejamos Londres el 27 de marzo y permanecimos unos días en Windsor, paseando por su hermoso bosque. Era un escenario nuevo para nosotros, montañeses: los majestuosos robles, la cantidad de caza y las manadas de ciervos majestuosos eran toda una novedad para nosotros.

Desde allí nos dirigimos a Oxford. Al entrar en esta ciudad, nuestras mentes se llenaron con el recuerdo de los acontecimientos que allí se habían producido más de un siglo y medio antes. Fue aquí donde Charles I había reunido sus fuerzas. Esta ciudad le había permanecido fiel, después de que toda la nación hubiera abandonado su causa para unirse al estandarte del Parlamento y la libertad. El recuerdo de aquel desafortunado rey y de sus compañeros, el amable Falkland, el insolente Goring, su reina y su hijo, confirió un interés peculiar a cada parte de la ciudad que se supone que habitaron. El espíritu de los viejos tiempos encontró aquí una morada y nos deleitamos siguiendo sus huellas. Si estos sentimientos no encontraban una gratificación imaginaria, el aspecto de la ciudad tenía aún en sí mismo suficiente belleza para obtener nuestra admiración. Los colleges son antiguos y pintorescos, las calles son casi magníficas, y el encantador Isis, que fluye a su lado a través de prados de exquisito verdor, se extiende en una plácida extensión de aguas que refleja su majestuoso conjunto de torres y chapiteles y cúpulas emboscadas entre añosos árboles.

Disfruté de esta escena y, sin embargo, mi placer se vio amargado tanto por el recuerdo del pasado como por la anticipación del futuro. Fui formado para la felicidad pacífica. Durante mis días de juventud el descontento nunca visitó mi mente y, si alguna vez me invadía el hastío, la visión de lo que es bello en la naturaleza o el estudio de lo que es excelente y sublime en la producción del hombre siempre podían interesar mi corazón y comunicar plasticidad a mi espíritu. Pero soy un árbol destrozado —el cerrojo ha trabado mi alma— y sentí entonces que debía sobrevivir para exhibir lo que pronto dejaré de ser: un miserable espectáculo de humanidad naufragada, lamentable para los demás e intolerable para mí mismo.

Pasamos un periodo considerable en Oxford, deambulando por sus alrededores y esforzándonos por identificar cada lugar que pudiera relacionarse con la época más animada de la historia inglesa. Nuestros pequeños viajes de descubrimiento se prolongaban a menudo por los sucesivos objetos que se presentaban. Visitamos la tumba del ilustre Hampden y el campo en el que cayó aquel patriota. Por un momento mi alma se elevó de sus temores degradantes y miserables para contemplar las divinas ideas de libertad y abnegación de las que estos paisajes eran los monumentos y los recordatorios. Por un instante me atreví a sacudir las cadenas y a mirar a mi alrededor con un espíritu libre y elevado, pero el hierro había carcomido mi carne y volví a hundirme, tembloroso y desesperanzado, en mi miserable yo.

Dejamos Oxford con pesar y nos dirigimos a Matlock, que fue nuestro siguiente lugar de descanso. El paisaje de los alrededores de este pueblo se asemejaba, en mayor medida, al de Suiza pero todo está hecho en una escala inferior y las verdes colinas carecen de la corona de los blancos y lejanos Alpes que siempre acompañan a las pinosas montañas de mi país natal. Visitamos la maravillosa cueva y los pequeños gabinetes de historia natural, donde las curiosidades están dispuestas de la misma manera que en las colecciones de Servox y Chamounix. Este último nombre me hizo temblar cuando lo pronunció Henry y me di prisa en abandonar Matlock, con el que aquella terrible escena quedaba así asociada.

Desde Derby, aún viajando hacia el norte, pasamos dos meses en Cumberland y Westmorland. Ahora casi podía imaginarme entre las montañas suizas. Las pequeñas manchas de nieve que aún persistían en las laderas septentrionales de las montañas, los lagos y el murmullo de los arroyos rocosos eran paisajes familiares y entrañables para mí. Aquí también conocimos a algunas personas que casi lograron engañarme para hacerme feliz. El deleite de Clerval fue proporcionalmente mayor que el mío, su mente se expandía en compañía de hombres de talento y encontraba en su propia naturaleza mayores capacidades y recursos de los que hubiera podido imaginarse poseer mientras se relacionaba con sus inferiores. «Podría pasar mi vida aquí», me dijo, «y entre estas montañas apenas echaría de menos Suiza y el Rin».

Pero descubrió que la vida de un viajero incluye mucho dolor entre sus goces. Sus sentimientos están siempre a flor de piel y, cuando empieza a sumirse en el reposo, se ve obligado a abandonar aquello en lo que descansa con placer por algo nuevo, que vuelve a captar su atención y que también abandona por otras novedades.

Apenas habíamos visitado los diversos lagos de Cumberland y Westmorland y sentido afecto por algunos de sus habitantes cuando se acercó la hora de nuestra cita con nuestro amigo escocés y les dejamos para seguir viaje. Por mi parte no lo lamentaba. Hacía tiempo que había faltado a mi promesa y temía los efectos de la decepción del demonio. Podría haberse quedado en Suiza y descargar su venganza sobre mis parientes. Esta idea me perseguía y me atormentaba en cada momento al que, de otro modo, podría haber concedido al reposo y a la paz. Esperaba mis cartas con febril impaciencia, si se retrasaban me sentía miserable y me invadían mil temores y cuando llegaban y veía el encabezamiento de Elizabeth o de mi padre, apenas me atrevía a leer y averiguar mi destino. A veces pensaba que el demonio me seguía y que podría acelerar mi desidia asesinando a mi compañero. Cuando estos pensamientos me poseían, no me separaba de Henry ni un momento sino que lo seguía como su sombra para protegerlo de la furia fantasiosa de su destructor. Me sentía como si hubiera cometido algún gran crimen cuya conciencia me atormentaba. Estaba libre de culpa pero había hecho caer sobre mi cabeza una horrible maldición, tan mortal como la del crimen.

Visité Edimburgo con los ojos y la mente lánguidos y, sin embargo, esa ciudad podría haber interesado al ser más desafortunado. A Clerval no le gustó tanto como Oxford, pues la antigüedad de esta última ciudad le resultaba más agradable. Pero la belleza y regularidad de la nueva ciudad de Edimburgo, su romántico castillo y sus alrededores, los más encantadores del mundo, Arthur's Seat, St. Bernard's Well y las colinas de Pentland, le recompensaron por el cambio y le llenaron de alegría y admiración. Pero yo estaba impaciente por llegar al final de mi viaje.

Salimos de Edimburgo en una semana, pasando por Coupar, St. Andrew y a lo largo de las orillas del Tay hasta Perth, donde nos esperaba nuestro amigo. Pero yo no estaba de humor para reír y hablar con extraños ni para adentrarme en sus sentimientos o planes con el buen humor que se espera de un invitado y, en consecuencia, le dije a Clerval que deseaba hacer el recorrido de Escocia solo. «Que te diviertas», le dije, «y que ésta sea nuestra cita. Puede que me ausente un mes o dos pero no interfieras en mis movimientos, te lo ruego; dame paz y soledad durante un corto tiempo y, cuando regrese, espero que sea con un corazón más ligero, más congenial con tu propio temperamento».

Henry quiso disuadirme pero, al verme empeñado en este plan, dejó de protestar. Me suplicó que le escribiera a menudo. «Preferiría estar contigo», me dijo, «en tus solitarias andanzas, que con estos escoceses, a los que no conozco; apresúrate, pues, mi querido amigo, a regresar, para que pueda volver a sentirme en cierto modo como en casa, cosa que no puedo hacer en tu ausencia».

Habiéndome separado de mi amigo, decidí visitar algún lugar remoto de Escocia y terminar mi trabajo en soledad. No dudaba sino de que el monstruo me seguía y se presentaría ante mí cuando yo hubiera terminado para poder recibir a su compañera.

Con esta resolución atravesé las tierras altas del norte y me fijé en una de las más remotas de las Orcadas como escenario de mis labores. Era un lugar apropiado para semejante labor pues apenas era más que una roca cuyos altos flancos eran continuamente golpeados por las olas. El suelo era estéril y apenas proporcionaba pastos para unas cuantas vacas miserables y avena para sus habitantes, que eran cinco personas, cuyos miembros enjutos y escuálidos daban muestras de su miserable alimentación. Las verduras y el pan, cuando se permitían tales lujos, e incluso el agua fresca, debían procurárselos en tierra firme, que distaba unas cinco millas.

En toda la isla sólo había tres chozas miserables y una de ellas estaba vacía cuando llegué. Ésta la alquilé. No contenía más que dos habitaciones y éstas exhibían toda la escualidez de la penuria más miserable. La paja se había caído, las paredes estaban sin revocar y la puerta estaba fuera de sus goznes. Ordené que la repararan, compré algunos muebles y tomé posesión, un incidente que sin duda habría causado cierta sorpresa si todos los sentidos de los campesinos no hubieran estado entumecidos por la necesidad y la escuálida pobreza. Tal como estaba, vivía sin ser mirado ni molestado, apenas agradecido por la miseria de comida y ropa que me daban, tanto embotan los sufrimientos hasta las sensaciones más básicas de los hombres.

En este retiro dedicaba la mañana al trabajo pero, al atardecer, cuando el tiempo lo permitía, paseaba por la pedregosa playa del mar para escuchar las olas mientras rugían y golpeaban a mis pies. Era una escena repetida pero siempre cambiante. Pensé en Suiza; era muy diferente de este paisaje desolado y espantoso. Sus colinas están cubiertas de viñedos y sus casas de campo se esparcen densamente por las llanuras. Sus hermosos lagos reflejan un cielo azul y apacible y, cuando son agitados por los vientos, su tumulto no es más que el juego de un vivaz infante si se compara con los rugidos del gigantesco océano.

De esta manera distribuí mis ocupaciones cuando llegué pero, a medida que avanzaba en mi labor, ésta se me hacía cada día más horrible y fastidiosa. A veces no podía convencerme de entrar en mi laboratorio durante varios días y en otras ocasiones me afanaba día y noche para completar mi trabajo. Era, en efecto, un proceso asqueroso el que me ocupaba. Durante mi primer experimento, una especie de frenesí entusiasta me había cegado ante el horror de mi trabajo; mi mente estaba intensamente fija en la consumación de mi labor y mis ojos estaban cerrados ante el horror de mis procedimientos. Pero ahora me dedicaba a ello con sangre fría y mi corazón enfermaba a menudo ante el trabajo de mis manos.

Así situado, empleado en la ocupación más detestable, inmerso en una soledad donde nada podía por un instante llamar mi atención de la escena real en la que estaba comprometido, mi ánimo se volvió inestable; me volví inquieto y nervioso. A cada momento temía encontrarme con mi perseguidor. A veces me sentaba con los ojos fijos en el suelo, temiendo levantarlos no fuera que se toparan con el objeto que tanto temía contemplar. Temía alejarme de la vista de mis congéneres no fuera a ser que, estando solo, viniera a reclamar a su compañera.

Mientras tanto yo seguía trabajando y mi obra estaba ya considerablemente avanzada. Contemplaba su finalización con una esperanza temblorosa y ansiosa que no me atrevía a poner en duda pero que estaba entremezclada con oscuros presentimientos de un mal que hacía que mi corazón se entristeciera en mi pecho.

Capítulo 20

Una tarde estaba sentado en mi laboratorio, el sol se había puesto y la luna acababa de salir del mar, no tenía luz suficiente para mi tarea y permanecí ocioso, considerando si debía dejar mi trabajo por esa noche o acelerar su conclusión prestándole una atención incesante. Mientras estaba sentado, se me ocurrió una serie de reflexiones que me llevaron a considerar los efectos de lo que estaba haciendo ahora. Tres años antes, me había dedicado a lo mismo y había creado un demonio cuya barbarie sin parangón había desolado mi corazón y lo había llenado para siempre de los más amargos remordimientos. Ahora estaba a punto de formar otro ser de cuyas disposiciones era igualmente ignorante: ella podría llegar a ser diez mil veces más maligna que su compañero y deleitarse, por amor propio, en el asesinato y la desdicha. Él había jurado abandonar la vecindad del hombre y ocultarse en los desiertos, pero ella no; y ella, que con toda probabilidad iba a convertirse en un animal pensante y razonador, podría negarse a cumplir un pacto hecho antes de su creación. Podrían incluso odiarse mutuamente; la criatura que ya vivía detestaba su propia deformidad, ¿y no podría concebir una mayor aversión por ella cuando se presentara ante sus ojos en forma femenina? Ella también podría alejarse con repugnancia de él hacia la belleza superior del hombre; podría abandonarle y él volver a quedarse solo, exasperado por la nueva provocación de verse abandonado por una de su propia especie.

Aunque abandonaran Europa y habitaran los desiertos del nuevo mundo, uno de los primeros resultados de esas simpatías de las que el demonio estaba sediento serían los niños y se propagaría sobre la tierra una raza de demonios que podrían hacer de la existencia misma de la especie humana una condición precaria y llena de terror. ¿Tenía derecho, en mi propio beneficio, a infligir esta maldición a generaciones sin fin? Antes me habían conmovido los sofismas del ser que había creado, me habían dejado sin sentido sus amenazas diabólicas, pero ahora, por primera vez, estalló en mí la maldad de mi promesa; me estremecí al pensar que las edades futuras podrían maldecirme como su peste, cuyo egoísmo no había dudado en comprar su propia paz al precio, tal vez, de la existencia de toda la raza humana.

Temblaba y el corazón me fallaba por dentro cuando, al levantar la vista, vi a la luz de la luna al demonio en el umbral. Una sonrisa espantosa arrugó sus labios mientras me contemplaba, allí sentado cumpliendo la tarea que me había asignado. Sí, me había seguido en mis viajes, había merodeado por bosques, se había escondido en cuevas o se había refugiado en amplios y desérticos brezales; y ahora venía a señalar mi progreso y a reclamar el cumplimiento de mi promesa.

Cuando le miré, su semblante expresaba la mayor extensión de malicia y traición. Pensaba, víctima de una sensación de locura, en mi promesa de crear otro igual a él y, temblando de pasión, hizo pedazos aquello en lo que estaba ocupado. El desgraciado me vio destruir a la criatura de cuya futura existencia dependía su felicidad y, con un aullido de diabólica desesperación y venganza, se retiró.

Salí de la habitación y, cerrando la puerta con llave, hice un voto solemne en mi propio corazón de no reanudar nunca mis labores; y luego, con pasos temblorosos, busqué mi propio apartamento. Estaba solo; no había nadie cerca de mí para disipar la penumbra y aliviarme de la opresión enfermiza de los ensueños más terribles.

Pasaron varias horas y permanecí junto a mi ventana contemplando el mar; estaba casi inmóvil pues los vientos se habían acallado y toda la naturaleza reposaba bajo la mirada de la tranquila luna. Sólo unos pocos barcos pesqueros moteaban el agua y de vez en cuando la suave brisa arrastraba el sonido de las voces cuando los pescadores se llamaban unos a otros. Sentí el silencio, aunque apenas fui consciente de su extrema profundidad, hasta que mi oído fue detenido de repente por el chapoteo de unos remos cerca de la orilla y una persona desembarcó cerca de mi casa.

Pocos minutos después, oí el chirrido de mi puerta, como si alguien se esforzara en abrirla suavemente. Temblaba de pies a cabeza, presentí quién era y quise despertar a uno de los campesinos que habitaban en una casita no lejos de la mía pero me invadió la sensación de impotencia, tan frecuente en los sueños espantosos, cuando uno se esfuerza en vano por huir de un peligro inminente, y me quedé clavado en el sitio.

En seguida oí el ruido de pasos por el pasillo, la puerta se abrió y apareció el desgraciado al que temía. Cerrando la puerta, se acercó a mí y me dijo con voz ahogada,

«Has destruido la obra que empezaste, ¿qué es lo que pretendes? ¿Te atreves a romper tu promesa? He soportado trabajo y miseria, salí de Suiza contigo, me arrastré por las orillas del Rin, entre sus islas de sauces y sobre las cumbres de sus colinas. He morado muchos meses en los brezales de Inglaterra y entre los desiertos de Escocia. He soportado fatigas incalculables, frío y hambre, ¿te atreves a destruir mis esperanzas?».

«¡Vete! Rompo mi promesa: nunca crearé alguien más como tú, igual en deformidad y maldad».

«Esclavo, antes he razonado contigo, pero has demostrado ser indigno de mi condescendencia. Recuerda que tengo poder; tú te crees miserable, pero yo puedo hacerte tan desdichado que la luz del día te será odiosa. Tú eres mi creador, pero yo soy tu amo, ¡obedece!».

«La hora de mi irresolución ha pasado y el período de tu poder ha llegado. Tus amenazas no pueden moverme a realizar un acto de maldad pero me confirman en la determinación de no crearte una compañera en el vicio. ¿Debo, con sangre fría, soltar sobre la tierra a un demonio cuyo deleite es la muerte y la desdicha? ¡Vete! Me mantengo firme y tus palabras sólo exasperarán mi furia».

El monstruo vio mi determinación en mi rostro y rechinó los dientes en la impotencia de la ira. «¿Cada hombre», gritó, «encontrará una esposa para su seno, y cada bestia tendrá su pareja, y yo estaré solo? Tuve sentimientos de afecto y fueron correspondidos con aborrecimiento y desprecio. ¡Hombre! Puedes odiar, pero ¡cuidado! Tus horas pasarán en el espanto y la miseria y pronto se cerrará el cerrojo que ha de arrebatarte tu felicidad para siempre. ¿Vas a ser feliz mientras yo me arrastro en la intensidad de mi desdicha? Puedes acabar con mis otras pasiones pero la venganza permanece... ¡la venganza, a partir de ahora más querida que la luz o la comida! Puedo morir, pero antes tú, mi tirano y atormentador, maldecirás al sol que contempla tu miseria. Ten cuidado, pues soy intrépido y, por tanto, poderoso. Vigilaré con la obstinación de una serpiente para picar con su veneno. Hombre, te arrepentirás de las heridas que infliges».

«Diablo, cesa; y no envenenes el aire con estos sonidos de malicia. Te he declarado mi resolución y no soy cobarde para doblegarme ante las palabras. Déjame; soy inflexible».

«Está bien. Me voy, pero recuerda que estaré contigo en tu noche de bodas».

Me adelanté y exclamé: «¡Villano! Antes de firmar mi sentencia de muerte, asegúrate de que tú mismo estás a salvo».

Hubiera querido agarrarle pero me eludió y abandonó la casa con prisa. Al cabo de unos instantes le vi en su barca, que surcó las aguas con la rapidez de una flecha y pronto se perdió entre las olas.

Todo volvió a quedar en silencio pero sus palabras resonaron en mis oídos. Ardía de rabia por perseguir al asesino de mi paz y arrojarle al océano. Caminé de un lado a otro de mi habitación con prisa y perturbado mientras mi imaginación conjuraba mil imágenes para atormentarme y aguijonearme. ¿Por qué no le había seguido y me había cerrado con él en una lucha mortal? Sin embargo, le había permitido partir y él había dirigido su rumbo hacia tierra firme. Me estremecí al pensar quién podría ser la próxima víctima sacrificada a su insaciable venganza. Y entonces volví a pensar en sus palabras: «Estaré contigo en tu noche de bodas». Ése era, pues, el período fijado para el cumplimiento de mi destino. En esa hora moriría y de una vez satisfaría y extinguiría su malicia. La perspectiva no me movió a temor; sin embargo, cuando pensé en mi amada Elizabeth, en sus lágrimas y en su dolor sin fin, cuando descubriera que su amante le había sido arrebatado tan bárbaramente, lágrimas, las primeras que había derramado en muchos meses, brotaron de mis ojos y resolví no caer ante mi enemigo sin una amarga lucha.

La noche pasó y el sol salió por el océano; mis sentimientos se tranquilizaron, si es que puede llamarse tranquilidad cuando la violencia de la rabia se hunde en las profundidades de la desesperación. Abandoné la casa, el horrible escenario de la contienda de la noche anterior, y caminé por la playa del mar, que casi consideraba como una barrera insuperable entre mis semejantes y yo; es más, me invadió el deseo de que tal fuera el hecho. Deseaba pasar mi vida en aquella roca estéril, cansinamente, es cierto, pero sin ser interrumpido por ninguna sacudida repentina de miseria. Si regresaba, era para ser sacrificado o para ver morir a los que más amaba bajo las garras de un demonio que yo mismo había creado.

Caminé por la isla como un espectro inquieto, separado de todo lo que amaba y desdichado por la separación. Cuando llegó el mediodía y el sol se elevó más, me tumbé en la hierba y me dominó un profundo sueño. Había estado despierto toda la noche anterior, mis nervios estaban agitados y mis ojos inflamados por la vigilancia y la miseria. El sueño en el que ahora me sumí me refrescó y, cuando desperté, volví a sentirme como si perteneciera a una raza de seres humanos como yo, y empecé a reflexionar sobre lo que había pasado con mayor serenidad; sin embargo, las palabras del demonio seguían resonando en mis oídos como un toque de muerte; parecían un sueño, pero claras y opresivas como una realidad.

El sol había descendido mucho y yo seguía sentado en la orilla, saciando mi apetito, que se había vuelto voraz, con una torta de avena, cuando vi que un barco pesquero desembarcaba cerca de mí y uno de los hombres me trajo un paquete: contenía cartas de Ginebra y una de Clerval suplicándome que me uniera a él. Decía que estaba malgastando su tiempo infructuosamente donde estaba, que las cartas de los amigos que había formado en Londres decían cómo deseaban su regreso para completar la negociación que habían entablado para su empresa india. No podía retrasar más su partida pero, como su viaje a Londres podría suceder pronto, incluso antes de lo que ahora conjeturaba, me suplicó que le concediera toda la compañía de que pudiera disponer. Me rogó, por tanto, que abandonara mi solitaria isla y me reuniera con él en Perth, para que pudiéramos proseguir juntos hacia el sur. Esta carta en cierto modo me hizo volver a la vida y decidí abandonar mi isla al cabo de dos días.

Sin embargo, antes de partir, había una tarea que realizar, sobre la que me estremecía reflexionar: debía empaquetar mis instrumentos químicos y para ello debía entrar en la habitación que había sido el escenario de mi odioso trabajo y debía manipular aquellos utensilios cuya visión me producía náuseas. A la mañana siguiente, al amanecer, reuní el valor suficiente y abrí la puerta de mi laboratorio. Los restos de la criatura a medio terminar, que yo había destruido, yacían esparcidos por el suelo, y casi sentí como si hubiera destrozado la carne viva de un ser humano. Hice una pausa para serenarme y luego entré en la cámara. Con mano temblorosa saqué los instrumentos de la habitación pero reflexioné que no debía dejar los vestigios de mi trabajo para excitar el horror y la sospecha de los campesinos y, en consecuencia los metí en un cesto con una gran cantidad de piedras y, colocándolos allí, decidí arrojarlos al mar esa misma noche; mientras tanto me senté en la playa, ocupado en limpiar y arreglar mis aparatos químicos.

Nada podía ser más completo que la alteración que se había producido en mis sentimientos desde la noche de la aparición del demonio. Antes había considerado mi promesa con una sombría desesperación como algo que, cualesquiera que fuesen las consecuencias, debía cumplirse; pero ahora sentía como si me hubiesen quitado una película de delante de los ojos y que por primera vez veía con claridad. La idea de reanudar mis trabajos no se me ocurrió ni por un instante, la amenaza que había oído pesaba en mis pensamientos pero no pensé que un acto voluntario mío pudiera evitarla. Había resuelto en mi propia mente que crear otro ser como el demonio que había hecho primero sería un acto del egoísmo más bajo y atroz y desterré de mi mente todo pensamiento que pudiera llevarme a una conclusión diferente.

Entre las dos y las tres de la madrugada salió la luna y, entonces, poniendo mi cesta a bordo de un pequeño esquife, navegué a unas cuatro millas de la orilla. La escena era perfectamente solitaria: unas cuantas embarcaciones regresaban hacia tierra, pero yo navegaba lejos de ellas.

Me sentía como si estuviera a punto de cometer un crimen espantoso y evitaba con estremecedora ansiedad cualquier encuentro con mis congéneres. En un momento dado, la luna, que antes había estado despejada, se vio de repente cubierta por una espesa nube y aproveché el momento de oscuridad y arrojé mi cesta al mar; escuché el gorgoteo mientras se hundía y luego me alejé del lugar. El cielo se nubló, pero el aire era puro, aunque frío por la brisa del noreste que se levantaba entonces. Pero me refrescó y me llenó de sensaciones tan agradables que resolví prolongar mi estancia en el agua y, fijando el timón para que continuara derecho, me tendí en el fondo de la embarcación. Las nubes ocultaban la luna, todo estaba oscuro y yo sólo oía el ruido del barco cuando su quilla cortaba las olas; el murmullo me arrulló y en poco tiempo dormí profundamente.

No sé cuánto tiempo permanecí en esta situación pero cuando desperté me encontré con que el sol ya había subido considerablemente. El viento era fuerte y las olas amenazaban continuamente la seguridad de mi pequeño esquife. Comprobé que el viento soplaba del noreste y debía de haberme alejado mucho de la costa de la que me había embarcado. Intenté cambiar de rumbo, pero enseguida descubrí que si volvía a hacer el intento el bote se llenaría de agua al instante. En esa situación, mi único recurso era conducir contra el viento. Confieso que sentí algunas sensaciones de terror. No llevaba conmigo ninguna brújula y conocía tan escasamente la geografía de esta parte del mundo que el sol me era de poca utilidad. Podía ser conducido al ancho Atlántico y sentir todas las torturas de la inanición o ser engullido por las inconmensurables aguas que rugían y golpeaban a mi alrededor. Llevaba ya muchas horas fuera y sentía el tormento de una sed abrasadora, preludio de mis otros sufrimientos. Miré al cielo, que estaba cubierto de nubes que volaban ante el viento, sólo para ser sustituidas por otras; miré al mar, iba a ser mi tumba. «¡Demonio», exclamé, «tu tarea ya está cumplida!». Pensé en Elizabeth, en mi padre y en Clerval; todos quedaban atrás, sobre los que el monstruo podría satisfacer sus pasiones sanguinarias y despiadadas. Esta idea me sumió en un ensueño tan desesperante y espantoso que incluso ahora, cuando la escena está a punto de cerrarse ante mí para siempre, me estremezco al reflexionar sobre ella.

Así transcurrieron algunas horas; pero poco a poco, a medida que el sol declinaba hacia el horizonte, el viento fue amainando hasta convertirse en una suave brisa y el mar quedó libre de rompientes. Pero éstas dieron paso a un fuerte oleaje; me sentía mareado y apenas podía sostener el timón, cuando de repente vi una línea de tierra alta hacia el sur.

Casi agotado, como estaba, por la fatiga y el espantoso suspense que soporté durante varias horas, esta repentina certeza de vida se precipitó como un torrente de cálida alegría a mi corazón y las lágrimas brotaron de mis ojos.

¡Qué mutables son nuestros sentimientos y qué extraño es ese amor apegado que tenemos a la vida incluso en el exceso de la miseria! Construí otra vela con una parte de mi vestimenta y dirigí ansiosamente mi rumbo hacia la tierra. Tenía un aspecto salvaje y rocoso pero a medida que me acercaba percibí fácilmente las huellas del cultivo. Vi embarcaciones cerca de la orilla y me encontré súbitamente transportado a la vecindad del hombre civilizado. Rastreé cuidadosamente las sinuosidades de la tierra y saludé a un campanario que al final vi salir de detrás de un pequeño promontorio. Como me encontraba en un estado de extrema debilidad, resolví navegar directamente hacia la ciudad, como lugar donde podría procurarme alimento más fácilmente. Afortunadamente llevaba dinero conmigo. Al doblar el promontorio percibí una pequeña ciudad ordenada y un buen puerto, en el que entré, con el corazón desbocado de alegría por mi inesperado escape.

Mientras me ocupaba en arreglar la barca y acomodar las velas, varias personas se agolparon en el lugar. Parecían muy sorprendidos por mi aparición, pero en lugar de ofrecerme ayuda, cuchicheaban con gestos que en cualquier otro momento habrían producido en mí una ligera sensación de alarma. Así las cosas, me limité a observar que hablaban inglés y, por lo tanto, me dirigí a ellos en ese idioma. «Mis buenos amigos», les dije, «¿serían tan amables de decirme el nombre de esta ciudad e informarme sobre dónde me encuentro?».

«Lo sabrá muy pronto», respondió un hombre con voz ronca. «Puede que haya venido a un lugar que no sea de su gusto, pero no se le consultará sobre su alojamiento, se lo prometo».

Me sorprendió sobremanera recibir una respuesta tan grosera de un desconocido y también me desconcertó percibir los semblantes ceñudos y enfadados de sus acompañantes. «¿Por qué me contesta tan bruscamente?», repliqué. «Seguramente no es costumbre de los ingleses recibir a los forasteros de forma tan inhóspita».

«No sé», dijo el hombre, «cuál puede ser la costumbre de los ingleses pero es costumbre de los irlandeses odiar a los villanos».

Mientras continuaba este extraño diálogo, percibí que la multitud aumentaba rápidamente. Sus rostros expresaban una mezcla de curiosidad y enfado, que me molestó y en cierto grado me alarmó. Pregunté por el camino hacia la posada pero nadie respondió. Avancé entonces y un murmullo surgió de la multitud al seguirme y rodearme, cuando un hombre de mal aspecto que se acercaba me dio un golpecito en el hombro y me dijo: «Venga, señor, debe seguirme a casa de Mr. Kirwin para dar cuenta de sí mismo».

«¿Quién es Mr. Kirwin? ¿Por qué tengo que dar cuenta de mí mismo? ¿No es éste un país libre?».

«Sí, señor, bastante libre para la gente honrada. Mr. Kirwin es un magistrado y usted debe dar cuenta de la muerte de un caballero que fue encontrado asesinado aquí, anoche».

Esta respuesta me sobresaltó pero enseguida me repuse. Era inocente; eso podía demostrarse fácilmente; en consecuencia, seguí a mi conductor en silencio y fui conducido a una de las mejores casas de la ciudad. Estaba a punto de hundirme por la fatiga y el hambre pero, al estar rodeado de una multitud, pensé que era político reavivar todas mis fuerzas para que ninguna debilidad física pudiera interpretarse como aprensión o culpabilidad consciente. Poco esperaba entonces la calamidad que en pocos momentos iba a abrumarme y a extinguir en el horror y la desesperación todo temor a la ignominia o a la muerte.

Debo hacer una pausa aquí, pues requiere toda mi fortaleza evocar el recuerdo de los espantosos sucesos que estoy a punto de relatar, con el debido detalle, a mi memoria.

Capítulo 21

Pronto fui introducido en presencia del magistrado, un anciano benévolo de modales tranquilos y suaves. Me miró, sin embargo, con cierto grado de severidad y luego, volviéndose hacia quienes me conducían, preguntó quiénes aparecían como testigos en esta ocasión.

Alrededor de media docena de hombres se presentaron y, al ser seleccionado uno por el magistrado, declaró que había salido a pescar la noche anterior con su hijo y su cuñado, Daniel Nugent, cuando, hacia las diez, observaron que se levantaba un fuerte viento del norte, por lo que se dirigieron a puerto. Era una noche muy oscura, pues aún no había salido la luna; no desembarcaron en el puerto, sino, como tenían por costumbre, en un arroyo situado unas dos millas más abajo. Avanzó el primero, llevando una parte de los aparejos de pesca, y sus compañeros le siguieron a cierta distancia. Mientras avanzaba por la arena, se golpeó el pie contra algo y cayó de bruces al suelo. Sus compañeros se acercaron para socorrerle y, a la luz de su linterna, comprobaron que había caído sobre el cuerpo de un hombre que tenía toda la apariencia de estar muerto. Su primera suposición fue que se trataba del cadáver de alguna persona que se había ahogado y había sido arrojada a la orilla por las olas pero al examinarlo comprobaron que las ropas no estaban mojadas e incluso que el cuerpo no estaba frío aún. Al instante lo llevaron a la cabaña de una anciana cercana al lugar y se esforzaron, pero en vano, por devolverle la vida. Parecía ser un joven apuesto de unos veinticinco años. Aparentemente había sido estrangulado pues no había signos de violencia, salvo la marca negra de los dedos en el cuello.

La primera parte de esta declaración no me interesó lo más mínimo pero cuando se mencionó la marca de los dedos recordé el asesinato de mi hermano y me sentí extremadamente agitado; mis miembros temblaban y una niebla se apoderó de mis ojos, lo que me obligó a apoyarme en una silla para sostenerme. El magistrado me observó con ojo avizor y, por supuesto, extrajo de mis modales un augurio desfavorable.

El hijo confirmó el relato de su padre, pero cuando Daniel Nugent fue llamado juró positivamente que, justo antes de la caída de su compañero, vio una barca con un solo hombre en ella a poca distancia de la orilla y, por lo que pudo juzgar por la luz de unas pocas estrellas, era la misma barca en la que yo acababa de desembarcar.

Una mujer declaró que vivía cerca de la playa y que estaba de pie en la puerta de su casa de campo esperando el regreso de los pescadores, aproximadamente una hora antes de enterarse del hallazgo del cadáver, cuando vio una barca con un solo hombre en ella alejarse de la parte de la orilla donde después se encontró el cadáver.

Otra mujer confirmó el relato según el cual los pescadores habían llevado el cuerpo a su casa; no estaba frío. Lo pusieron en una cama y lo frotaron y Daniel fue al pueblo a por un boticario pero la vida había desaparecido por completo.

Varios hombres más fueron examinados en relación con mi desembarco y coincidieron en que, con el fuerte viento del norte que se había levantado durante la noche, era muy probable que hubiera dado vueltas durante muchas horas y me hubiera visto obligado a regresar casi al mismo lugar del que había partido. Además, observaron que parecía que yo había traído el cadáver de otro lugar y era probable que, como yo no parecía conocer la costa, hubiera entrado en el puerto ignorando la distancia de la ciudad de... al lugar donde había depositado el cadáver.

Mr. Kirwin, al oír esta evidencia, deseó que me llevaran a la habitación donde yacía el cuerpo para su inhumación, a fin de observar qué efecto produciría en mí la visión del mismo. Esta idea fue probablemente sugerida por la extrema agitación que yo había mostrado cuando se había descrito el modo del asesinato. En consecuencia, fui conducido, por el magistrado y varias personas más, a la posada. No pude evitar sentirme sorprendido por las extrañas coincidencias que habían tenido lugar durante esta noche llena de acontecimientos pero, sabiendo que había estado conversando con varias personas en la isla que habitaba en el momento en que se había encontrado el cadáver, me quedé perfectamente tranquilo en cuanto a las consecuencias del asunto.

Entré en la habitación donde yacía el cadáver y me condujeron hasta el ataúd. ¿Cómo puedo describir mis sensaciones al contemplarlo? Aún me siento tieso del horror, no siquiera puedo reflexionar sobre aquel terrible momento sin estremecerme y sentir agonía. El interrogatorio, la presencia del magistrado y los testigos pasaron como si fueran un sueño en mi memoria cuando vi la forma sin vida de Henry Clerval tendida ante mí. Jadeé y, arrojándome sobre el cuerpo, exclamé: «¿Acaso mis maquinaciones asesinas te han privado también a ti, mi queridísimo Henry, de la vida? Ya he destruido a dos; otras víctimas esperan su destino; pero tú, Clerval, mi amigo, mi benefactor...».

El organismo humano no pudo soportar por más tiempo las agonías que soporté y me sacaron de la habitación con fuertes convulsiones.

A esto sucedió una fiebre. Estuve dos meses al borde de la muerte; mis desvaríos, según oí después, eran espantosos; me llamaba a mí mismo asesino de William, de Justine y de Clerval. A veces suplicaba a mis ayudantes que me asistieran en la destrucción del demonio por el que me atormentaba y otras sentía que los dedos del monstruo ya me agarraban el cuello y gritaba en voz alta de agonía y terror. Afortunadamente, como hablaba mi lengua materna, sólo Mr. Kirwin me entendió, pero mis gestos y amargos gritos bastaron para atemorizar a los demás testigos.

¿Por qué no morí? Más miserable de lo que jamás fue un hombre, ¿por qué no me hundí en el olvido y el descanso? La muerte arrebata a muchos niños florecientes, únicas esperanzas de sus cariñosos padres; ¡cuántas novias y amantes juveniles han estado un día en la flor de la salud y la esperanza y al siguiente han sido presa de los gusanos y la podredumbre de la tumba! ¿De qué materiales estaba hecho para poder resistir así tantos golpes que, como el giro de la rueda, renuevan continuamente la tortura?

Pero estaba condenado a vivir y en dos meses me sentí como si estuviera despertando de un sueño, en una prisión, tendido en una cama miserable, rodeado de carceleros, torniquetes, cerrojos y todo el miserable aparato de una mazmorra. Era por la mañana, recuerdo, cuando desperté así a la comprensión; había olvidado los pormenores de lo ocurrido y sólo sentía como si una gran desgracia me hubiera abrumado de repente pero, cuando miré a mi alrededor y vi las ventanas enrejadas y la escualidez de la habitación en la que me encontraba, todo pasó por mi memoria y gemí amargamente.

Este sonido molestó a una anciana que dormía en una silla a mi lado. Era una enfermera contratada, la esposa de uno de los torneros, y su semblante expresaba todas las malas cualidades que suelen caracterizar a esa clase. Las líneas de su rostro eran duras y rudas, como las de las personas acostumbradas a ver sin compadecerse las imágenes de la miseria. Su tono expresaba su total indiferencia, se dirigió a mí en inglés y la voz me pareció una de las que había oído durante mis sufrimientos.

«¿Se encuentra mejor ahora, señor?», dijo ella.

Le respondí en el mismo idioma, con voz débil, «Creo que sí; pero si todo es cierto, si en verdad no soñé, lamento seguir vivo para sentir esta miseria y horror».

«En cuanto a eso», replicó la vieja mujer, «si se refiere al caballero que asesinó, creo que sería mejor para usted que usted estuviera muerto, ¡pues me imagino que le irá mal! Sin embargo, eso no es asunto mío; me han enviado para cuidarle y curarle; cumplo con mi deber con la conciencia tranquila, sería bueno que todos hicieran lo mismo».

Me aparté con repugnancia de la mujer que podía pronunciar un discurso tan insensible a una persona recién salvada, al borde mismo de la muerte, pero me sentía lánguido e incapaz de reflexionar sobre todo lo que había pasado. Toda la serie de mi vida me parecía un sueño, a veces dudaba si en verdad todo era cierto, pues nunca se presentaba a mi mente con la fuerza de la realidad.

A medida que las imágenes que flotaban ante mí se hacían más nítidas, me puse febril, una oscuridad me rodeaba, no había nadie cerca de mí que me calmara con la suave voz del amor, ninguna mano querida me sostenía. El médico vino y me recetó medicinas y la vieja mujer me las preparó pero la absoluta despreocupación era visible en el primero y la expresión de brutalidad estaba fuertemente marcada en el semblante de la segunda. ¿A quién podía interesar el destino de un asesino sino al verdugo que ganaría sus honorarios?

Éstas fueron mis primeras reflexiones pero pronto supe que Mr. Kirwin me había mostrado una amabilidad extrema. Había hecho que me prepararan la mejor habitación de la prisión (miserable, era en verdad la mejor) y fue él quien me proporcionó un médico y una enfermera. Es cierto que rara vez venía a verme pues, aunque deseaba ardientemente aliviar los sufrimientos de toda criatura humana, no quería estar presente en las agonías y miserables desvaríos de un asesino. Venía, pues, a veces para ver que no me descuidaban, pero sus visitas eran cortas y transcurrían a largos intervalos.

Un día, mientras me recuperaba gradualmente, estaba sentado en una silla, con los ojos entreabiertos y las mejillas lívidas como las de la muerte. Me invadían la melancolía y la miseria y a menudo reflexionaba que más me valía buscar la muerte que desear permanecer en un mundo que para mí estaba repleto de desdichas. En una ocasión consideré si no debía declararme culpable y sufrir la pena de la ley, menos inocente de lo que había sido la pobre Justine. Tales eran mis pensamientos cuando se abrió la puerta de mi cuarto y entró Mr. Kirwin. Su semblante expresaba simpatía y compasión, acercó una silla a la mía y se dirigió a mí en francés,

«Me temo que este lugar le resulta muy chocante, ¿puedo hacer algo para que se sienta más cómodo?».

«Se lo agradezco, pero todo lo que menciona no es nada para mí, en toda la tierra no hay consuelo que yo sea capaz de recibir».

«Sé que la simpatía de un extraño no puede ser sino de poco alivio para alguien abatido como usted por una desgracia tan extraña. Pero espero que abandone pronto esta melancólica estancia pues sin duda se pueden aportar fácilmente pruebas que le liberen de la acusación criminal».

«Esa es mi menor preocupación; me he convertido, por el curso de extraños acontecimientos, en el más miserable de los mortales. Perseguido y torturado como estoy y he estado, ¿puede la muerte ser algún mal para mí?».

«Nada podría ser más desafortunado y causar agonía que las extrañas casualidades que han ocurrido últimamente. Usted fue arrojado, por algún sorprendente accidente, a esta costa, famosa por su hospitalidad, apresado inmediatamente y acusado de asesinato. La primera visión que se presentó a sus ojos fue el cuerpo de su amigo, asesinado de forma tan inexplicable y colocado, por así decirlo, por algún demonio en su camino».

Mientras el señor Kirwin decía esto, a pesar de la agitación que me produjo esta retrospectiva de mis sufrimientos, también sentí una considerable sorpresa por el conocimiento que parecía poseer sobre mí. Supongo que algo de asombro se exhibió en mi semblante, pues Mr. Kirwin se apresuró a decir:

«Inmediatamente después de que cayera usted enfermo, me trajeron todos los papeles que llevaba encima y los examiné para descubrir algún rastro por el que pudiera enviar a sus parientes una reseña de su desgracia y enfermedad. Encontré varias cartas y, entre otras, una que desde su comienzo descubrí que era de su padre. Inmediatamente escribí a Ginebra, han transcurrido casi dos meses desde la partida de mi carta. Pero usted está enfermo, incluso ahora tiembla, no está apto para agitaciones de ningún tipo».

«Este suspense es mil veces peor que el acontecimiento más horrible, dígame qué nueva escena de muerte se ha representado y el asesinato de quién he de lamentar ahora».

«Su familia está perfectamente bien», dijo Mr. Kirwin con dulzura, «y alguien, un amigo, ha venido a visitarle».

No sé por qué cadena de pensamientos se presentó la idea, pero al instante se me pasó por la cabeza que el asesino había venido a burlarse de mi miseria y a mofarse de mí con la muerte de Clerval, como una nueva incitación para que cumpliera sus deseos infernales. Me llevé la mano a los ojos y grité de agonía,

«¡Oh! ¡Llévenselo! No puedo verle, ¡por el amor de Dios, no le dejen entrar!».

Mr. Kirwin me miró con semblante turbado. No pudo evitar considerar mi exclamación como una presunción de mi culpabilidad y dijo en un tono bastante severo,

«Debería haber pensado, joven, que la presencia de su padre habría sido bienvenida en lugar de inspirar una repugnancia tan violenta».

«¡Mi padre!», grité, mientras cada rasgo y cada músculo se relajaban de la angustia al placer. «¿Realmente ha venido mi padre? ¡Qué amable, qué amable! Pero ¿dónde está, por qué no se da prisa en venir a verme?».

Mi cambio de actitud sorprendió y agradó al magistrado, tal vez pensó que mi anterior exclamación era un momentáneo retorno del delirio y ahora reanudó al instante su antigua benevolencia. Se levantó y abandonó la habitación con mi enfermera y en un momento entró en ella mi padre.

Nada, en ese momento, podría haberme proporcionado mayor placer que la llegada de mi padre. Le tendí la mano y grité,

«¿Está usted entonces a salvo... y Elizabeth... y Ernest?».

Mi padre me tranquilizó asegurándome de su bienestar y se esforzó, al insistir en estos temas tan interesantes para mi corazón, por levantar mi abatido ánimo pero pronto comprendió que una prisión no puede ser morada de la alegría. «¡Qué lugar es éste que habitas, hijo mío!», dijo, mirando con tristeza las ventanas enrejadas y el aspecto miserable de la habitación. «Viajaste en busca de la felicidad pero una fatalidad parece perseguirte. Y el pobre Clerval...».

El nombre de mi desafortunado y asesinado amigo fue una agitación demasiado grande para soportarla en mi débil estado; derramé lágrimas.

«¡Ay! Sí, padre mío», respondí, «un destino de lo más horrible se cierne sobre mí y debo vivir para cumplirlo o seguramente habría muerto sobre el ataúd de Henry».

No se nos permitió conversar durante mucho tiempo pues el precario estado de mi salud hacía necesarias todas las precauciones que pudieran asegurar la tranquilidad. Mr. Kirwin entró e insistió en que no debía agotar mis energías con un esfuerzo excesivo. Pero la presencia de mi padre fue para mí como la de mi ángel bueno y poco a poco recuperé la salud.

A medida que la enfermedad me abandonaba, me absorbía una melancolía sombría y negra que nada podía disipar. La imagen de Clerval estaba para siempre ante mí, espantosa y asesinada. Más de una vez la agitación en que me sumieron estas reflexiones hizo temer a mis amigos una peligrosa recaída. ¡Ay! ¿Por qué conservaron una vida tan miserable y detestada? Seguramente fue para que pudiera cumplir mi destino, que ahora se acerca a su fin. Pronto, oh, muy pronto, la muerte extinguirá estos latidos y me aliviará del poderoso peso de la angustia que me lleva al polvo y, al ejecutar justicia, también me hundiré en el descanso. Entonces la aparición de la muerte era lejana, aunque el deseo estaba siempre presente en mis pensamientos, y a menudo me sentaba durante horas, inmóvil y sin habla, deseando alguna revolución poderosa que pudiera sepultarme a mí y a mi destructor en sus ruinas.

Se acercaba la época de los veredictos. Yo llevaba ya tres meses en prisión y, aunque seguía débil y en continuo peligro de recaer, me vi obligado a viajar casi cien millas hasta la ciudad rural donde se celebraba el tribunal. Mr. Kirwin se encargó con todo cuidado de reunir testigos y organizar mi defensa. Me ahorré la deshonra de comparecer públicamente como criminal ya que el caso no fue llevado ante el tribunal que decide sobre la vida y la muerte. El gran jurado rechazó la acusación al demostrarse que yo me encontraba en las islas Orcadas a la hora en que se encontró el cuerpo de mi amigo y quince días después de mi traslado fui liberado de prisión.

Mi padre se extasiaba al verme libre de las vejaciones de una acusación criminal, que se me permitía respirar de nuevo la atmósfera fresca y se me permitía regresar a mi país natal. Yo no participé de estos sentimientos pues para mí los muros de una mazmorra o de un palacio eran igualmente odiosos. La copa de la vida estaba envenenada para siempre y, aunque el sol brillaba sobre mí, como sobre los felices y alegres de corazón, no veía a mi alrededor más que una oscuridad densa y espantosa en la que no penetraba más luz que el brillo de dos ojos que me fulminaban. A veces eran los expresivos ojos de Henry, languideciendo en la muerte, los oscuros orbes casi cubiertos por los párpados y las largas pestañas negras que los bordeaban; a veces eran los ojos acuosos y nublados del monstruo, como los vi por primera vez en mi habitación en Ingolstadt.

Mi padre intentó despertar en mí los sentimientos de afecto. Hablaba de Ginebra, que pronto visitaría, de Elizabeth y de Ernest, pero estas palabras sólo arrancaban de mí profundos gemidos. A veces, en efecto, sentía deseos de felicidad y pensaba con melancólico deleite en mi querida prima o anhelaba, con una devoradora *maladie du pays*, ver una vez más el lago azul y el rápido Ródano, que tan queridos me habían sido en la primera infancia, pero mi estado general de sentimientos era un sopor en el que una prisión era una residencia tan grata como la escena más divina de la naturaleza y estos arrebatos rara vez eran interrumpidos sino por paroxismos de angustia y desesperación. En esos momentos, a menudo me esforzaba por poner fin a la existencia que aborrecía y se requería una asistencia y vigilancia incesantes para contenerme de cometer algún espantoso acto de violencia.

Sin embargo, me quedaba un deber, cuyo recuerdo triunfó finalmente sobre mi egoísta desesperación. Era necesario que regresara sin demora a Ginebra para velar allí por la vida de aquellos a quienes tanto amaba y acechar al asesino para que si alguna casualidad me conducía al lugar donde se ocultaba, o si se atrevía de nuevo a fulminarme con su presencia, pudiera, con puntería infalible, poner fin a la existencia de la monstruosa imagen a la que había dotado con la burla de un alma aún más monstruosa. Mi padre aún deseaba retrasar nuestra partida, temeroso de que yo no pudiera soportar las fatigas de un viaje, pues era una ruina destrozada... la sombra de un ser humano. Mis fuerzas habían desaparecido. Era un mero esqueleto y la fiebre noche y día se cebaba de mi consumido cuerpo.

Aun así, como yo insistía en que abandonáramos Irlanda con tanta inquietud e impaciencia, mi padre pensó que lo mejor era ceder. Embarcamos a bordo de un navío con destino a Havre-de-Grace y zarpamos con buen viento de las costas irlandesas. Era medianoche. Me tumbé en cubierta mirando las estrellas y escuchando el batir de las olas. Celebré la oscuridad que cerraba Irlanda a mi vista y mi pulso latió con una alegría febril cuando reflexioné que pronto vería Ginebra. El pasado se me aparecía a la luz de un sueño espantoso, sin embargo, la embarcación en la que me encontraba, el viento que me arrastraba desde la detestada orilla de Irlanda y el mar que me rodeaba me decían con demasiada fuerza que no me engañaba ninguna visión y que Clerval, mi amigo y compañero más querido, había caído, víctima mía y del monstruo de mi creación. Repasé, en mi memoria, toda mi vida: mi tranquila felicidad mientras residía con mi familia en Ginebra, la muerte de mi madre y mi partida hacia Ingolstadt. Recordé, estremeciéndome, el loco entusiasmo que me impulsó a la creación de mi horrendo enemigo y me vino a la memoria la noche en que vivió por primera vez. Fui incapaz de seguir el hilo del pensamiento, mil sentimientos me oprimían y lloré amargamente.

Desde mi recuperación de la fiebre había adquirido la costumbre de tomar todas las noches una pequeña cantidad de láudano, pues sólo por medio de esta droga conseguía el descanso necesario para la conservación de la vida. Oprimido por el recuerdo de mis diversas desgracias ahora ingería el doble de mi cantidad habitual y pronto dormí profundamente. Pero el sueño no me daba tregua de pensamientos y miserias, mis sueños me presentaban mil objetos que me asustaban. Hacia la mañana me poseyó una especie de pesadilla: sentía el agarre del demonio en mi cuello y no podía librarme de él, gemidos y gritos resonaban en mis oídos. Mi padre, que me vigilaba, al percibir mi inquietud, me despertó; las olas rompientes estaban alrededor, arriba el cielo nublado, el demonio no estaba aquí: una sensación de seguridad, un sentimiento de que se había establecido una tregua entre la hora presente y el irresistible y desastroso futuro me impartieron una especie de tranquilo olvido del que la mente humana es por su estructura peculiarmente susceptible.

Capítulo 22

El viaje llegó a su fin. Desembarcamos y nos dirigimos a París. Pronto comprobé que había agotado mis fuerzas y que debía descansar antes de poder continuar mi viaje. Los cuidados y atenciones de mi padre eran infatigables pero desconocía el origen de mis sufrimientos y buscaba métodos erróneos para remediar el mal incurable. Él deseaba que buscara diversión en la sociedad. Yo aborrecía el rostro del ser humano. Oh, ¡no los aborrecía! Eran mis hermanos, mis semejantes y me sentía atraído incluso por los más repulsivos de entre ellos, como por criaturas de naturaleza angelical y mecanismo celestial. Pero sentía que no tenía derecho a compartir su trato. Había desencadenado entre ellos a un enemigo cuyo gozo era derramar su sangre y deleitarse con sus gemidos. ¡Cómo me aborrecerían todos y cada uno de ellos y me expulsarían del mundo si conocieran mis actos deshonestos y los crímenes que tuvieron en mí su origen!

Mi padre cedió al final a mi deseo de evitar la sociedad y procuró con diversos argumentos desterrar mi desesperación. A veces pensaba que yo sentía profundamente la degradación de verme obligado a responder a una acusación de asesinato y se esforzaba por demostrarme la inutilidad del orgullo.

«¡Ay! Padre mío», dije, «qué poco me conoce. Los seres humanos, sus sentimientos y pasiones, se degradarían en gran manera si un desgraciado como yo sintiera orgullo. Justine, la pobre e infeliz Justine, era tan inocente como yo, y sufrió la misma acusación; murió por ello; y yo soy la causa de esto: yo la asesiné. William, Justine y Henry, todos murieron por mis manos».

Mi padre me había oído a menudo, durante mi encarcelamiento, hacer la misma afirmación; cuando yo me acusaba así, unas veces parecía desear una explicación y otras parecía considerarlo como fruto del delirio y que, durante mi enfermedad, alguna idea de este tipo se había presentado a mi imaginación cuyo recuerdo conservé en mi convalecencia. Evité dar explicaciones y mantuve un silencio continuo sobre la desdichada que había creado. Estaba persuadido de que se me supondría loco y esto en sí mismo habría encadenado para siempre mi lengua. Pero, además, no podía atreverme a revelar un secreto que llenaría de consternación a mi oyente y haría que el miedo y el horror antinatural habitasen en su pecho. Frené, por tanto, mi impaciente sed de simpatía y guardé silencio cuando hubiera dado el mundo por haber confiado el fatal secreto. Aun así, palabras como las que he registrado estallaban incontrolablemente de mí. No podía ofrecer ninguna explicación sobre ellas pero su verdad aliviaba en parte la carga de mi misterioso infortunio.

En esta ocasión mi padre dijo, con una expresión de asombro sin límites, «Mi queridísimo Víctor, ¿qué encaprichamiento es éste? Mi querido hijo, te ruego que no vuelvas a hacer semejante afirmación».

«No estoy loco», grité enérgicamente, «el sol y los cielos, que han contemplado mis operaciones, pueden atestiguar mi verdad. Soy el asesino de esas víctimas inocentísimas, murieron por mis maquinaciones. Mil veces habría derramado mi propia sangre, gota a gota, para haber salvado sus vidas; pero no pude, padre mío, de hecho no pude sacrificar a toda la raza humana».

La conclusión de este discurso convenció a mi padre de que mis ideas estaban trastornadas e instantáneamente cambió el tema de nuestra conversación y se esforzó por alterar el curso de mis pensamientos. Deseó en la medida de lo posible borrar el recuerdo de las escenas que habían tenido lugar en Irlanda y nunca aludió a ellas ni permitió que yo hablara de mis desgracias.

A medida que pasaba el tiempo me tranquilizaba más, la miseria tenía su morada en mi corazón pero ya no hablaba de la misma manera incoherente de mis propios crímenes, me bastaba la conciencia de ellos. Con la mayor autoviolencia refrené la imperiosa voz de la desdicha, que a veces deseaba declararse al mundo entero, y mis modales eran más tranquilos y serenos de lo que habían sido nunca desde mi viaje al mar de hielo.

Unos días antes de salir de París, camino de Suiza, recibí la siguiente carta de Elizabeth:

«Mi querido amigo,

«Me dio el mayor placer recibir una carta de mi tío fechada en París, ya no estás a una distancia formidable y puedo esperar verte en menos de quince días. Mi pobre primo, ¡cuánto habrás sufrido! Espero verte con un aspecto aún más enfermizo que cuando saliste de Ginebra. Este invierno lo he pasado de la manera más miserable, torturada como he estado por un ansioso suspense; sin embargo, espero ver paz en tu semblante y comprobar que tu corazón no está totalmente vacío de consuelo y tranquilidad.

«Sin embargo, me temo que ahora existen los mismos sentimientos que te hicieron tan desdichado hace un año, incluso tal vez aumentados por el tiempo. No quisiera molestarte en este momento, cuando tantas desgracias pesan sobre ti, pero una conversación que tuve con mi tío antes de su partida hace necesaria alguna explicación antes de que nos veamos.

«¡Una explicación! Posiblemente te digas: ¿Qué tiene que explicar Elizabeth? Si realmente dices esto, mis preguntas quedan contestadas y todas mis dudas satisfechas. Pero tú estás lejos de mí y es posible que esta explicación te asuste y, sin embargo, te complazca; y ante la probabilidad de que así sea, no me atrevo a posponer por más tiempo el escribir lo que, durante tu ausencia, a menudo he deseado expresarte pero nunca he tenido el valor de comenzar.

«Bien sabes, Víctor, que nuestra unión había sido el plan favorito de tus padres desde nuestra infancia. Nos lo dijeron de pequeños y nos enseñaron a esperarlo como un acontecimiento que sin duda tendría lugar. Fuimos cariñosos compañeros de juegos durante la infancia y, creo, queridos y apreciados amigos el uno del otro cuando crecimos. Pero así como hermano y hermana a menudo mantienen un vivo afecto el uno por el otro sin desear una unión más íntima, ¿no puede ser también nuestro caso? Dime, queridísimo Víctor. Respóndeme, te conjuro por nuestra mutua felicidad, con la simple verdad: ¿no amas a otra?

«Has viajado, has pasado varios años de tu vida en Ingolstadt, y te confieso, amigo mío, que cuando te vi el otoño pasado tan infeliz, huyendo a la soledad desde la sociedad de toda criatura, no pude evitar suponer que podrías lamentar nuestra conexión y creerte obligado por el honor a cumplir los deseos de tus padres, aunque se opusieran a tus inclinaciones. Pero éste es un razonamiento falso. Te confieso, amigo mío, que te amo y que en mis sueños etéreos de futuro has sido mi amigo y compañero permanente. Pero es tu felicidad la que deseo tanto como la mía propia cuando te declaro que nuestro matrimonio me haría eternamente desgraciada a menos que fuera dictado por tu propia y libre elección. Incluso ahora lloro al pensar que, abatido como estás por las más crueles desgracias, puedas sofocar, con la palabra honor, toda esperanza de ese amor y esa felicidad que serían los únicos que te devolverían a ti mismo. Yo, que te tengo un afecto tan desinteresado, puedo multiplicar diez veces tus miserias siendo un obstáculo para tus deseos. ¡Ah! Víctor, ten la seguridad de que tu prima y compañera de juegos siente por ti un amor demasiado sincero como para no sentirse desgraciada por esta suposición. Sé feliz, amigo mío, y si me obedeces en esta única petición, quédate satisfecho de que nada en la tierra tendrá el poder de interrumpir mi tranquilidad.

«No dejes que esta carta te perturbe, no contestes mañana, ni pasado, ni siquiera hasta que vengas, si te produce dolor. Mi tío me enviará noticias de tu salud y si veo una sola sonrisa en tus labios cuando nos encontremos, ocasionada por éste o cualquier otro esfuerzo mío, no necesitaré otra felicidad.

«Elizabeth Lavenza.

«Ginebra, 18 de mayo de 17...».

Esta carta revivió en mi memoria lo que antes había olvidado, la amenaza del demonio: «¡Estaré contigo en tu noche de bodas!». Tal era mi sentencia, y en esa noche el demonio emplearía todas las artes para destruirme y arrancarme del atisbo de felicidad que prometía en parte consolar mis sufrimientos. Esa noche había decidido consumar sus crímenes con mi muerte. Pues bien, que así fuera; entonces tendría lugar con toda seguridad una lucha mortal, en la que si él salía victorioso yo estaría en paz y su poder sobre mí llegaría a su fin. Si él fuera vencido, yo sería un hombre libre. ¡Ay! ¿Qué libertad? Tal como la que disfruta el campesino cuando su familia ha sido masacrada ante sus ojos, su cabaña quemada, sus tierras arrasadas, y él queda a la deriva, sin hogar, sin dinero y solo, pero libre. Tal sería mi libertad si no fuera porque en mi Elizabeth poseía un tesoro, ay, equilibrado por esos horrores del remordimiento y la culpa que me perseguirían hasta la muerte.

¡Dulce y amada Elizabeth! Leí y releí tu carta y algunos sentimientos suavizados se colaron en mi corazón y se atrevieron a susurrarme sueños paradisíacos de amor y alegría, pero la manzana ya estaba comida y el brazo del ángel desnudo para alejarme de toda esperanza. Sin embargo, moriría para hacerte feliz. Si el monstruo ejecutaba su amenaza, la muerte era inevitable; sin embargo, una vez más, consideré si mi matrimonio aceleraría mi destino. Mi destrucción podría llegar, en efecto, unos meses antes, pero si mi torturador sospechara que yo la pospoonía, influido por sus amenazas, seguramente encontraría otros medios de venganza, tal vez más terribles. Había jurado estar conmigo la noche de mi boda pero no consideraba que esa amenaza le obligara a permanecer en paz mientras tanto pues, como para demostrarme que aún no estaba saciado de sangre, había asesinado a Clerval inmediatamente después de la enunciación de sus amenazas. Resolví, por tanto, que si mi unión inmediata con mi prima conducía a su felicidad o a la de mi padre, los designios de mi adversario contra mi vida no debían retrasarla ni una sola hora.

En este estado de ánimo escribí a Elizabeth. Mi carta era tranquila y afectuosa. «Me temo, mi amada niña», le dije, «que nos queda poca felicidad en la tierra; sin embargo, todo lo que algún día pueda disfrutar está centrado en ti. Ahuyenta tus ociosos temores: sólo a ti consagro mi vida y mis esfuerzos por la satisfacción. Tengo un secreto, Elizabeth, un secreto espantoso; cuando te lo revele, te helará de horror, y entonces, lejos de sorprenderte mi miseria, sólo te maravillarás de que haya sobrevivido a lo que he soportado. Te confiaré esta historia de miseria y terror al día siguiente de que se celebre nuestro matrimonio, pues, mi dulce prima, debe existir una perfecta confianza entre nosotros. Pero hasta entonces, te conjuro, no lo menciones ni aludas a ello. Esto te lo ruego encarecidamente y sé que lo cumplirás».

Aproximadamente una semana después de la llegada de la carta de Elizabeth regresamos a Ginebra. La dulce muchacha me recibió con cálido afecto pero sus ojos se llenaron de lágrimas al contemplar mi demacrado cuerpo y mis mejillas febriles. También vi un cambio en ella. Estaba más delgada y había perdido gran parte de aquella vivacidad celestial que antes me había encantado; pero su gentileza y sus suaves miradas de compasión la convertían en una compañera más adecuada para alguien desdichado y miserable como yo.

La tranquilidad de la que ahora disfrutaba no perduró. El recuerdo traía consigo la locura y cuando pensaba en lo que había pasado, una verdadera locura me poseía; a veces estaba furioso y abrasado de rabia, a veces abatido y desanimado. No hablaba ni miraba a nadie sino que permanecía sentado e inmóvil, desconcertado por la multitud de miserias que me invadían.

Sólo Elizabeth tenía el poder de sacarme de estos arrebatos, su suave voz me calmaba cuando me transportaba la pasión y me inspiraba sentimientos humanos cuando me hundía en el letargo. Lloraba conmigo y por mí. Cuando volvía a entrar en razón, me reprendía y se esforzaba por inspirarme resignación. ¡Ah! Está bien que el desafortunado se resigne pero para el culpable no hay paz. Las agonías del remordimiento envenenan el lujo que de otro modo se encuentra a veces en consentir el exceso de pena.

Poco después de mi llegada, mi padre habló de mi matrimonio inmediato con Elizabeth. Yo permanecí en silencio.

«¿Tienes, entonces, algún otro compromiso?».

«Ninguno en la tierra. Amo a Elizabeth y espero nuestra unión con deleite. Que se fije, pues, el día; y en él me consagraré, en vida o en muerte, a la felicidad de mi prima».

«Mi querido Víctor, no hables así. Nos han sobrevenido pesadas desgracias pero aferrémonos más a lo que nos queda y traslademos nuestro amor por los que hemos perdido a los que aún viven. Nuestro círculo será pequeño pero estará estrechamente unido por los lazos del afecto y la desgracia mutua. Y, cuando el tiempo haya suavizado su desesperación, nacerán nuevos y queridos objetos de cariño para reemplazar a aquellos de los que hemos sido tan cruelmente privados».

Tales fueron las lecciones de mi padre. Pero a mí volvió el recuerdo de la amenaza; no puede extrañar que, omnipotente como había sido aún el demonio en sus hechos de sangre, casi le considerara invencible, y que cuando pronunció las palabras «estaré contigo en tu noche de bodas», considerara como inevitable el destino amenazado. Pero la muerte no era un mal para mí si con ella se equilibraba la pérdida de Elizabeth y, por lo tanto, con semblante contento e incluso alegre, acordé con mi padre que si mi prima consentía, la ceremonia tendría lugar en diez días, y así pondría, tal y como imaginaba, el sello a mi destino.

¡Gran Dios! Si por un instante hubiera pensado cuál podía ser la infernal intención de mi diabólico adversario, hubiera preferido desterrarme para siempre de mi país natal y vagar como un paria sin amigos por la tierra antes que consentir en este miserable matrimonio. Pero, como poseído de poderes mágicos, el monstruo me había cegado a sus verdaderas intenciones y cuando pensé que sólo había preparado mi propia muerte, apresuré la de una víctima mucho más querida.

A medida que se acercaba la fecha fijada para nuestro matrimonio, ya fuera por cobardía o por un sentimiento profético, sentí que mi corazón se hundía dentro de mí. Pero disimulé mis sentimientos con una apariencia de hilaridad que provocó sonrisas y alegría en el semblante de mi padre pero que apenas engañó a la mirada siempre vigilante y más amable de Elizabeth. Ella esperaba nuestra unión con plácida satisfacción, no exenta de un pequeño temor, que las desgracias pasadas habían impreso, de que lo que ahora parecía una felicidad cierta y tangible pronto se disipara en un sueño etéreo y no dejara más rastro que un profundo y eterno pesar.

Se hicieron los preparativos para el acontecimiento, se recibieron visitas de felicitación y todo tenía un aspecto feliz. Encerré, lo mejor que pude, en mi propio corazón la ansiedad que allí hacía presa y me adentré con aparente seriedad en los planes de mi padre, aunque sólo sirvieran para decorar mi tragedia. Gracias a los esfuerzos de mi padre, una parte de la herencia de Elizabeth le había sido restituida por el gobierno austriaco. Una pequeña posesión a orillas de Como le pertenecía. Se acordó que, inmediatamente después de nuestra unión, nos dirigiéramos a Villa Lavenza y pasáramos nuestros primeros días de felicidad junto al hermoso lago cerca del cual se encontraba.

Mientras tanto tomé todas las precauciones para defender mi persona en caso de que el demonio me atacara abiertamente. Llevaba pistolas y una daga constantemente conmigo y estaba siempre alerta para evitar artificios, y por estos medios conseguí un mayor grado de tranquilidad. De hecho, a medida que se acercaba el momento, la amenaza parecía más un engaño que no debía considerarse digno de perturbar mi paz, mientras que la felicidad que esperaba de mi matrimonio revestía una mayor apariencia de certeza a medida que se acercaba el día fijado para su solemnización y oía hablar continuamente de ella como de un acontecimiento que ningún accidente podría impedir.

Elizabeth parecía feliz, mi tranquilo comportamiento contribuía en gran medida a calmar su mente. Pero, en el día que iba a cumplir mis deseos y mi destino, estaba melancólica y un presentimiento del mal la invadía; tal vez pensara también en el espantoso secreto que yo le había prometido revelarle al día siguiente. Mientras tanto, mi padre estaba exultante y, en el ajetreo de los preparativos, sólo reconocía en la melancolía de su sobrina la timidez de una novia.

Después de que se celebrara la ceremonia se reunió una gran fiesta en casa de mi padre pero se acordó que Elizabeth y yo iniciáramos nuestro viaje por agua, durmiendo esa noche en Evian y continuando nuestro viaje al día siguiente. El día era bueno, el viento favorable; todo sonreía a nuestro embarque nupcial.

Fueron los últimos momentos de mi vida en los que disfruté de un sentimiento de felicidad. Avanzamos rápidamente, el sol calentaba, pero nos protegíamos de sus rayos con una especie de dosel mientras disfrutábamos de la belleza de la escena, a veces a un lado del lago, donde veíamos el Mont Salêve, las agradables orillas del Montalègre, y a lo lejos, superándolo todo, el hermoso Mont Blanc y el conjunto de montañas nevadas que en vano se esfuerzan por emularlo; a veces, costeando las orillas opuestas, vimos al poderoso Jura oponiendo su lado oscuro a la ambición en abandonar su país natal y una barrera casi infranqueable al invasor que quisiera esclavizarlo.

Cogí la mano de Elizabeth. «Estás apenada, amor mío. ¡Ah! Si supieras lo que he sufrido y lo que aún puedo soportar, te esforzarías por dejarme saborear la tranquilidad y la libertad de la desesperación que al menos este día me permite disfrutar».

«Alégrate, mi querido Víctor», respondió Elizabeth, «espero que no haya nada que te angustie; y ten por seguro que si en mi rostro no se dibuja una viva alegría, mi corazón está contento. Algo me susurra que no dependa demasiado de la perspectiva que se abre ante nosotros, pero no escucharé una voz tan siniestra. Observa lo rápido que avanzamos y cómo las nubes, que unas veces oscurecen y otras se elevan por encima de la cumbre del Mont Blanc, hacen aún más interesante esta escena de belleza. Observa también los innumerables peces que nadan en las aguas claras, donde podemos distinguir cada guijarro que yace en el fondo. ¡Qué día tan divino! Qué feliz y serena aparece toda la naturaleza».

De este modo Elizabeth se esforzaba por desviar sus pensamientos y los míos de toda reflexión sobre temas melancólicos. Pero su temperamento era fluctuante, la alegría brillaba por unos instantes en sus ojos pero daba paso continuamente a la distracción y al ensueño.

El sol se hundió más en los cielos, pasamos junto al río Drance y observamos su camino a través de los abismos de las colinas más altas y las cañadas de las más bajas. Los Alpes se acercan aquí al lago y nos aproximamos al anfiteatro de montañas que forma su límite oriental. La aguja de Evian brillaba bajo los bosques que la rodeaban y la cordillera de montaña sobre montaña por la que estaba dominada.

El viento, que hasta entonces nos había arrastrado con asombrosa rapidez, se redujo al atardecer a una ligera brisa; el suave aire apenas agitaba el agua y provocaba un agradable movimiento entre los árboles a medida que nos acercábamos a la orilla, de la que emanaba el más delicioso aroma a flores y heno. El sol se hundió bajo el horizonte cuando desembarcamos y al tocar la orilla sentí revivir aquellas preocupaciones y temores que pronto iban a estrecharme y a aferrarse a mí para siempre.

Capítulo 23

Eran las ocho cuando desembarcamos; paseamos un rato por la orilla, disfrutando de la luz transitoria, y luego nos retiramos a la posada y contemplamos la hermosa escena de aguas, bosques y montañas, apagados en la oscuridad pero que aún mostraban sus negros contornos.

El viento, que había amainado en el sur, se levantaba ahora con gran violencia en el oeste. La luna había alcanzado su cenit en los cielos y empezaba a descender; las nubes la recorrían más rápidas que el vuelo del buitre y atenuaban sus rayos, mientras el lago reflejaba la escena de los cielos ocupados, más ocupados aún por las inquietas olas que empezaban a levantarse. De repente descendió una fuerte tormenta de lluvia.

Yo había estado tranquilo durante el día pero, en cuanto la noche oscureció las formas de los objetos, mil temores surgieron en mi mente. Estaba ansioso y vigilante mientras mi mano derecha empuñaba una pistola que llevaba oculta en el pecho; cada sonido me aterrorizaba pero resolví que vendería cara mi vida y no rehuiría el conflicto hasta que se extinguiera mi propia vida o la de mi adversario.

Elizabeth observó mi agitación durante algún tiempo en tímido y temeroso silencio pero había algo en mi mirada que le comunicó terror y, temblando, preguntó: «¿Qué es lo que te agita, mi querido Víctor? ¿Qué es lo que temes?».

«¡Oh! Paz, paz, mi amor», respondí, «esta noche y todo estará a salvo; pero esta noche es espantosa, muy espantosa».

Pasé una hora en este estado de ánimo, cuando de repente reflexioné sobre lo temible que sería para mi esposa el combate que esperaba en ese instante y le rogué encarecidamente que se retirara, resuelto a no reunirme con ella hasta que hubiera obtenido algún conocimiento sobre la situación de mi enemigo.

Ella me dejó y yo continué algún tiempo caminando arriba y abajo por los pasillos de la casa e inspeccionando cada rincón que pudiera ofrecer una retirada a mi adversario. Pero no descubrí ni rastro de él y empezaba a conjeturar que alguna afortunada casualidad había intervenido para impedir la ejecución de sus amenazas cuando de pronto oí un grito estridente y espantoso. Procedía de la habitación a la que se había retirado Elizabeth. Al oírlo, toda la verdad se agolpó en mi mente, mis brazos cayeron, el movimiento de cada músculo y fibra se suspendió, podía sentir la sangre correr por mis venas y hormigueos en las extremidades de mis miembros. Este estado no duró más que un instante, el grito se repitió y me apresuré a entrar en la habitación.

¡Gran Dios! ¿Por qué no expiré entonces? ¿Por qué estoy aquí para relatar la destrucción de la mejor esperanza y de la criatura más pura de la tierra? Ella estaba allí, sin vida y sin movimiento, tirada sobre la cama, con la cabeza colgando y sus rasgos pálidos y distorsionados cubiertos a medias por el cabello. Por todas partes veo la misma figura... sus brazos sin sangre y su forma relajada arrojada por el asesino sobre su féretro nupcial. ¿Podría contemplar esto y vivir? ¡Ay! La vida es obstinada y se aferra más donde es más odiada. Sólo por un momento perdí el conocimiento, caí al suelo sin sentido.

Cuando me recuperé me encontré rodeado por la gente de la posada, sus semblantes expresaban un terror sin aliento pero el horror de los demás sólo parecía una burla, una sombra de los sentimientos que me oprimían. Escapé de ellos hacia la habitación donde yacía el cuerpo de Elizabeth, mi amor, mi esposa, tan recientemente viva, tan querida, tan digna. La habían movido de la postura en que la había contemplado por primera vez y ahora, mientras yacía, con la cabeza apoyada en el brazo y un pañuelo echado sobre la cara y el cuello, podría haberla supuesto dormida. Me lancé hacia ella y la abracé con ardor pero la languidez mortal y la frialdad de los miembros me dijeron que lo que ahora tenía entre mis brazos había dejado de ser la Elizabeth a la que había amado y apreciado. La marca asesina de la garra del demonio estaba en su cuello y el aliento había dejado de salir de sus labios.

Mientras seguía suspendido sobre ella en la agonía de la desesperación, miré por casualidad hacia arriba. Las ventanas de la habitación ya se habían oscurecido y sentí una especie de pánico al ver que la pálida luz amarilla de la luna iluminaba la cámara. Las contraventanas habían sido descorridas y, con una sensación de horror indescriptible, vi en la ventana abierta una figura de lo más horrenda y aborrecible. Una sonrisa se dibujó en el rostro del monstruo, parecía burlarse, mientras con su dedo diabólico señalaba hacia el cadáver de mi esposa. Me lancé hacia la ventana y, sacando una pistola de mi pecho, disparé; pero él me eludió, saltó de su puesto y, corriendo con la rapidez de un relámpago, se zambulló en el lago.

El ruido de la pistola atrajo a una multitud a la sala. Señalé el lugar donde había desaparecido y seguimos el rastro con botes, se echaron redes pero fue en vano. Después de pasar varias horas, regresamos sin esperanza, la mayoría de mis compañeros creyeron que había sido una forma conjurada por mi fantasía. Después de haber desembarcado, los grupos procedieron a registrar el país yendo en diferentes direcciones entre los bosques y las viñas.

Intenté acompañarles y me alejé un poco de la casa pero la cabeza me daba vueltas, mis pasos eran como los de un borracho, caí al fin en un estado de agotamiento total; una película cubría mis ojos y mi piel estaba reseca por el calor de la fiebre. En este estado me llevaron de vuelta y me colocaron en una cama, apenas consciente de lo que había sucedido; mis ojos vagaban por la habitación como buscando algo que había perdido.

Tras un intervalo, me levanté y, como por instinto, me arrastré hasta la habitación donde yacía el cadáver de mi amada. Había mujeres llorando alrededor, me colgué sobre el cadáver y uní mis tristes lágrimas a las suyas, durante todo este tiempo no se presentó a mi mente ninguna idea definida, sino que mis pensamientos divagaron sobre diversos temas, reflexionando confusamente sobre mis desgracias y su causa. Estaba desconcertado, sumido en una nube de asombro y horror. La muerte de William, la ejecución de Justine, el asesinato de Clerval y, por último, el de mi esposa; incluso en aquel momento no sabía si los únicos amigos que me quedaban estaban a salvo de la malignidad del demonio; mi padre incluso ahora podría estar retorciéndose bajo sus garras y Ernest podría estar muerto a sus pies. Esta idea me hizo estremecer y me llamó a la acción. Me puse en marcha y resolví regresar a Ginebra con toda la rapidez posible.

No podía conseguir caballos y debía regresar por el lago pero el viento era desfavorable y la lluvia caía a torrentes. Sin embargo, apenas había amanecido y podía esperar razonablemente llegar por la noche. Contraté hombres para remar y yo mismo tomé un remo pues siempre había experimentado alivio del tormento mental en el ejercicio corporal. Pero la desbordante miseria que ahora sentía y el exceso de agitación que soportaba me incapacitaban para cualquier esfuerzo. Arrojé el remo y, apoyando la cabeza en las manos, me abandoné a todas las ideas sombrías que surgían. Si levantaba la vista veía escenas que me eran familiares de mi época más feliz y que había contemplado tan sólo el día anterior en compañía de aquella que ahora no era más que una sombra y un recuerdo. Las lágrimas brotaron de mis ojos. La lluvia había cesado por un momento y vi a los peces jugar en las aguas como lo habían hecho unas horas antes; entonces habían sido observados por Elizabeth. Nada es tan doloroso para la mente humana como un cambio grande y repentino. El sol podía brillar o las nubes bajar pero nada podía parecerme como el día anterior. Un demonio me había arrebatado toda esperanza de felicidad futura, ninguna criatura había sido jamás tan miserable como yo, un acontecimiento tan espantoso es único en la historia del hombre.

Pero, ¿para qué insistir en los incidentes que siguieron a este último acontecimiento sobrecogedor? La mía ha sido una historia de horrores, he llegado a su apogeo y lo que ahora debo relatar no puede sino resultarles tedioso. Sepan que, uno a uno, mis amigos fueron arrebatados, yo quedé desolado. Mis propias fuerzas se han agotado y debo contar, en pocas palabras, lo que queda de mi horrible narración.

Llegué a Ginebra. Mi padre y Ernest aún vivían, pero el primero se hundió bajo las noticias que yo llevaba. Ahora lo veo, ¡excelente y venerable anciano! Sus ojos vagaban vacíos pues habían perdido su encanto y su deleite: su Elizabeth, su más que hija, a la que adoraba con todo ese afecto que siente un hombre que, en el ocaso de la vida, al tener pocos afectos, se aferra con más ahínco a los que le quedan. ¡Maldito, maldito sea el demonio que trajo la miseria sobre sus cabellos grises y lo condenó a consumirse en la desdicha! No pudo vivir bajo los horrores que se acumulaban a su alrededor, los resortes de la existencia cedieron de repente, fue incapaz de levantarse del lecho y en pocos días murió en mis brazos.

¿Qué fue entonces de mí? No lo sé, perdí la sensibilidad y las cadenas y la oscuridad eran los únicos objetos que me oprimían. A veces, en efecto, soñaba que vagaba por prados floridos y valles agradables con los amigos de mi juventud pero despertaba y me encontraba en una mazmorra. Siguió la melancolía pero poco a poco adquirí una clara concepción de mis miserias y de mi situación y entonces fui liberado de mi prisión. Ya que me habían calificado de loco y, durante muchos meses, según tenía entendido, una celda solitaria había sido mi morada.

La libertad, sin embargo, había sido un regalo inútil para mí, si yo, al despertar a la razón, no hubiera despertado al mismo tiempo a la venganza. A medida que el recuerdo de las desgracias pasadas me presionaba empecé a reflexionar sobre su causa: el monstruo que yo había creado, el miserable demonio al que había enviado al mundo para mi destrucción. Me poseía una rabia enloquecedora cuando pensaba en él y deseaba y rogaba ardientemente poder tenerlo a mi alcance para llevar a cabo una gran y señalada venganza sobre su maldita cabeza.

Mi odio no se limitó por mucho tiempo a deseos inútiles; empecé a reflexionar sobre el mejor medio de hacerlo realidad y, con este fin, aproximadamente un mes después de mi liberación, me dirigí a un juez penal de la ciudad y le dije que tenía una acusación que hacer, que conocía al destructor de mi familia, y que requería que ejerciera toda su autoridad para la aprehensión del asesino.

El magistrado me escuchó con atención y amabilidad. «Tenga la seguridad, señor», dijo, «de que no escatimaré esfuerzos ni penas para descubrir al villano».

«Se lo agradezco», respondí, «escuche, pues, la deposición que tengo que hacer. Es, en efecto, un relato tan extraño que temería que usted no le diera crédito si no hubiera algo en la verdad que, por maravilloso que sea, obliga a la convicción. La historia está demasiado conectada como para ser confundida con un sueño y no tengo motivos para la falsedad». Mi manera de dirigirme así a él no dejaba de impresionar pero era tranquila; había formado en mi propio corazón la resolución de perseguir a mi destructor hasta la muerte y este propósito calmó mi agonía y durante un intervalo me reconcilió con la vida. A continuación relaté mi historia brevemente pero con firmeza y precisión, marcando las fechas con exactitud y sin desviarme nunca hacia la invectiva o la exclamación.

Al principio, el magistrado parecía totalmente incrédulo pero a medida que yo continuaba se volvía más atento e interesado; a veces le veía estremecerse de horror; otras, una viva sorpresa, sin mezcla de incredulidad, se dibujaba en su semblante.

Cuando hube concluido mi narración, dije, «Este es el ser al que acuso y para cuya incautación y castigo le pido que ejerza todo su poder. Es su deber como magistrado y creo y espero que sus sentimientos como hombre no se rebelarán contra la ejecución de esas funciones en esta ocasión».

Este discurso provocó un cambio considerable en la fisonomía de mi oyente. Había escuchado mi historia con esa creencia a medias que se da a los relatos de espíritus y sucesos sobrenaturales pero, cuando se le pidió que actuara oficialmente en consecuencia, volvió toda la marea de su incredulidad. Sin embargo, respondió con suavidad: «De buena gana le proporcionaría toda la ayuda en su búsqueda pero la criatura de la que usted habla parece tener poderes que pondrían en entredicho todos mis esfuerzos. ¿Quién puede seguir a un animal que puede atravesar el mar de hielo y habitar cuevas y madrigueras donde ningún hombre se aventuraría a inmiscuirse? Además, han transcurrido algunos meses desde el momento en que cometió sus crímenes y nadie puede conjeturar a qué lugar ha vagado o qué región puede habitar ahora».

«No dudo de que merodea cerca del lugar que habito y, si efectivamente se ha refugiado en los Alpes, puede ser cazado como la gamuza y destruido como una bestia de presa. Pero percibo sus pensamientos, no da crédito a mi relato y no tiene intención de perseguir a mi enemigo con el castigo que le corresponde».

Mientras hablaba, la rabia brillaba en mis ojos; el magistrado se sintió intimidado. «Se equivoca», dijo. «Me esforzaré y, si está en mi mano apresar al monstruo, tenga la seguridad de que sufrirá un castigo proporcional a sus crímenes. Pero me temo, por lo que usted mismo ha descrito como sus propiedades, que esto resultará impracticable, y así, mientras se persiguen todas las medidas apropiadas, usted debe prepararse para una posible decepción».

«Eso no puede ser, pero todo lo que pueda decir será de poca utilidad. Mi venganza no tiene importancia para usted, sin embargo, aunque admito que es un vicio, confieso que es la devoradora y única pasión de mi alma. Mi rabia es indecible cuando reflexiono que el asesino, a quien yo he liberado sobre la sociedad, todavía existe. Usted rechaza mi justa demanda; no tengo más que un recurso y me dedico, ya sea con mi vida o con mi muerte, a su destrucción».

Temblaba por el exceso de agitación mientras decía esto, había frenesí en mis modales y algo, no lo dudo, de esa altiva fiereza que se dice que poseían los mártires de antaño. Pero para un magistrado ginebrino, cuya mente estaba ocupada por ideas muy distintas a las de la devoción y el heroísmo, esta elevación de ánimo tenía mucho de locura. Se esforzó por calmarme como una niñera lo hace con un niño y revirtió mi relato diciendo que eran los efectos del delirio.

«Hombre», grité, «¡qué ignorante eres en tu orgullo de sabiduría! Cesa; no sabes lo que dices».

Salí del recinto enfadado y perturbado y me retiré a meditar sobre algún otro modo de actuar.

Capítulo 24

Mi situación actual era tal que todo pensamiento voluntario era engullido y se perdía. La furia se apoderó de mí; sólo la venganza me dotó de fuerza y compostura, moldeó mis sentimientos y me permitió ser calculador y tranquilo en períodos en los que, de otro modo, el delirio o la muerte habrían sido mi porción.

Mi primera resolución fue abandonar Ginebra para siempre; mi país, que cuando era feliz y querido me resultaba entrañable, ahora, en mi adversidad, se tornaba odioso. Me proveí de una suma de dinero, junto con algunas joyas que habían pertenecido a mi madre, y partí.

Y ahora comenzaron mis andanzas que no cesarán sino con la vida. He atravesado una vasta porción de la tierra y he soportado todas las penurias que los viajeros en desiertos y países bárbaros suelen encontrar. Apenas sé cómo he vivido; muchas veces he estirado mis miembros desfallecidos sobre la llanura arenosa y he rogado por la muerte. Pero la venganza me mantuvo con vida: no me atrevía a morir y dejar en vida a mi adversario.

Cuando salí de Ginebra mi primera labor fue conseguir alguna pista por la que pudiera seguir los pasos de mi diabólico enemigo. Pero mi plan no estaba decidido y deambulé muchas horas por los confines de la ciudad, sin saber qué camino debía seguir. Al acercarse la noche me encontré a la entrada del cementerio donde reposaban William, Elizabeth y mi padre. Entré en él y me acerqué a la lápida que marcaba sus sepulcros. Todo estaba en silencio excepto las hojas de los árboles, que el viento agitaba suavemente; la noche era casi oscura y la escena habría resultado solemne y conmovedora incluso para un observador desinteresado. Los espíritus de los difuntos parecían revolotear y proyectar una sombra, que se sentía pero no se veía, alrededor de la cabeza del doliente.

La profunda pena que esta escena había excitado al principio dio paso rápidamente a la rabia y la desesperación. Ellos estaban muertos y yo vivía, su asesino también vivía y para destruirlo debía arrastrar mi fatigosa existencia. Me arrodillé sobre la hierba, besé la tierra y con labios temblorosos exclamé, «Por la tierra sagrada en la que me arrodillo, por las sombras que vagan cerca de mí, por la profunda y eterna pena que siento, juro, y por ti, oh Noche, y los espíritus que te presiden, perseguir al demonio que causó esta desgracia, hasta que él o yo perezcamos en un conflicto mortal. Con este propósito preservaré mi vida, para ejecutar esta querida venganza volveré a contemplar el sol y a pisar la verde hierba de la tierra, que de otro modo debería desaparecer de mis ojos para siempre. Y los invoco a ustedes, espíritus de los muertos, y a ustedes, ministros errantes de la venganza, para que me ayuden y me guíen en mi obra. Que el monstruo maldito e infernal beba profundamente de la agonía, que sienta la desesperación que ahora me atormenta».

Había comenzado mi admonición con una solemnidad y un temor que casi me aseguraban que las sombras de mis amigos asesinados oían y aprobaban mi devoción pero la furia me poseyó al concluir y la rabia ahogó mis palabras.

Me respondió a través de la quietud de la noche una risa fuerte y diabólica. Sonó en mis oídos larga y pesadamente, las montañas se hicieron eco de ella y sentí como si todo el infierno me rodeara de burlas y risas. Seguramente en ese momento me habría poseído el frenesí y habría destruido mi miserable existencia de no ser porque mi juramento fue escuchado y porque estaba reservado para la venganza. La risa se apagó, cuando una voz conocida y aborrecida, aparentemente cerca de mi oído, se dirigió a mí en un susurro audible, «¡Estoy satisfecho, miserable! Te has propuesto vivir y yo estoy satisfecho».

Me lancé hacia el lugar del que procedía el sonido pero el demonio eludió mi asalto. De repente, el amplio disco de la luna se alzó y brilló de lleno sobre su forma espantosa y distorsionada mientras huía con una velocidad más que mortal.

Le perseguí y durante muchos meses ésta ha sido mi tarea. Guiado por una ligera pista seguí las sinuosidades del Ródano, pero en vano. Apareció el Mediterráneo azul y, por una extraña casualidad, vi al desalmado entrar de noche y esconderse en un barco con destino al Mar Negro. Yo me embarqué en el mismo barco, pero él escapó, no sé cómo.

En medio de las tierras salvajes de Tartaria y Rusia, aunque seguía eludiéndome, siempre le he seguido la pista. A veces los campesinos, asustados por esta horrible aparición, me informaban de su camino; a veces él mismo, que temía que si perdía todo rastro de él me desesperaría y moriría, dejaba alguna marca para guiarme. La nieve descendió sobre mi cabeza y vi la huella de su enorme paso sobre la llanura blanca. Usted, que se inicia en la vida, para quien los cuidados son nuevos y la agonía desconocida, ¿cómo puede comprender lo que yo he sentido y sigo sintiendo? El frío, la necesidad y la fatiga eran los menores dolores que estaba destinado a soportar, estaba maldito por algún demonio y llevaba conmigo mi infierno eterno, sin embargo, un espíritu del bien seguía y dirigía mis pasos y cuando más murmuraba me sacaba de repente de dificultades aparentemente insuperables. A veces, cuando la naturaleza, vencida por el hambre, se hundía bajo el agotamiento, me preparaban en el desierto un banquete que me restauraba e inspiraba. La comida era, ciertamente, tosca, como la que comían los campesinos del país, pero no dudaré de que fue puesta allí por los espíritus que yo había invocado para que me ayudaran. A menudo, cuando todo estaba seco, los cielos despejados y yo estaba muerto de sed, una ligera nube cubría el cielo, derramaba las pocas gotas que me reanimaban y desaparecía.

Seguí, cuando pude, los cursos de los ríos, pero el demonio generalmente los evitaba, ya que era aquí donde se reunía principalmente la población del país. En otros lugares rara vez se veían seres humanos y generalmente subsistía de los animales salvajes que se cruzaban en mi camino. Llevaba dinero conmigo y me ganaba la amistad de los aldeanos repartiéndolo, o traía conmigo algo de comida que había matado, que, tras tomar una pequeña parte, siempre regalaba a quienes me habían proporcionado fuego y utensilios para cocinar.

Mi vida, tal como transcurría, me resultaba ciertamente odiosa, y sólo durante el sueño podía saborear la alegría. ¡Oh bendito sueño! A menudo, cuando más miserable me sentía, me hundía en el reposo y mis sueños me arrullaban hasta el éxtasis. Los espíritus que me custodiaban me habían proporcionado estos momentos, o más bien horas, de felicidad para que pudiera conservar fuerzas para cumplir mi peregrinación. Privado de este respiro me habría hundido bajo mis penurias. Durante el día me sostenía e inspiraba la esperanza de la noche, pues en el sueño veía a mis amigos, a mi esposa y a mi amado país; volvía a ver el benévolo semblante de mi padre, oía los tonos plateados de la voz de mi Elizabeth y contemplaba a Clerval gozando de salud y juventud. A menudo, cuando estaba fatigado por una marcha penosa, me persuadía de que estaba soñando hasta que llegara la noche y que entonces disfrutaría de la realidad en brazos de mis amigos más queridos. ¡Qué agonizante cariño sentía por ellos! ¡Cómo me aferraba a sus queridas formas, que a veces rondaban incluso mis horas de vigilia, y me persuadía de que aún vivían! En esos momentos la venganza, que ardía en mi interior, moría en mi corazón y proseguía mi camino hacia la destrucción del demonio más como una tarea ordenada por el cielo, como el impulso mecánico de algún poder del que era inconsciente, que como el ardiente deseo de mi alma.

No puedo saber cuáles eran los sentimientos de aquél a quien perseguía. A veces, en efecto, dejaba marcas escritas en las cortezas de los árboles o talladas en piedra que me guiaban e instigaban mi furia. «Mi reinado aún no ha terminado», estas palabras eran legibles en una de estas inscripciones, «tú vives, y mi poder es completo. Sígueme; yo busco los hielos eternos del norte, donde sentirás la miseria del frío y la escarcha, ante los que soy impasible. Encontrarás cerca de este lugar, si no me sigues demasiado tarde, una liebre muerta; come y refréscate. Vamos, enemigo mío, aún tenemos que luchar por nuestras vidas, pero muchas horas duras y miserables deberás soportar hasta que llegue ese momento».

¡Demonio burlón! De nuevo juro venganza, de nuevo te entrego, miserable desalmado, a la tortura y a la muerte. Nunca abandonaré mi búsqueda hasta que él o yo perezcamos; ¡y entonces con qué éxtasis me reuniré con mi Elizabeth y mis amigos difuntos, que incluso ahora preparan para mí la recompensa de mi tedioso trabajo y horrible peregrinaje!

Mientras proseguía mi viaje hacia el norte, la nieve se espesaba y el frío aumentaba en un grado casi demasiado severo como para soportarlo. Los campesinos se encerraron en sus chozas y sólo unos pocos de los más resistentes se aventuraron a salir a capturar los animales a los que el hambre había obligado a abandonar sus escondrijos en busca de su presa. Los ríos estaban cubiertos de hielo y no se podía conseguir pescado y así me vi privado de mi principal artículo de manutención.

El triunfo de mi enemigo aumentaba con la dificultad de mis trabajos. Una inscripción que dejó estaba redactada en estas palabras, «¡Prepárate! Tus fatigas no han hecho más que empezar; envuélvete en pieles y provéete de comida, pues pronto emprenderemos un viaje en el que tus sufrimientos satisfarán mi odio eterno».

Mi valor y perseverancia se vieron vigorizados por estas burlonas palabras, resolví no fracasar en mi propósito e, invocando al Cielo para que me apoyara, continué con fervor incesante atravesando inmensos desiertos hasta que el océano apareció a lo lejos y formó el límite máximo del horizonte. ¡Oh! ¡Qué diferente era de las estaciones azules del sur! Cubierto de hielo, sólo se distinguía de la tierra por su superior salvajismo y rudeza. Los griegos lloraron de alegría cuando contemplaron el Mediterráneo desde las colinas de Asia y saludaron con arrobamiento el límite de sus fatigas. Yo no lloré, sino que me arrodillé y, con el corazón henchido, di las gracias a mi espíritu guía por haberme conducido a salvo hasta el lugar donde esperaba, a pesar de las asechanzas de mi adversario, encontrarme y luchar con él.

Algunas semanas antes de este período me había procurado un trineo y perros y así atravesé las nieves con una velocidad inconcebible. No sé si el desalmado poseía las mismas ventajas pero descubrí que, así como antes perdía terreno a diario en la persecución, ahora le ganaba terreno, hasta el punto de que cuando divisé el océano por primera vez sólo me llevaba un día de ventaja y esperaba interceptarlo antes de que llegara a la playa. Con nuevo valor, pues, seguí adelante, y en dos días llegué a una mísera aldea a orillas del mar. Pregunté a los habitantes por el demonio y obtuve información precisa. Un monstruo gigantesco, dijeron, había llegado la noche anterior, armado con un fusil y muchas pistolas, poniendo en fuga a los habitantes de una solitaria cabaña por miedo a su terrorífico aspecto. Se había llevado su provisión de alimentos para el invierno y, colocándola en un trineo, para cuyo arrastre había echado mano de una numerosa manada de perros adiestrados, los había enjaezado y, esa misma noche, para alegría de los horrorizados aldeanos, había proseguido su viaje a través del mar en una dirección que no conducía a ninguna tierra; ellos conjeturaban que pronto sería destruido por la ruptura del hielo o congelado por las heladas eternas.

Al oír esta información sufrí un acceso temporal de desesperación. Se me había escapado y debía iniciar un viaje destructivo y casi interminable a través de los hielos montañosos del océano, en medio de un frío que pocos de los habitantes podían soportar por mucho tiempo y al que yo, nativo de un clima genial y soleado, no podía esperar sobrevivir. Sin embargo, ante la idea de que el desalmado viviera y saliera triunfante, mi rabia y mi venganza volvieron y, como una marea poderosa, abrumaron cualquier otro sentimiento. Tras un ligero reposo, durante el cual los espíritus de los muertos revolotearon a mi alrededor y me instigaron al trabajo y a la venganza, me preparé para mi viaje.

Cambié mi trineo de tierra por uno diseñado para las desigualdades del océano helado y, comprando abundantes provisiones, dejé la tierra.

No puedo adivinar cuántos días han pasado desde entonces, pero he soportado una miseria que nada, salvo el eterno sentimiento de una justa retribución ardiendo en mi corazón, podría haberme permitido soportar. A menudo, inmensas y escarpadas montañas de hielo me impedían el paso y, a menudo, oía los truenos del mar de fondo, que amenazaban con mi destrucción. Pero de nuevo llegó el frío y aseguró los caminos del mar.

Por la cantidad de provisiones que había consumido debería adivinar que había pasado tres semanas en este viaje y la continua prolongación de la esperanza, que volvía sobre el corazón, a menudo arrancaba de mis ojos amargas gotas por el abatimiento y la pena. En efecto, la desesperación casi había asegurado su presa y pronto me habría hundido bajo esta miseria. Una vez, después de que los pobres animales que me transportaban hubieran alcanzado con increíble esfuerzo la cima de una montaña de hielo inclinada y de que uno de ellos, hundido por la fatiga, muriera, contemplé con angustia la extensión que tenía ante mí, cuando de repente mi vista captó una mancha oscura sobre la llanura apagada. Esforcé la vista para descubrir qué podía ser y lancé un grito salvaje de éxtasis cuando distinguí un trineo y las proporciones distorsionadas de una forma bien conocida en su interior. ¡Oh! ¡Con qué ardiente efusión volvió la esperanza a mi corazón! Cálidas lágrimas llenaron mis ojos, que me apresuré a enjugar para que no interceptaran la visión que tenía del demonio pero, aún así, mi vista se vio oscurecida por las ardientes gotas, hasta que, cediendo a las emociones que me oprimían, lloré a gritos.

Pero no era el momento de demoras, despojé a los perros de su compañero muerto, les di una abundante ración de comida y, tras una hora de descanso, que era absolutamente necesaria y que, sin embargo, me resultó amargamente fastidiosa, proseguí mi ruta. El trineo seguía siendo visible y no volví a perderlo de vista salvo en los momentos en que durante un breve espacio de tiempo alguna roca de hielo lo ocultaba con sus peñascos intercalados. De hecho, fui ganando terreno perceptiblemente y cuando, tras casi dos días de viaje, divisé a mi enemigo a no más de una milla de distancia, mi corazón se agitó en mi interior.

Pero ahora, cuando parecía estar casi al alcance de mi enemigo, mis esperanzas se extinguieron de repente y perdí todo rastro de él más completamente que nunca. Se oía un mar de fondo; el estruendo de su avance, a medida que las aguas rodaban y arreciaban bajo mí, se hacía cada momento más ominoso y terrorífico. Seguí adelante, pero en vano. El viento se levantó, el mar rugió y, como con la poderosa sacudida de un terremoto, se partió y resquebrajó con un sonido tremendo y sobrecogedor. El trabajo se terminó pronto: en pocos minutos un mar tumultuoso se interpuso entre mi enemigo y yo y quedé a la deriva sobre un trozo de hielo separado que disminuía continuamente y preparaba así para mí una muerte espantosa.

Así pasaron muchas horas espantosas; varios de mis perros murieron y yo mismo estaba a punto de hundirme bajo este cúmulo de angustia cuando vi su barco fondeado y dándome esperanzas de socorro y de vida. No concebía que alguna vez llegaran embarcaciones tan al norte y me quedé estupefacto ante el espectáculo. Destruí rápidamente parte de mi trineo para construir remos y, por estos medios, pude, con infinita fatiga, mover mi balsa de hielo en dirección a su barco. Había decidido, si usted se dirigía hacia el sur, confiarme todavía a la merced de los mares antes que abandonar mi propósito. Esperaba inducirle a concederme un barco con el que pudiera perseguir a mi enemigo. Pero su dirección era hacia el norte. Me subió a bordo cuando mi vigor estaba agotado y pronto me habría hundido bajo mis múltiples penurias en una muerte que aún temo, pues mi tarea está aún pendiente.

¡Oh! ¿Cuándo mi espíritu guía, al conducirme al demonio, me permitirá el descanso que tanto deseo; o debo morir y él aún vivir? Si es así, júreme, Walton, que no escapará, que lo buscará y satisfará mi venganza en su muerte. ¿Y me atrevo a pedirle que emprenda mi peregrinaje, que soporte las penalidades que yo he sufrido? No, no soy tan egoísta. Sin embargo, cuando yo haya muerto, si él apareciera, si los ministros de la venganza lo condujeran hasta usted, júreme que no vivirá; júreme que no triunfará sobre mis males acumulados y sobrevivirá para añadirlos a la lista de sus oscuros crímenes. Es elocuente y persuasivo y una vez sus palabras tuvieron incluso poder sobre mi corazón, pero no confíe en él. Su alma es tan infernal como su forma, llena de traición y malicia diabólica. No le escuche, invoque los nombres de William, Justine, Clerval, Elizabeth, de mi padre y del desdichado Victor, y clávele la espada en el corazón. Yo me cerniré cerca y dirigiré el acero con acierto.

Walton, a continuación.

26 de agosto de 17...

Has leído esta extraña y terrorífica historia, Margaret, ¿y no sientes que se te hiela la sangre de horror, como la que aún ahora me hiela a mí? A veces, presa de una repentina agonía, no podía continuar su relato; otras, con la voz quebrada, pero penetrante, pronunciaba con dificultad las palabras tan repletas de angustia. Sus ojos finos y encantadores se encendían a veces de indignación, a veces se sometían a una tristeza abatida y se apagaban en una desdicha infinita. A veces dominaba su semblante y sus tonos y relataba los incidentes más horribles con voz tranquila, suprimiendo toda señal de agitación; luego, como un volcán en erupción, su rostro cambiaba repentinamente a la expresión de la rabia más salvaje mientras gritaba imprecaciones contra su perseguidor.

Su historia está conectada y contada con una apariencia de la más simple verdad, sin embargo te confieso que las cartas de Felix y Safie, que él me mostró, y la aparición del monstruo visto desde nuestro barco, me trajeron una mayor convicción de la verdad de su narración que sus aseveraciones, por muy serias y conectadas que fueran. Entonces,

¡un monstruo así ha existido realmente! No puedo dudarlo, pero me pierdo en la sorpresa y la admiración. A veces me esforcé por obtener de Frankenstein los detalles de la formación de su criatura pero en este punto era impenetrable.

«¿Está usted loco, amigo mío?», dijo él. «¿O adónde le lleva su insensata curiosidad? ¿Crearía usted también para sí mismo y para el mundo un enemigo demoníaco? ¡Paz, paz! Aprenda mis miserias y no busque aumentar las suyas».

Frankenstein descubrió que yo había tomado notas sobre su historia; pidió verlas y luego él mismo las corrigió y aumentó en muchos puntos, pero principalmente en dar vida y espíritu a las conversaciones que mantuvo con su enemigo. «Ya que usted ha conservado mi narración», dijo, «no quisiera que pasara a la posteridad mutilada».

Así ha transcurrido una semana, mientras he escuchado el relato más extraño que jamás haya formado la imaginación. Mis pensamientos y cada sentimiento de mi alma se han embriagado por el interés que por mi huésped han creado esta historia y sus propios modales elevados y gentiles. Deseo tranquilizarle pero ¿puedo aconsejar que viva alguien tan infinitamente miserable, tan desprovisto de toda esperanza de consuelo? ¡Oh, no! La única alegría que podrá conocer ahora será cuando componga su espíritu destrozado hacia la paz y la muerte. Sin embargo, disfruta de un consuelo, fruto de la soledad y el delirio; cree que cuando en sueños mantiene conversaciones con sus amigos y obtiene de esa comunión consuelo para sus miserias o excitaciones para su venganza, éstos no son creaciones de su fantasía sino los propios seres que le visitan desde las regiones de un mundo remoto. Esta fe confiere una solemnidad a sus ensueños que los hace para mí casi tan imponentes e interesantes como la verdad.

Nuestras conversaciones no siempre se limitan a su propia historia y desgracias. En todos los puntos de la literatura general hace gala de un conocimiento ilimitado y de una aprehensión rápida y penetrante. Su elocuencia es forzosa y conmovedora; no puedo oírle, cuando relata un incidente patético o se esfuerza por mover las pasiones de la piedad o el amor, sin que se me salten las lágrimas. ¡Qué gloriosa criatura debe haber sido en los días de su prosperidad, cuando es así de noble y divino en la ruina! Parece sentir su propio valor y la grandeza de su caída.

«Cuando era más joven», dijo, «me creía destinado a alguna gran empresa. Mis sentimientos son profundos pero poseía una frialdad de juicio que me capacitaba para logros ilustres. Este sentimiento de la valía de mi naturaleza me sostuvo cuando otros se habrían sentido oprimidos, pues consideré criminal desperdiciar en una pena inútil aquellos talentos que podrían ser útiles a mis semejantes. Cuando reflexionaba sobre la obra que había realizado, nada menos que la creación de un animal sensible y racional, no podía situarme entre la manada aquellos con proyectos comunes. Pero este pensamiento, que me apoyó al comienzo de mi carrera, ahora sólo sirve para hundirme más en el polvo. Todas mis especulaciones y esperanzas son como nada y, como el arcángel que aspiraba a la omnipotencia, estoy encadenado en un infierno eterno. Mi imaginación era vívida pero mis facultades de análisis y aplicación eran intensas; por la unión de estas cualidades concebí la idea y ejecuté la creación de un hombre. Incluso ahora no puedo recordar sin pasión mis ensueños mientras la obra estaba incompleta. Caminaba por el cielo en mis pensamientos, ahora exultante por mis poderes, ahora ardiendo con la idea de sus efectos. Desde mi infancia estuve imbuido de grandes esperanzas y de una elevada ambición, ¡pero cómo estoy hundido! ¡Oh! Amigo mío, si me hubiera conocido como era antes, no me reconocería en este estado de degradación. El abatimiento raramente visitaba mi corazón, un alto destino parecía llevarme adelante, hasta que caí, para nunca, nunca más levantarme».

¿Debo perder entonces a este ser admirable? He anhelado un amigo, he buscado uno que simpatizara conmigo y me amara. He aquí que en estos mares desiertos he encontrado a uno así, pero temo haberlo ganado sólo para conocer su valor y perderlo. Quisiera reconciliarlo con la vida, pero él rechaza la idea.

«Le agradezco, Walton», dijo, «sus bondadosas intenciones hacia un desgraciado tan miserable pero, cuando habla de nuevos lazos y nuevos afectos, ¿cree usted que alguno puede reemplazar a los que se han ido? ¿Puede algún hombre ser para mí como lo fue Clerval, o alguna mujer otra Elizabeth? Incluso cuando los afectos no están fuertemente movidos por ninguna excelencia superior, los compañeros de nuestra infancia poseen siempre un cierto poder sobre nuestras mentes que difícilmente puede obtener ningún amigo posterior. Conocen nuestras disposiciones infantiles que, por mucho que se modifiquen después, nunca se erradican y pueden juzgar nuestras acciones con más certeza en cuanto a la integridad de nuestros motivos. Una hermana o un hermano nunca pueden, a no ser que esos síntomas se hayan manifestado desde el principio, sospechar del otro por fraude o falsedad, cuando otro amigo, por muy unido que esté, puede, a pesar suyo, ser contemplado con recelo. Pero yo disfruté de amigos, queridos no sólo por costumbre y asociación, sino por sus propios méritos y, dondequiera que esté, la voz tranquilizadora de mi Elizabeth y la conversación de Clerval me susurrarán siempre al oído. Han muerto y sólo un sentimiento en semejante soledad puede persuadirme de que conserve mi vida. Si estuviera comprometido en alguna empresa o designio elevado, cargado de amplia utilidad para mis semejantes, entonces podría vivir para cumplirlo. Pero, tal no es mi destino, debo perseguir y destruir al ser al que di la existencia; entonces mi suerte en la tierra estará cumplida y podré morir».

Mi querida hermana,

2 de septiembre.

Te escribo rodeado de peligros e ignorando si estoy condenado a no volver a ver a la querida Inglaterra y a los entrañables amigos que la habitan. Estoy rodeado de montañas de hielo que no admiten escapatoria y amenazan a cada instante con aplastar mi navío. Los valientes a los que he persuadido para que sean mis compañeros miran hacia mí en busca de ayuda pero no tengo ninguna que concederles. Hay algo terriblemente espantoso en nuestra situación pero mi valor y mis esperanzas no me abandonan. Sin embargo, es terrible reflexionar que las vidas de todos estos hombres corren peligro por mi culpa. Si estamos perdidos, mis locos planes son la causa.

¿Y cuál será, Margaret, el estado de tu ánimo? No oirás hablar de mi destrucción y esperarás ansiosamente mi regreso. Pasarán los años y tendrás visiones desesperadas y, sin embargo, te torturará la esperanza. ¡Oh! mi amada hermana, el enfermizo fracaso de tus esperanzas de corazón es, en perspectiva, más terrible para mí que mi propia muerte. Pero tienes un marido y unos hijos encantadores, puedes ser feliz. ¡Que el cielo te bendiga y te haga feliz!

Mi desafortunado huésped me mira con la más tierna compasión. Se esfuerza por llenarme de esperanza y habla como si la vida fuera una posesión que él valorara. Me recuerda cuán a menudo han ocurrido los mismos accidentes a otros navegantes que han intentado este mar y, a pesar mío, me llena de alegres augurios. Incluso los marineros sienten el poder de su elocuencia; cuando habla, ya no desesperan; despierta sus energías, y mientras oyen su voz creen que estas vastas montañas de hielo son toperas que se desvanecerán ante las resoluciones del hombre. Estos sentimientos son transitorios, cada día de expectativa retrasada les llena de temor y casi temo un motín causado por esta desesperación.

5 de septiembre.

Acaba de suceder una escena de un interés tan poco común que, aunque es muy probable que estos papeles no lleguen nunca a tus manos, no puedo dejar de registrarla.

Seguimos rodeados de montañas de hielo, aún en peligro inminente de ser aplastados en su conflicto. El frío es excesivo y muchos de mis desafortunados camaradas ya han encontrado una tumba en medio de esta escena de desolación. La salud de Frankenstein ha ido decayendo día a día, en sus ojos aún brilla un fuego febril pero está exhausto y, cuando se le despierta súbitamente para realizar cualquier esfuerzo, rápidamente se hunde de nuevo en una aparente falta de vida.

Mencioné en mi última carta los temores que albergaba de un motín. Esta mañana, mientras estaba sentado observando el semblante demacrado de mi amigo —con los ojos medio cerrados y las extremidades colgando lánguidamente— fui despertado por media docena de marineros que exigieron ser admitidos en el camarote. Entraron y su líder se dirigió a mí. Me dijo que él y sus compañeros habían sido elegidos por los demás marineros para venir en diputación a hacerme una requisitoria que, en justicia, no podía rechazar. Estábamos atrapados en el hielo y probablemente nunca escaparíamos, pero temían que si, como era posible, el hielo se disipaba y se abría un paso libre, yo fuera lo bastante imprudente como para querer continuar mi viaje y conducirles a nuevos peligros, después de que ellos hubieran superado felizmente éste. Insistieron, por lo tanto, en que me comprometiera con la promesa solemne de que si el barco era liberado dirigiría mi rumbo hacia el sur al instante.

Este discurso me turbó. No había desesperado, ni había concebido aún la idea de regresar si era liberado. Sin embargo, ¿podía, en justicia, o incluso en posibilidad, rechazar esta demanda? Dudé antes de responder, cuando Frankenstein, que al principio había permanecido en silencio, y de hecho parecía apenas tener fuerzas para atender, se despertó ahora; sus ojos brillaron y sus mejillas se sonrojaron con un vigor momentáneo. Volviéndose hacia los hombres, dijo:

«¿Qué quieren decir? ¿Qué le exigen a su capitán? ¿Son ustedes, entonces, tan fáciles de desviar de su designio? ¿No llamaron a esto una expedición gloriosa? ¿Y por qué fue gloriosa? No porque el camino fuera suave y plácido como un mar meridional, sino porque estaba lleno de peligros y terror, porque a cada nuevo incidente había que apelar a su fortaleza y exhibir su valor, porque el peligro y la muerte lo rodeaban y éstos debían afrontarlos y vencerlos. Por esto era una empresa gloriosa, honorable. Iban a ser aclamados en adelante como los benefactores de su especie, sus nombres adorados como pertenecientes a hombres valientes que se enfrentaron a la muerte por el honor y el beneficio de la humanidad. Y ahora, he aquí que con la primera imaginación de peligro o, si se quiere, la primera prueba poderosa y terrible de su valor, se encogen y se contentan con ser relegados como hombres que no tuvieron fuerza suficiente para soportar el frío y el peligro; y así, pobres almas, se enfriaron y volvieron a sus cálidas chimeneas. Vaya, eso no requiere esta preparación; no necesitan haber llegado tan lejos y arrastrar a su capitán a la vergüenza de una derrota sólo para demostrar que son unos cobardes. Sean hombres o sean más que hombres. Manténganse firmes en sus propósitos y firmes como una roca. Este hielo no está hecho de tal material como pueden estarlo sus corazones, es mutable y no puede resistirles si ustedes dicen que no lo hará. No regresen a sus familias con el estigma de la desgracia marcado en sus frentes. Vuelvan como héroes que han luchado y vencido y que no saben lo que es dar la espalda al enemigo».

Lo dijo con una voz tan modulada a los diferentes sentimientos expresados en su discurso, con una mirada tan llena de elevados designios y heroísmo, que ¿puede extrañar que aquellos hombres se sintieran conmovidos? Se miraron unos a otros y fueron incapaces de responder. Yo hablé, les dije que se retiraran y consideraran lo que se había dicho, que no les llevaría más al norte si deseaban enérgicamente lo contrario, pero que esperaba que, con la reflexión, su valor regresara.

Se retiraron y me volví hacia mi amigo pero él estaba hundido en la fatiga y casi privado de vida.

Cómo terminará todo esto, no lo sé, pero prefiero morir a regresar vergonzosamente, con mi propósito incumplido. Sin embargo, me temo que tal será mi destino; los hombres, sin el apoyo de ideas de gloria y honor, no pueden seguir soportando de buen grado sus adversidades actuales.

7 de septiembre.

La suerte está echada; he consentido en regresar si no somos destruidos. Así se esfuman mis esperanzas por la cobardía y la indecisión; vuelvo ignorante y decepcionado. Se requiere más filosofía de la que poseo para soportar esta injusticia con paciencia.

12 de septiembre.

Ya ha pasado; vuelvo a Inglaterra. He perdido mis esperanzas de utilidad y gloria; he perdido a mi amigo. Pero me esforzaré por detallarte estas amargas circunstancias, mi querida hermana, y mientras me sienta impulsado hacia Inglaterra y hacia ti, no me desanimaré.

El 9 de septiembre, el hielo empezó a moverse y rugidos como truenos se oían a lo lejos mientras las islas se partían y resquebrajaban en todas direcciones. Estábamos en el peligro más inminente pero, como sólo podíamos permanecer pasivos, mi principal atención la ocupó mi desafortunado huésped, cuya enfermedad aumentó en tal grado que quedó confinado por completo a su cama. El hielo se resquebrajó detrás de nosotros y fue impulsado con fuerza hacia el norte; una brisa surgió del oeste y el día 11 el paso hacia el sur quedó perfectamente libre. Cuando los marineros vieron esto y que su regreso a su país natal estaba aparentemente asegurado, estalló de ellos un grito de tumultuosa alegría, fuerte y prolongado. Frankenstein, que dormitaba, se despertó y preguntó la causa del tumulto. «Gritan», le dije, «porque pronto regresarán a Inglaterra».

«¿Vuelve usted, entonces, de verdad?».

«¡Ay! Sí, no puedo resistir sus exigencias. No puedo llevarlos involuntariamente al peligro y debo regresar».

«Hágalo, si quiere, pero yo no lo haré. Usted puede renunciar a su propósito pero el mío me ha sido asignado por el Cielo y no me atrevo. Soy débil pero seguramente los espíritus que ayudan a mi venganza me dotarán de fuerza suficiente». Diciendo esto, se esforzó por saltar de la cama pero el esfuerzo fue demasiado grande para él, cayó de espaldas y se desmayó.

Pasó mucho tiempo antes de que se restableciera y a menudo pensé que la vida se había extinguido por completo. Por fin abrió los ojos, respiraba con dificultad y era incapaz de hablar. El médico cirujano le dio un calmante y nos ordenó que no le molestáramos. Mientras tanto me dijo que a mi amigo ciertamente no le quedaban muchas horas de vida.

Su sentencia fue pronunciada y yo sólo pude afligirme y ser paciente. Me senté junto a su cama, observándole; tenía los ojos cerrados y creí que dormía pero en seguida me llamó con voz débil y, pidiéndome que me acercara, dijo: «¡Ay! La fuerza en la que confiaba se ha ido, siento que pronto moriré y él, mi enemigo y perseguidor, puede seguir existiendo. No crea, Walton, que en los últimos momentos de mi existencia siento ese odio ardiente y ese deseo ardiente de venganza que expresé una vez pero me siento justificado al desear la muerte de mi adversario. Durante estos últimos días he estado ocupado en examinar mi conducta pasada y no la encuentro reprochable. En un arrebato de locura entusiasta creé una criatura racional y estaba obligado para con él a asegurar, en la medida de mis posibilidades, su felicidad y bienestar. Éste era mi deber pero había otro aún primordial. Mis deberes hacia los seres de mi propia especie tenían mayores pretensiones a mi atención porque incluían una mayor proporción de felicidad o miseria. Urgido por este punto de vista, me negué, e hice bien en negarme, a crear un compañero para la primera criatura. Mostró una malignidad y un egoísmo sin parangón en el mal, destruyó a mis amigos, consagró a la destrucción a seres que poseían sensaciones exquisitas, felicidad y sabiduría, ni sé dónde puede acabar esta sed de venganza. Miserable él mismo para no hacer miserable a ningún otro, debería morir. La tarea de su destrucción era mía pero he fracasado. Cuando actuaba por motivos egoístas y viciosos le pedí que emprendiera mi obra inacabada y renuevo esta petición ahora, cuando sólo me inducen la razón y la virtud.

«Sin embargo, no puedo pedirle que renuncie a su país y a sus amigos para cumplir esta tarea y, ahora que regresa a Inglaterra, tendrá pocas posibilidades de reunirse con él. Pero la consideración de estos puntos y el buen equilibrio de lo que usted puede estimar como sus deberes, se lo dejo a usted; mi juicio y mis ideas ya están perturbados por la proximidad de la muerte. No me atrevo a pedirle que haga lo que considero correcto, pues aún puedo dejarme llevar por la pasión.

«Que viva para ser un instrumento de maldad me perturba; por lo demás, esta hora, en la que espero en un instante mi liberación, es la única feliz que he disfrutado desde hace varios años. Las formas de los muertos amados revolotean ante mí y me lanzo a sus brazos. ¡Adiós, Walton! Busque la felicidad en la tranquilidad y evite la ambición, aunque sólo sea en apariencia inocente de distinguirse en la ciencia y los descubrimientos. Sin embargo, ¿por qué digo esto? Yo mismo me he arruinado en estas esperanzas, sin embargo otro puede tener éxito».

Su voz se fue apagando a medida que hablaba y al final, agotado por el esfuerzo, se hundió en el silencio. Aproximadamente media hora después volvió a intentar hablar pero fue incapaz, apretó mi mano débilmente y sus ojos se cerraron para siempre mientras la irradiación de una suave sonrisa desaparecía de sus labios.

Margaret, ¿qué comentario puedo hacer sobre la prematura extinción de este glorioso espíritu? ¿Qué puedo decir que te permita comprender la profundidad de mi pena? Todo lo que pudiera expresar sería inadecuado y endeble. Mis lágrimas fluyen, mi mente está ensombrecida por una nube de decepción. Pero viajo hacia Inglaterra y puede que allí encuentre consuelo.

Me interrumpen. ¿Qué presagian estos sonidos? Es medianoche, la brisa sopla con fuerza y la guardia en cubierta apenas se agita. De nuevo se oye un sonido como de voz humana pero más ronco; procede del camarote donde aún yacen los restos de Frankenstein. Debo levantarme y examinar. Buenas noches, hermana mía.

¡Gran Dios! ¡Qué escena acaba de tener lugar! Aún estoy mareado al recordarla. Apenas sé si tendré el poder de detallarla; sin embargo, el relato que he registrado estaría incompleto sin esta catástrofe final y maravillosa.

Entré en el camarote donde yacían los restos de mi desafortunado y admirable amigo. Sobre él pendía una forma que no encuentro palabras para describir: gigantesca en estatura pero tosca y distorsionada en sus proporciones. Mientras permanecía inclinado sobre el ataúd, su rostro estaba oculto por largos mechones de pelo raído, pero tenía extendida una inmensa mano, de un color y una textura parecidos a los de una momia. Cuando oyó el ruido que hice al acercarme, dejó de proferir exclamaciones de dolor y horror y se abalanzó hacia la ventana. Nunca contemplé una visión tan horrible como la de su rostro, de una horripilancia tan repugnante y a la vez espantosa. Cerré los ojos involuntariamente y me esforcé por recordar cuáles eran mis deberes con respecto a este destructor. Le pedí que se quedara.

Se detuvo, mirándome con asombro, y volviéndose de nuevo hacia la forma sin vida de su creador pareció olvidar mi presencia y cada rasgo y gesto parecían instigados por la furia más salvaje de alguna pasión incontrolable.

«¡Esa es también mi víctima!», exclamó. «¡En su asesinato se consuman mis crímenes, la miserable serie de mi ser llega a su fin! ¡Oh, Frankenstein! ¡Generoso y abnegado ser! ¿De qué sirve que ahora te pida perdón? Yo, que te destruí irremediablemente destruyendo todo lo que amabas. ¡Ay! Está frío, no puede responderme».

Su voz parecía sofocada y mis primeros impulsos, que me habían sugerido el deber de obedecer la petición en agonía de mi amigo de destruir a su enemigo, se vieron ahora suspendidos por una mezcla de curiosidad y compasión. Me acerqué a este tremendo ser, no me atreví a volver a levantar los ojos hacia su rostro, había algo tan aterrador y sobrenatural en su fealdad. Intenté hablar pero las palabras se extinguieron en mis labios. El monstruo continuó profiriendo salvajes e incoherentes autorreproches. Por fin reuní la resolución para dirigirme a él en una pausa de la tempestad de su pasión.

«Su arrepentimiento», le dije, «es ahora superfluo. Si hubiera escuchado la voz de la conciencia y atendido a los aguijones del remordimiento antes de llevar su diabólica venganza hasta este extremo, Frankenstein aún habría vivido».

«¿Y usted sueña?», dijo el demonio. «¿Cree que entonces yo estaba muerto por la agonía y el remordimiento? Él», continuó, señalando al cadáver, «no sufrió en la consumación del hecho, ni la diezmilésima parte de la angustia que fue la mía durante el persistente detalle de su ejecución. Un egoísmo espantoso me apresuró, mientras mi corazón estaba envenenado por el remordimiento. ¿Cree usted que los gemidos de Clerval eran música para mis oídos? Mi corazón fue formado para ser susceptible al amor y la simpatía y, cuando fue arrancado por la miseria al vicio y al odio, no soportó la violencia del cambio sin una tortura tal que ni siquiera puede imaginar.

«Tras el asesinato de Clerval regresé a Suiza con el corazón destrozado y vencido. Sentí lástima por Frankenstein, mi lástima llegó a ser horror, me aborrecí a mí mismo. Pero cuando descubrí que él, el autor a la vez de mi existencia y de sus indecibles tormentos, se atrevía a esperar la felicidad, que mientras acumulaba la desdicha y la desesperación sobre mí buscaba su propio disfrute en sentimientos y pasiones de cuya complacencia yo estaba vedado para siempre, entonces la envidia impotente y la amarga indignación me llenaron de una insaciable sed de venganza. Recordé mi amenaza y resolví que debía cumplirse. Sabía que me estaba preparando una tortura mortal pero yo era el esclavo, no el amo, de un impulso que detestaba pero que no podía desobedecer. Sin embargo, ¡cuando ella murió! No, entonces no me sentí miserable. Había desechado todo sentimiento, subyugado toda angustia, para desenfrenarme en el exceso de mi desesperación. El mal se convirtió desde entonces en mi bien. Empujado hasta aquí, no tuve más remedio que adaptar mi naturaleza a un elemento que había elegido voluntariamente. La realización de mi designio demoníaco se convirtió en una pasión insaciable. Y ahora ha terminado, ¡ahí está mi última víctima!».

Al principio me conmovieron las expresiones de su miseria, sin embargo, cuando recordé lo que Frankenstein había dicho de sus dotes de elocuencia y persuasión y cuando volví a posar mis ojos en la forma sin vida de mi amigo, la indignación se reavivó en mí. «¡Desgraciado!», dije. «Está bien que venga aquí a lloriquear por la desolación que ha hecho. Lanza una antorcha contra un montón de edificios y, cuando se consumen, se sienta entre las ruinas y lamenta la caída. ¡Demonio hipócrita! Si aquel a quien lamenta aún viviera, aún sería el objeto, de nuevo se convertiría en la presa, de su maldita venganza. No es piedad lo que siente, se lamenta sólo porque la víctima de su malignidad ha sido retirada de su poder».

«Oh, no es así... no es así», interrumpió el ser. «Sin embargo, tal debe ser la impresión que le transmite lo que parece ser el sentido de mis acciones. Sin embargo, no busco un sentimiento solidario en mi miseria. Jamás encontraré simpatía alguna. Cuando la busqué por primera vez, era el amor a la virtud, los sentimientos de felicidad y afecto con los que rebosaba todo mi ser, de lo que deseaba ser partícipe. Pero ahora que la virtud se ha convertido para mí en una sombra y que la felicidad y el afecto se han convertido en amarga y odiosa desesperación, ¿en qué debo buscar simpatía? Me contento con sufrir solo mientras duren mis sufrimientos; cuando muera, estoy bien satisfecho de que el aborrecimiento y el oprobio carguen mi memoria. Una vez mi fantasía se calmó con sueños de virtud, de fama y de deleite. Una vez tuve la falsa esperanza de encontrarme con seres que, perdonando mi forma exterior, me quisieran por las excelentes cualidades que era capaz de desplegar. Me alimentaba con elevados pensamientos de honor y devoción. Pero ahora el crimen me ha degradado por debajo del animal más mezquino. Ninguna culpa, ninguna fechoría, ninguna malignidad, ninguna miseria, pueden encontrarse comparables a la mía. Cuando repaso el espantoso catálogo de mis pecados, no puedo creer que sea la misma criatura cuyos pensamientos estaban antaño llenos de sublimes y trascendentes visiones de la belleza y la majestad de la bondad. Pero es así, el ángel caído se convierte en un demonio maligno. Sin embargo, incluso ese enemigo de Dios y del hombre tuvo amigos y asociados en su desolación, yo estoy solo.

«Usted, que llama a Frankenstein su amigo, parece tener conocimiento de mis crímenes y de sus desgracias. Pero en el detalle que le dio de ellos no pudo resumir las horas y meses de miseria que soporté consumiéndome en pasiones impotentes. Pues, mientras destruía sus esperanzas, no satisfacía mis propios deseos. Fueron para siempre ardientes y anhelantes, aún deseaba amor y compañerismo y aún era desdeñado. ¿No hubo injusticia en ello? ¿Se me ha de considerar el único criminal, cuando toda la humanidad pecó contra mí? ¿Por qué no odia a Felix, que echó a su amigo de su puerta con desprecio? ¿Por qué no execra al rústico que intentó destruir al salvador de su hijo? No, ¡estos son seres virtuosos e inmaculados! Yo, el miserable y el abandonado, soy un aborto, para ser desdeñado y pateado y pisoteado. Incluso ahora me hierve la sangre al recordar esta injusticia.

«Pero es cierto que soy un desgraciado. He asesinado a los adorables y a los indefensos, he estrangulado a los inocentes mientras dormían y he aferrado hasta la muerte la garganta de quien nunca me hirió a mí ni a ningún otro ser vivo. He entregado a mi creador, el espécimen selecto de todo lo que es digno de amor y admiración entre los hombres, a la miseria; le he perseguido hasta la ruina irremediable. Allí yace, blanco y frío en la muerte. Usted me odia, pero su aborrecimiento no puede igualar al que siento por mí. Miro las manos que ejecutaron el acto, pienso en el corazón en el que se concibió su imaginación y anhelo el momento en que esas manos se encuentren con mis ojos, en que esa imaginación deje de atormentar mis pensamientos.

«No tema que yo sea el instrumento de futuras maldades. Mi obra está casi completa. Ni la muerte suya ni la de ningún hombre es necesaria para consumar la serie de mi ser y llevar a cabo lo que debe hacerse, pero requiere la mía. No piense que tardaré en realizar este sacrificio. Abandonaré su barco en la balsa de hielo que me trajo hasta aquí y buscaré la extremidad más septentrional del globo, levantaré mi pila funeraria y consumiré hasta las cenizas este miserable cuerpo para que sus restos no ofrezcan ninguna luz a ningún curioso e infame infeliz que quiera crear otro como yo he sido. Yo moriré. Ya no sentiré las agonías que ahora me consumen ni seré presa de sentimientos insatisfechos pero aún no apagados. Ha muerto quien me llamó a la existencia y, cuando yo ya no sea, el recuerdo mismo de nosotros dos se desvanecerá rápidamente. Ya no veré el sol ni las estrellas ni sentiré los vientos jugar en mis mejillas. La luz, el sentimiento y el sentido pasarán, y en esta condición debo encontrar mi felicidad. Hace algunos años, cuando las imágenes que ofrece este mundo se abrieron ante mí por primera vez, cuando sentí el alegre calor del verano y oí el susurro de las hojas y el trinar de los pájaros y todo esto era para mí, habría llorado ante la muerte, ahora es mi único consuelo. Contaminado por los crímenes y desgarrado por el remordimiento más amargo, ¿dónde puedo encontrar descanso sino en la muerte?

«¡Adiós! Le dejo, y en usted al último ser humano que contemplarán estos ojos. ¡Adiós, Frankenstein! Si aún vivieras y abrigaras un deseo de venganza contra mí, se saciaría mejor en mi vida que en mi destrucción. Pero no fue así, buscaste mi extinción, para que no causara mayor desdicha y si aún, de algún modo desconocido para mí, no hubieras dejado de pensar y sentir, no desearías contra mí una venganza mayor que la que yo siento. Maldito como fuiste, mi agonía fue aún superior a la tuya, pues el amargo aguijón del remordimiento no dejará de punzar en mis heridas hasta que la muerte las cierre para siempre.

«Pero pronto», exclamó con triste y solemne entusiasmo, «moriré y lo que ahora siento ya no lo sentiré. Pronto estas ardientes miserias se extinguirán. Subiré triunfante a mi pila funeraria y me extasiaré en la agonía de las torturadoras llamas. La luz de esa conflagración se desvanecerá, mis cenizas serán arrastradas al mar por los vientos. Mi espíritu dormirá en paz o, si piensa, seguramente no pensará así. Adiós».

Al decir esto, saltó por la ventana del camarote a la balsa de hielo que yacía cerca del navío. Pronto fue arrastrado por las olas y se perdió en la oscuridad y la distancia.

Rosetta Edu

CLÁSICOS EN ESPAÑOL

Esperamos que haya disfrutado esta lectura. ¿Quiere leer otra obra de nuestra colección de *Clásicos en español*?

En nuestro Club del Libro encontrarás artículos relacionados con los libros que publicamos y la literatura en general. ¡Suscríbete en nuestra página web y te ofrecemos un ebook gratis por mes!

Recibe tu copia totalmente gratuita de nuestro *Club del libro* en rosettaedu.com/pages/club-del-libro

Rosetta Edu

CLÁSICOS EN ESPAÑOL

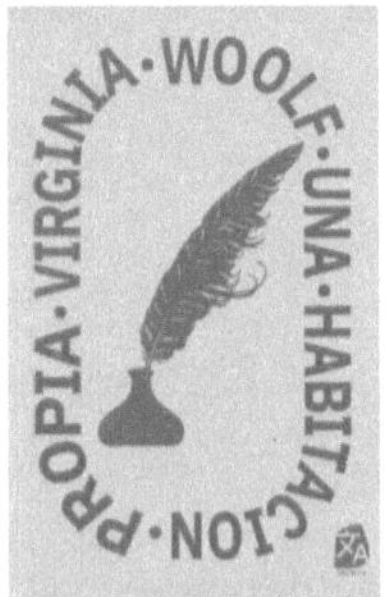

Una habitación propia se estableció desde su publicación como uno de los libros fundamentales del feminismo. Basado en dos conferencias pronunciadas por Virginia Woolf en colleges para mujeres y ampliado luego por la autora, el texto es un testamento visionario, donde tópicos característicos del feminismo por casi un siglo son expuestos con claridad tal vez por primera vez.

Oscar Wilde escribe una sola novela, *El retrato de Dorian Gray*; ésta fue el objeto de una crítica moralizante mordaz por parte de sus contemporáneos que no pudieron ver que dentro de una trama perfectamente compuesta se escondía toda la tragedia del romanticismo. Cien años después no ha perdido su impacto original y sigue siendo un texto fundamental para los debates sobre la estética y la moral.

Otra vuelta de tuerca es una de las novelas de terror más difundidas en la literatura universal y cuenta una historia absorbente, siguiendo a una institutriz a cargo de dos niños en una gran mansión en la campiña inglesa que parece estar embrujada. Los detalles de la descripción y la narración en primera persona van conformando un mundo que puede inspirar genuino terror.

rosettaedu.com

Rosetta Edu

EDICIONES BILINGÜES

En una atmósfera constante de misterio y amenaza, *El corazón de las tinieblas* narra el peligroso viaje de Marlow por un río (sin duda el Congo aunque no es nombrado en el relato) africano. Lo que el marino puede observar en su viaje le horroriza, le deja perplejo, y pone en tela de juicio las bases mismas de la civilización y la naturaleza humana.

Durante décadas, y acercándose a su centenario, *El gran Gatsby* ha sido considerada una obra maestra de la literatura y candidata al título de «Gran novela americana» por su dominio al mostrar la pura identidad americana junto a un estilo distinto y maduro. La edición bilingüe permite apreciar los detalles del texto original y constituye un paso obligado para aprender el inglés en profundidad.

En *La señora Dalloway* Virginia Woolf relata un día en la vida de Clarissa Dalloway, una señora de la clase alta casada con un miembro del parlamento inglés, y de un ex-combatiente que lucha contra su enfermedad mental. La innovación de la novela es la corriente de consciencia: Woolf sigue el pensamiento de cada personaje, siendo excelente a la hora de narrar emociones, asociaciones y sentimientos.

rosettaedu.com